赵焰文集卷二：散文随笔精编
风掠过淮河长江

FENG LUEGUO HUAIHE
CHANGJIANG

赵 焰◎著　| 风掠过淮河长江

FENG LÜEGUO HUAIHE
CHANGJIANG

时代出版传媒股份有限公司
安徽文艺出版社

图书在版编目（ＣＩＰ）数据

风掠过淮河长江/赵焰著. —合肥：安徽文艺出版社,2018.7
（赵焰文集. 卷二. 散文随笔精编）
ISBN 978-7-5396-6384-5

Ⅰ. ①风… Ⅱ. ①赵… Ⅲ. ①散文集－中国－当代 Ⅳ. ①I267

中国版本图书馆CIP数据核字(2018)第 127138 号

出 版 人：朱寒冬		策　划：朱寒冬
特邀编辑：温 溪		统　筹：张妍妍
责任编辑：韩 露		装帧设计：张诚鑫

出版发行：时代出版传媒股份有限公司　www.press-mart.com
　　　　　安徽文艺出版社　www.awpub.com
地　　址：合肥市翡翠路1118号　邮政编码：230071
营 销 部：(0551)63533889
印　　制：安徽新华印刷股份有限公司　(0551)65859551

开本：880×1230　1/32　印张：11　字数：220千字
版次：2018年7月第1版　2018年7月第1次印刷
定价：32.00元(精装)

(如发现印装质量问题，影响阅读，请与出版社联系调换)

版权所有，侵权必究

总 序

一直以为自己是一个性情浮躁之人,定力较弱,喜新厌旧。自己的写作也是,虽然笔耕不辍,不过文字却五花八门、难成系统,既涉及徽州,也涉及晚清、民国历史;有散文、传记,也有长篇小说、中短篇小说、中国文化随笔什么的。文字全是信马由缰,兴趣所致,写得快活和欢乐,却没想到如何深入,更不考虑流芳人间什么的。回头看自己的写作之路,就像一只笨手笨脚的狗熊一路掰着玉米,掰了就咬,咬了就扔,散了一地。

写作幸运之事,是难逃时代的烙印:文明古国数十年,相当于西方历史数百年——我们的少年,尚在农耕时代;青年时代,千年未遇的社会转型光怪陆离;中年之后,电子信息时代五光十色……童年时,我们只有小人书相伴;中年后,手机在手,应有尽有。少年时,我们赤着脚在田埂上滚着铁环;中年后,我们在高速公路上开起了汽车。少年时,喜爱的姑娘浓眉大眼大圆脸;中年后,美人变成了小脸尖下巴……世界变化如此之快,除了惊奇、欣喜,就是无所适从。

人生一世,各种酸甜苦辣麻缠身。写作呢,就是一个人挤出来的茶歇,泡上一杯好茶,呷上一口,放空自己,不去想一些烦心事。现在看来,这样的活法,使我的内心丰富而坚强,虽然不能"治国、平天下",却可以"正心、诚意、修身、齐家"。我经常戏言:哪里是勤奋,只是做不了大事,也是把别人打牌喝酒的时间,拿去在纸上胡涂乱抹罢了。这话一半是戏谑,一半也是大实话。世界如此精彩,风光各有人在,有得就有失,有失就有得。不是谁都有机会成为弄潮儿的,做不了传奇,做一个时代的观察者和记录者,或者做一个历史深海的潜水员,都是一件很好的事情。

一路前行中,也有好心人给我掌声,也为我喝彩——写徽州,有人说我是"坐天观井":坐中国文化的井,去观徽州文化的天;写晚清,有人说我将历史写作和新闻写作结合得恰到好处;写小说,有人说我是虚实结合,以人性的视角去觉察历史人物的内心……这都是高看我了。对这些话,我都听在耳里,记在心里,视为鼓励。我也不知道哪对哪,只是兴之所至,耽于梦幻罢了。写作人都是蜘蛛,吐了一辈子丝,网住的,只是自己;也是蚕,吐出的丝,是为自己筑一厢情愿的化蝶之梦。对于写作,常识告诉我,目的是为了自己的内心,不是发财,也不是成名,而是写出真正的好文字;要说真话,必须说实话——花言巧语不是写作,自欺欺人不是写作,装腔作势不是写作。真话不一定是真理,不过假话一定不是真理。在这个世界上,说真话和说实话并不容易,很多人不知道什么是真话,很多人不敢说真话。怎么办?借助于文字,直达心灵。灵魂深处的声音,肯定是真话。

自青年时代开始写作,写写停停,停停写写,不知不觉地,就到了知天命之年,不知不觉,也写了三十多本书了。庆幸的是,我的书一直有人在读,即使是十几年前写的书,还有不少人在读在转。想起张潮的一句话:少年读书,如隙中窥月;中年读书,如庭中望月;老年读书,如台上玩月。其实写作也一样:少年写作,充满期望;中年写作,惯性使然;老年写作,不得不写,因为已无事可做。的确是这样,天下没有不散的筵席,可以对话的人会越来越少。写作,是对自己的低语,也是对世界的呓语。

写作没有让我升官发财,却让我学到了很多,得到了很多,也明白了很多。我明白最基本的道理是"我思故我在",明白最高妙的境界是"无"。通过写作,我不再惧怕无聊,也不再惧怕"无"。我这样说,并不玄虚,是大实话,也是心里话。

感谢安徽文艺出版社,将我一路掰下的"玉米棒子"收集起来,出成文集。文集如家,能让流浪的文字和书籍,像游子般回归。不管它们是流浪狗、流浪猫也好,还是不记得路的鸽子、断了线的风筝也好,家都会善待它们,让它们排排坐、分果果,靠在大院的墙上晒太阳。晒着晒着,就成了葳蕤蓬勃的太阳花了。改一句张爱玲的话:人生,其实是一袭华美的锦袍,绣满太阳花,也爬了一些虱子。当人生的秋天来临的时候,晒着太阳,展示锦袍,也捉着虱子,应有一种阿 Q 般的美好。人活一世,本质上都得敝帚自珍,充满自怜和自恋的乐观主义精神,否则哪里活得下去呢?虽然文字和所有东西一样,终究是落花流水,不过能心存想念、心存安慰,又何尝不是一件美好的事情呢?

文集又如大门关上的声音,让人心存忐忑,仿佛身后有追兵,一路嗷嗷叫着举着刀剑砍来。面对此状,我更得如狗熊一样奔跑,得拼命向前,拼命跑到自己的最高点,然后像西西弗斯一样摔下来。

感谢缘分,感谢相关助缘之人,为我半生的写作,作一个总结和了断。这是一部秋天奏鸣曲,畅达之中,有平静的惬意和欢喜。

是为序。

2018 年 6 月

本卷序

第二卷中的四本书,都是我忙里偷闲陆陆续续写成的。2000年冬天,工作变动,为了新闻理想,也为了荣誉和自尊,我一头扑到工作当中,度过了人生中最昏天黑地的几年。直到2003年,我抬起头来,四顾茫然,自觉还是应该写点什么,不能荒废了学习、思考。于是我在全国好几家报刊上同时开了两个专栏:一个专栏谈影碟,另一个专栏谈都市生活。一段时间下来,积累了好几十万字,先后推出了两本电影随笔集,也出了两本生活随笔集。这分别是此卷中《人性边缘的忧伤》和《桃红梨白菜花黄》的前世。

电影随笔最早的专栏名字,是"夜兰花"。写《夜兰花》的时候,有人给我电子邮箱发信,自我介绍是咖啡馆的美女老板,被《夜兰花》打动,约我夜深人静看电影。我窘得要死,也不敢回信,那几日看见陌生美女就脸红。我先写了一本《夜兰花》,又写了一本《蝶影抄》,两本都出版了,既是电影指南,又可以作为灵魂慰藉。我看电影,自以为有共鸣,有艺术感觉,有独特角度,能窥见真谛。后来,两本书合体,变成《巴黎的忧伤》,直至变成本卷中《人性边缘的忧伤》。

我喜欢现在这个书名,人性边缘,如梦如幻,存有莫名其妙的忧伤,摸不到,说不出,在身体里流浪、疼痛。艺术的使命之一,就是感知它,认识它,跟它悄然低语,再一起终老此生。

写专栏《浮生日记》,用的是笔名"木瓜"。虽然与《夜兰花》诞生于同一时段,在风格上却相差很大,写得洒脱,写得风流和幽默。我曾经跟朋友开玩笑说:《浮生日记》是写给男人看的,《夜兰花》是写给女人看的。从风格上看,的确如此:《浮生日记》写得随意幽默,有玩世不恭的精神;电影随笔呢,写得细致敏锐、伤痕累累、哀鸿遍野。

从风格上说,男人更喜欢深刻玩世的东西,女人更喜欢忧伤人性的东西。好的作家,应该"男女同体",还要具备孩童的天真、老人的智慧。我不喜欢恪守风格,希望能在更高的层次上,达到某种和谐。

人最好的状态,还是浮生,不拘于世,不泥于事。"浮生"一词,来自庄子的"浮游"思想。浮游在世,了然于胸,满眼所望,皆是"桃红梨白菜花黄",如戴了4D眼镜。

《风掠过淮河长江》,是我写江淮文化的散文合集。之前,我一共写了六七十万字的徽州题材散文,觉得还不够,又想去了解淮河文化。悄悄去了很多次淮河两岸,写了一本薄薄的《在淮河边上讲中国历史》,反响很不错,大概是因为写淮河的书较少。我又不满足,又想去写皖江题材的散文,结果写了十来篇后卡壳,没有成书。我把写江淮的那一部分,跟写淮河的糅在一起,成为这本《风掠过淮河长江》。

胡适说:我是安徽徽州人。我也是,是徽州人,也是安徽人。风像历史文化,浩荡而轻盈,从江淮大地掠过,也从每一个安徽人心中掠过。

2007年到2010年,我的全部业余时间,就是写作"晚清三部曲"(《晚清有个曾国藩》《晚清有个李鸿章》《晚清有个袁世凯》)。三本书后来在全国有一定反响,读者很多。写作期间,我读了大量历史书,做了很多笔记,《此生偏爱野狐禅》中的文章,有很多是我研究晚清民国历史的随笔。因为无功利,写起来淡定风趣,简雅好读。取名为"野狐禅",是我觉得,历史总是别有深意,今人与历史的关系,不在于追究历史是什么模样,而在于你用什么样的眼光去看待。

《此生偏爱野狐禅》也是有前世的,书装帧精美,曾是我最漂亮、最精美的一本册子。在这书的新版中,我又补充了十来篇文章,仍是文史随笔,仍是"野狐禅"。我不是专业作家,也不是专业历史研究者,我只是兴之所至,由心而发,我喜欢文字在纸上散步、滑翔、迷顿乃至眩晕的感觉。

过去的二十年,是我人生最好的时光。现在想起来,恍若隔世。整理这几部散文集,我依稀能从文字中,品咂和回忆往昔的滋味。文字是一个好东西,真庆幸得到冥冥神意,没有放弃,一直坚持下来——那些文字,密密麻麻地蹲伏在那里,字里行间,都是我的心迹、我的呼吸、我的气味。我回读它们,有时想起一些事,会哑然失笑,如雪过天霁,春暖花开。文字可以证明曾经的思想、飘浮的生命,让我收获稻草般的温暖。

2018 年 6 月

目 MU
录 LU

总　序 / 001

本卷序 / 005

走淮河 / 001

明与暗 / 017

名与实 / 031

像风一样吹 / 045

像水一样流 / 062

湮灭的都城 / 077

暴与乱 / 092

爱与怨 / 106

风雨八公山 / 122

诗与剑 / 139

药与酒 / 153

永不消逝的悲歌 / 168

儒与道 / 182

一首歌与一座城 / 204

灵与爱 / 220

石与鬼 / 233

001

水与火 / 244

凌家滩之玉 / 253

何处是归宿 / 270

瓦屑坝之谜 / 284

诗山的寂寞 / 302

从大青山到采石矶 / 320

走淮河

一

秋天是淮河两岸最好的季节。

满眼看去,没有高的山,深的水,它平平整整,一望无际,也一览无余。平原上挺拔高大的杨树几乎无所不在,它们将村庄包围着,也散布在田畦里。有人的地方,就有杨树;没有人的地方,同样也有杨树。除了杨树,高粱如火,玉米似金,它们用大片火红或者金黄点缀着原野,就像一幅展开的油画一样。山寒水瘦,天遥地远。

土地上的历史和辉煌,就如同杨树飘零的叶子,融入泥土又变成泥土;也如同土地里长出的麦子或者高粱,割了一茬又是一茬。"江淮熟,天下足",这一句谚语,是淮河流域丰收、富足和兴旺的写照。淮河两岸,是我国最早的稻作农业的起源地之一,也是我国豆类种植最早的地区。当我在这片土地上行走的时候,抬眼望过去,只能看到莽原一片,成片的苞米、高粱、大豆立在秋风里,枯黄的叶子唰唰作响,它们的硕果都有些不堪重负地晃来晃去。当然,还有麦子,那些点缀于黄土地之中的麦苗——秋天里的麦子是浅绿色的,它们绿得孱弱,但也郁郁葱葱,顽强地将这一片土地加以装饰。麦子是人类的伙伴,看起来,它们孱弱而微不足道,但细细地想一想,它们是那样的强大,不仅仅是人类的衣食父母,也是人类的老师。它们既有无限的能量,也蕴含无穷的智慧和启迪。人们懂得了麦子,就可以懂得全世界。在自然面前,代表人类痕迹的历史,是如此渺小,也是如此茫然。我们只能低下头来,从那些泥土之中,寻找历史的纹理;或者,捧起一抔土,从土地中,嗅出战争的硝烟。这是一片巨大的宝藏啊!却一而再,再而三地被施虐,就像犁耙不断深耕的土地,起底,裸露,掩埋,不断地翻天覆地。

在这片土地上,最引人注目的,就是淮河了。这当然是一条美丽的河流。在甲骨文中,"淮"字写作一只水鸟和一条弯弯曲曲的河流。许慎在《说文解字》中,将"淮"字释为"从水隹声"。从象形上看,"淮",即是表示众多水鸟在水面上啼鸣飞翔。由此可以看出,那时候的淮河,河水清澈而绵长,水草萋萋,水鸟啁啾。当然,这样的情景,是春天里的事了。春夏秋冬的淮河,情景是不一样的。夏天的淮河如万马奔腾,恣意肆虐。而秋天的成不好淮河呢,颜色泛黄,无声而委顿,缱绻而憔悴,就像一个因年成不好而心事重重的农妇一样……河流与土地,与人的关系,总是三位一体的,它们无可避免地纠缠在一起,难分彼此。在甲骨文里,"河"字是一个人,站在水边。"河"字暗示人与水的关系,含义一般有两层:最基本的,是水对人类生活的影响,人对水的依赖——水哺育人,人们饮水,靠水来灌溉土地;水赐予大地以树木、粮食以及其他一切生物。除了这些,人们依赖于水的,还有智慧和启迪。是水,给了土地和人的灵性。这是冥冥之中的恩赐。

淮河发源于桐柏山脉。具体源头在哪里,没有人知道。有可能,她来自树叶的某一颗露珠;或者,渗入泥土中的某一颗水滴。跟所有的河流一样,她同样经历一个从"无"到"有"的过程。最初,她只是涓涓细流,从树林的根部流出,清澈见底。河流的上游总像一首抒情诗,也像一个不谙世事的少女,她总是充满希望,也充满激情;她单纯而阳光,善良而敏感。在她慢慢东流的过程中,她开始变得丰腴,变得漂亮,也变得有脾气了。这样的变化过程,就如同一个人的成长一样。当然,河流是有内容的,她的内容深厚而广博,在她身上,无论是脾气也好,性格也好,似乎隐含着更高的神谕。河流伴随人类,主宰人类,监督人类,启迪人类。淮河就是这样,她至情至性,深沉而焦躁,有时候和颜悦色,有时候暴跳如雷。她经常性地肆虐人们的劳动成果,冲毁开垦的土地,将人们的辛勤毁于一旦。她太强大了,也太任性了,以至于人们在大多时间只能默默地忍耐,不敢诅咒她,也不敢责备她。看起来,这条河流心中是有恨意的,那是对于时光的恨意,也是对土地的恨意;或者,是她想表达吧,表达对人类的训诫和责备——那是一种冥冥之中的提醒和警示。

二

文化,或者说文明,是为生存而建立起来的一种体系。文明从来就是与河流有关系的,甚至可以说,是河流的伴生物。没有河流,就没有文化,也没有文明。这似乎已是定论和共识了。淮河流域的文明同样也如此。中国地分南北,秦岭淮河线,是中国南北的一条重要分界线,它界定了黄河和长江两大水域——淮河以北,称为北方;淮河以南,称为南方。这样的分割意义,使得淮河流域的内容更为丰富。从新石器时代以来,在淮河的北面,发展了以粟稷为主的农业;在淮河的南面,发展了以稻米为主的农业。北面,建筑以夯土建筑为主;南面,建筑以木结构加上草泥糊墙为主。北面,语音以卷舌为主;南面,语音以平舌为主……这种慢慢积累的不同,也就慢慢形成了南北之间的差异,形成了不同的文化,形成了不同的性格。

淮河位于黄河和长江之间,在地理和文化上具有某种延伸性和趋缓性,在很大程度上,它类似北方;而在有些方面,它又类似南方。淮河显然是兼容的,她能恰到好处地兼顾这一切,在她的流域里,这一切彼此相生,和谐相处。在很多人看来,淮河流域与黄河一样,都是中原。当然,这是现在的看法了,现在人们是从生活习惯和风俗上来推断的,但人们忽略的是,从魏晋开始,中国经济和文化经历了一次次重大的转移,华夏文明的中心不断东进,也不断地南移。这使得淮河流域的文明和习俗有了很大改变。在此之前,北方的黄河文化与淮河文化是有很大区别的,黄河文化孕育了循规蹈矩、守分安命的儒家;而淮河文化,出现的却是思辨极强、智慧极高的老子和庄子,有天问,也有了智性的解答。从新石器时代开始,黄河流域的艺术表现形式是正方、正圆、正三角,极为厚重;而流畅的曲线则是淮河以南最常见的艺术表现形式。淮河流域在很多时候隶属楚地,一直与楚文化有千丝万缕的联系,这也使得淮河文化一直蕴有湿润的水性。这些历史的变化,是我们在考虑这段历史时,所不能忽略的。

这一条河流承担的东西太多了,不仅仅是现实本身,还有历史的、哲学的,以及某种象征意义上的。这里的河流,以及两岸的土地,都是目睹过历史的风云变幻与沧海桑田的,也深知世界的暗示与隐喻。当悠久的中华文明只是东方破晓时,在淮河边,就诞生了被誉为"中华第一村"的尉迟寺;而后,大禹带领着千军万马来到这里劈山引水,召集诸侯大会;文字的起源在这里也留下了重要痕迹,现在蚌埠双墩的刻画符号,被认定跟文字的起源有着直接关联……在淮河两岸,蒹葭苍苍的地方,有痴情的女子在水边顾影自怜,吟诵着华夏古老的国风。在此之后,这片土地苏醒了,春秋有老子、管子的睿智,战国有庄子的逍遥;秦末,陈胜吴广揭竿而起,项羽刘邦"大风起兮云风扬";到了东汉,亳州曹氏诗与剑,竹林贤人慨而慷;当淝水旁的一场大战尘埃落定之时,环顾四周,天地一片苍茫……淮河两岸,在数千年的时光里,一直是旌旗蔽日、金戈铁马的战场。人来人往,你唱罢之后我登场。政治大戏一直如眼睛蒙着破布的毛驴一样,拉着碾盘不停地转来转去,不仅仅碾在土地之上,也碾在文化和人的身上。受苦受难的永远是这里的百姓,他们的身上和脸上,明显可以看出岁月镌刻的痕迹,脸上的皱纹如河流一样深邃。当然,历史与功名总如尘土一样,漫漶一阵之后,总得尘埃落定。一场雨飘洒之后,或者一阵风吹拂之后,都悄无声息地落在了树叶上,落在了田野里,落在了乡间大道上。又一阵风吹起,或者车轮蹍过的时候,它们又会迎风起舞。历史就这样一直具有循环的意义,可以说是消失的,也可以说是隐藏起来的。消失,是指历史绝不会再现,那些叱咤风云的人物,以及曾经发生的事件转瞬即逝,一去不复返;隐藏,则是指它的逝去并不是永远的,它只是暗中埋伏了起来,埋伏在遗迹中,埋伏在土地里,埋伏在字里行间,埋伏在人们的言谈举止、气质相貌中……稍有风吹草动,便会起死回生。淮河两岸,就是这样,携带历史的古风遗韵,也飘散着传统的气息阴霾。

三

汉代桑钦所著的《水经》以及北魏地理学家郦道元的《水经

注》，对淮河的发源、流向、支流以及流经的主要地区，都做了十分精细的考察："淮水出南阳平氏县(今河南桐柏县)胎簪山,东北过桐柏县。淮水又东迳义阳县(今河南信阳县北),东过江夏平春县北。淮水又东,油水注之。淮水又东北,与大木水合。淮水又东北流,左会湖水。淮水又东,迳安阳县(今河南正阳)故城南。淮水又东,得溮水。又东迳新息县(今河南息县)南。淮水又东迳浮光山(今河南光山)北。又东过期思县(今河南淮滨)北。淮水又东北,淠水注之。东过原鹿县(今安徽阜南一带)南,汝水从西北来注之。又东北过庐江安丰(今安徽霍邱西南)县东北,决水从北来注之。又东北至九江寿春(今安徽寿县)西,泚水、洪水合北注之。又东,颍水从西北流来注之。又东过寿春县北,肥水从县东北流注之。淮水又北迳山硖中,谓之硖石(今安徽凤台境内)。淮水又北迳莫耶山(今淮南市东)西,又东过当涂县北(今安徽淮远),过水从西北来注之。淮水又东北,濠水注之。又东过钟离县(今安徽凤阳东北)北。又东过淮阴县(今江苏淮阴市)北,中渎水(邗沟)出白马湖东北注之。又东至广陵淮浦(今江苏清江县)入于海。"《水经》及《水经注》勾勒出的淮河走向像一张无形的地图。可以看出,淮河当年的河道走向,大致与今日相似。只不过,当年的淮河是直接入海的,而现在,淮河没有了入海口,它融入洪泽湖；或者借助于运河,憋屈地注入长江。这是自然的负重,也是历史的负重。对于淮河来说,完全无可奈何也身不由己。淮河沿途的二十多条支流中,有一些河流更值得一提。颍,是颍水。这

风掠过淮河长江 | 007

一条河流,在淮河流域的西北面。在颍水旁边,是古颍州。现在叫作"阜阳"。阜,是山丘的意思。淮河两岸的山很少,只有一些高坡,叫作阜。"阜阳",也就是山丘之南。颍水流过的地方,是中原的腹部,很难想象,在颍水旁,古有管仲,近有袁世凯,一前一后,藏龙卧虎,出将入相。涡,同样也是淮河的一条重要支流,当年,这条河流水势湍急,旋涡不断,就叫涡水了。涡水的两岸,是老子与庄子出生和活动的地方,可以说,是这一条河流,造就了中国文化的一个重要派别。与涡水关系密切的,还有一个字——"亳"。"亳"本意是高大的屋舍。这个字在《尚书》中曾多次出现——中华民族的历史,本来就是大迁徙的历史,原来居于黄河边上的商汤,苦于黄河泛滥以及自然条件的恶化,不得不向东迁移,在这个过程中,他们与淮河边的原住民——淮夷进行了很长时间的战争。许慎在《说文解字》中对"夷"的解释是:"平也。从大,从弓,东方之人也。"由此可见,当年生活在淮河岸边的这些淮夷,英勇、强悍、善射。商汤在东征的过程中,曾定都于亳。当时,大约是在这一块地方建立了恢宏的建筑吧,这一块地方,就叫"亳"了。"亳"是一块水草丰美的高地,涡水在这里逶迤而过,妖娆秀美,风景如画。淮河中上游的南部,比较著名的支流有白露河、史河、淠河、东淝河等。在东淝河的岸边,曾经爆发了著名的"淝水之战",留下了很多故事,很多悬念,也留下了诸多成语。再往东,就是浍河和沱河了,它们由北向南,水势汤汤地在一个叫五河的地方流进淮河。五河的由来,当然是由于有五条河,"五水相连号五河,东潼西浍北沿沱,漾流春泛鱼苗多,淮浦秋生雁影多"。这是对五河自然的描绘,也是对五河的赞美。再往东,就是濉河了,濉河从北方迤逦而来,注入淮河,然后一齐流进了洪泽湖。洪泽湖里波光潋滟,一片氤氲,湖水和河水彼此相融,就如同历史与现实的拥抱一样,已没有彼此了。

四

　　河流是永不衰老的,虽然她会有暂时的失落和孤寂。数千年来,这条河还是这条河,开阔的水面上,各种各样的船只如鱼一样川流不息;在水边,无处不在的是萋萋水草,间或荷花点缀,美轮美奂;渔歌唱晚之中,炊烟袅袅……尽管如此,这片土地从来就不是温情脉脉的——虽然春天里同样姹紫嫣红,但对于淮河两岸的人们来说,最熟稔也最喜欢的有两种花:一种是槐花,这是家常的花,亲切,自然,有丝丝入扣的温暖;并且,绝不矫揉造作,皮实而粗犷,那是他们自己的花,更是这片土地的花。再一种,就是牡丹了,绿肥红瘦,是富贵的花,也是俗艳的花。在淮河两岸的人看来,富贵就是大碗喝酒,大块吃肉,就是在暖暖的炕上睡得昏天黑地,边上躺着秀美温婉的女人;然后,就是从窗棂里瞅着伢儿在院落里玩泥巴。这块土地上的人喜欢实在的东西,那些情啊、调啊,都是捉摸不定的,只有类似槐花的生活让人觉得踏实;即使是梦,也要像牡丹一样大俗大雅的。槐花和牡丹,也像极了北方女人一生的角色转变:最红火的日子,就像牡丹一样绽放——被吹吹打打地抬着走过纵横交叉的阡陌,震耳欲聋的炮仗声中,大红的盖头被掀开。然后,就变成了终日平实的槐花,成为一个走路噔噔响的大嗓门女人,成为众多皮肤黝黑的伢子的母亲,为一个力气甚大、不解风情的沉默汉子烧饭洗衣,踏踏实实地做着一日三餐。

人,从来就是文明的最重要的组成部分。这一块土地上的人,是最能充分体现流域文化特色的。吃这条河水长大的人,总有相同的脾气和秉性,虽然这条河流边的人,已改变了很多。现在,这些在淮河边的人既粗犷朴实、豪爽仗义,同时,又奸诈落拓、极有心机。这些品质混合在一起,就像很多化学元素组合在一起,很难分出彼此。不同的人,有不同的成色。他们的生活是平实的,大碗吃饭,大碗吃菜,大碗喝酒。很多时候,他们都是一块煎饼,再加上一碗牛、羊肉粉丝或者羊杂碎汤,蹲在路边稀里哗啦一口气扒完。这样的日子已是很享受了。一年四季,他们都爱吃那种可以辣得人头顶冒汗的红烧老公鸡,然后,就着蒜和大葱嚼着枕头馍。冬天的时候,他们会吃狗肉,烧得很辣也很香的狗肉。吃狗肉,是淮河两岸的老传统了。冬天风大雪大,到处冰天雪地,上一盘热腾腾的狗肉,来一碗老白干,真是神仙过的日子。狗肉下肚,老白干下肚,即使打着赤膊端着刀枪上战场,也是一件快活无比的事情。当年的捻军、义和团,以及后来的大刀会、红枪会,就是这样干的。淮河两岸的那些人,就是喜欢这种豁出去的感觉。比狗肉和酒更家常的,是北方的"两大样"了——白菜和萝卜。"红烧萝卜,清炒白菜",这话说得多好,数千年的至理名言,越想越有道理,一点也不亚于老子和庄子说的话。萝卜如果放点猪头肉红烧起来,那个香气,能馋得太上老君流口水。白菜也是,一定要猪油炒,猪油炒出来的白菜既香又甜。淮河两岸的白菜,是那种粗胳膊粗腿的白菜,不是那种叫作"上海青"之类的小菜。在这块地方的人看来,那种纤细的青菜纯属塞牙缝的,甚至,吃这样的青菜是要拉稀的。他们喜欢白菜的粗大和壮实,也喜欢白菜翡翠的品质:清澈,透明,朗润,端庄。这样的白菜,才真的称得上一清二白。

与青菜相匹配的,就是萝卜了。萝卜似乎更丰富一点,也更有诗意一点。淮河沿岸的乡下孩子,在秋天里,从来就是把萝卜当水果来吃的。不是说南方没有萝卜,但淮河两岸的萝卜,那才叫萝卜,一个个硕大、甘甜,一般的水果,哪里比得了它啊!淮河的大萝卜生津祛邪,秋天以后更有赛人参的说法。淮河两岸没有人参,萝卜,就是当地的人参。在旱地里拔萝卜,也是一种生趣。尤其是带着蹒跚学步的孩子,简直是一种喜悦和情趣。脚要插进地,先拨拉一下萝卜叶子,然后,双手攥紧萝卜缨,使出浑身的力气往上拔。慢慢地,泥土松动了,一个硕大的萝卜便会"砰"地一下蹦出来。拔萝卜是很有成就感的,拔出一只大的,有时候会不由自主地兴奋得大声惊叫。累了,渴了,就用袖子擦一擦萝卜上的浮土,用镰刀削掉萝卜的皮,然后嚼得满嘴生津。萝卜是最能代表土地的滋味的,萝卜的甘甜,实际上就是土地的甘甜。

谁说淮河两岸不浪漫呢？那是他们没有深入淮河人的生活。什么叫浪漫，浪漫就是率性，就是自然，就是随遇而安。那种村夫野老的洒脱，有谁能比得上淮河两岸的人呢？自古以来就有这样的传统。在淮北一个小小的临涣镇上，竟有那么多的茶馆，那些来自四面八方的老人，风雨无阻，每天早早地来到茶馆，就着粗劣的棒棒茶，谈笑风生，家事村事县事国事天下事……淮河两岸没有小桥流水，没有烟雨江南，但同样有山有水，有大片的原野，大片的芦苇，大片的红花草。虽然比不上江南三月草长莺飞，但瓜田李下，也是生动活泼妙趣横生的。当然，最丰富的日子，是麦子成熟的季节，淮上一片金黄。夕阳西下，炊烟在屋舍上盘旋升腾。三三两两的羊群陆续回村了，土路上遗下零星的羊粪蛋；牛群稀稀拉拉地到了，一个个吃成滚圆的肚子，相互亲昵地拱着角。最有气势的，是拉着粮食的大车，麦垛和苞米棒子堆得高高的，就像一座座小山似的，压得马和骡子一个劲喘着粗气。赶大车的通常是精壮的汉子，赤裸着红黑红黑的胸膛，他们坐在粮食垛上面，目中无人，就像坐在山巅之上一样。他们坐得高高的，走过阡陌，远远地看着不着边际的田野，心中一片无限的畅达。农人们有什么大的奢望呢，无非是一年忙到头，仓廪丰盈，六畜兴旺，妻儿舒心。在收获的季节里，人们的内心是最愉悦的，最愉悦的时光，就是最浪漫的时光。这个时候，人们看世界的眼神，都是精亮精亮的。

五

淮河两岸,就是这样富有历史的质感,富有生活的情趣,更富有文化的多样性。在淮河边行走的时候,我时而激昂,时而沉郁,时而旷达,时而忧郁。这样的感觉,当然是由这一片土地的复杂而深厚引发的。有一天,我住宿在一个乡镇。一直到夜深人静时,仍一点睡意也没有。我披衣起来,在旷野里漫无目的地走着。夜晚的平原沉寂异常,只有一阵薄薄的雾霭似有似无地在夜空中游荡。风一如既往地很硬,就如曹孟德的诗一样,豪迈而苍凉。一种很复杂很寥落的情绪,不由自主地涌上我的心头。淮河文明的刚硬和强势是有着渊源的。中国历史以黄河和长江为摇篮,构建了华夏文明。如果从文化分类上说,从总体上说,淮河文化应属于以黄河为中心的中原文化,即黄河文明。在很长的历史中,黄河文明一直占据最核心的地位,无论是以黄帝、炎帝为主角并衍生出夏、商、周人始祖的华夏集团,还是那个出现了太昊、少昊、蚩尤、后羿、伯益、皋陶等人的东夷集团,基本上都活动在黄淮流域。而在长江流域,只是活跃过以伏羲、女娲为代表的苗蛮集团。因此,在文明的程度和实力上,长江集团一直无法跟黄河流域的华夏集团相抗衡。史籍上记载的尧如何制服南蛮,舜如何更易南方风俗,禹如何完成最后的征战等,都说明黄河文明强势统制长江文明的过程。文明呼啦啦地南下,淮河正处于这样的对接点上,在这个过程当中,淮河有被征服的过程,也有着征服别人的过程。这些,都是历史和文化的某种机缘,对于淮河来说,从总体上是一种幸事。

文明的征程,当然伴随很多暴力和血腥的过程,不过,起根本作用的,并不是暴力,而是文明所体现的生产力水平,以及与生产力水平相对应的认知水平,包括思想的深入、巫术的启用、权谋的拓展、道德的规范等等——这些起关键作用的东西,才是最具有统治力量的。值得一提的是,在黄河文明中,淮河一直具有举足轻重的地位——看看淮河边诞生的那些思想家,就知道由这一条大河所诞生的文明的促进作用了:老子、孔子、庄子、鬼谷子……"对酒当歌,人生几何?譬如朝露,去日苦多。慨当以慷,忧思难忘。何以解忧,唯有杜康。青青子衿,悠悠我心。但为君故,沉吟至今。呦呦鹿鸣,食野之苹。我有嘉宾,鼓瑟吹笙。……月明星稀,乌鹊难飞。绕树三匝,何枝可依。山不厌高,海不厌深,周公吐哺,天下归心。"这样的诗,只有那些在淮河岸边纵横驰骋的人,才会拥有这般雄浑的元气。淮河这个地方,一直具有一种天地宇宙的浑然大气,既有连接轩辕炎帝的混沌之力,又有俯仰人间世界的天地血脉,既具有形而上的认知,也具有形而下的手段。黄河文明,正是因为淮河两岸重大思想和文化的补充,才得以发展壮大起来。淮河两岸,更像是一个巨大的生命体,是可以构建某种精神家园的。

"我将穿越,但我永远不能到达。"这是比利时诗人伊达·那慕尔的一句诗。用这首诗,来形容我对于淮河的印象,似乎尤为妥帖。虽然,在淮河两岸,曾经的浑然大气变得支离破碎,但只要认真体会,学会分辨,你就会发现,她们仍会如秋天的罡风一样,无所不在,席卷着金黄色的落叶急促穿行。对于我来说,关于淮河的行走,不仅仅是脚步的,更是思想和精神的。在这个过程中,我一直有如履薄冰的畏惧,亦步亦趋的拘谨,九曲回肠的疑虑,烟笼雾绕的困惑,我唯恐我薄弱的思想,穿透不了历史和哲学的云层,无法让我变得更明澈。我一直试着努力去擦拭眼中的云翳。当我真正地走进这片土地,感受这片土地排闼而来的气场时,一切顾虑便烟消云散,我变得神游八极、意气风发,狂放和收敛皆游刃有余。那样的感觉,仿佛摒弃了写作状态,进入一种音乐的节奏。我知道这个世界上万事万物都有一种音乐般的节奏,只要你把握了这种节奏,并能踩准这种节拍,上帝就已在你的心中了。这时候,只要顺着这里的阳光雨露,顺着这里的风土人情,天马行空,感受它内在的旋律,就足以表达这片土地涵盖的一切,即使历史如风,智慧如水,也能够感受风轻云淡,那时花开。

拼酒,是这一块土地上永恒的内容。那是历史和文化的沉淀,也是人性和民俗的沉淀。酒是这片土地上最感性的一种东西,它最直接地散发历史的味道,人文的味道,土地与淮河的味道。在淮河两岸,我曾很多次在一场酣畅淋漓的拼酒之后,仰面倒下,在天旋地转中,感受淮河的气息、庄稼的芳香,以及头顶上的星光灿烂扑面而来。酒,源自粮食,源自高粱、小麦和大豆,源自淮河水,更源自人类自身的急切和渴望。而我,就在这种神秘的来自天地的力量的导引下,摒弃了自以为是的知识,摒弃了似是而非的论断,开始了神游八极,以一腔混元之气在这块土地上奔跑、寻找、迷顿、呐喊……

这时候的淮河,已成为我的血液流淌。

明 与 暗

一

淮河的信史,就从大禹开始吧。

历史总是空蒙的,这使得我们在面对它时,总觉得内心惶然。我们不知道它的起源在哪里,在很多时候,它只是神话或者推理。《圣经》告诉我们:起初神创造天地。地是空虚混沌。渊面黑暗。神的灵运行在水面上。神说,要有光,就有了光。神看光是好的,就把光暗分开了……唯物主义告诉我们:人类,是由猿猴变成的,是劳动,让猿变成了人……科学则判定:宇宙,是源于那一场大爆炸……无论是传说,还是推断,都像是一个寓言,一个在世界上广为流传的寓言。它让我们相信,如果硬要刨根问底这个世界起源的方式,那么,相信吧,相信各自的寓言。

对于淮河,我们同样面临这样的问题——如果硬要给淮河的信史安排一个开头的话,那么,不妨从那一场惊天动地的会议开始。

开会的地点在涂山。也就是现在淮河南岸的怀远县境内。如今,在山脚下,还有一个村庄叫作禹会。那次会议,从某种程度上说,决定了华夏北方与南方的共融,决定了这一片土地的核心作用。可以说,这是一次弘扬道德的会议,各地的酋长在目睹了禹的尊容后,由于敬佩禹的道德和操守,心甘情愿匍匐在禹的脚下,听从禹的振臂一呼。

从此,淮河两岸就有了"光"。

数千年后,当我由于凡尘俗务经常乘车跨越淮河的时候,我总能看到淮河岸边的涂山,它突兀地矗立在一片开阔的平原之中,尤其醒目。不过走近空旷的涂山,已很难想象出历史的神圣和气韵了。一切都毫无踪迹,只是在山岗之上,有一个破败的禹王庙,里面有一座几近坍塌的禹王像。这些,似乎就是涂山与禹王全部的联系了。历史就是这样,很大程度上,它一直空蒙而虚假,就像一个巨大的骗局一样。历史的实质也很少是庄严的,庄严,往往都是后来的意会和附加。四千多年前的那个冬天,当禹在涂山召开各路诸侯大会的时候,他肯定没有想到,这一次会议,竟被后人赋予了那么多的意义。

二

禹的故事,从某种程度上,彰显的正是莽荒时代人与大地的关系。那个时代,应该有一场世界性的大水吧,在西方,只有诺亚乘方舟带领几个人逃到了山坡上,然后,雨停了,有鸽子衔来了橄榄枝,预示着有陆地出现;在东方,史书同样记录了这次大洪水,黄河、长江、淮河洪水横流,九州一片泽国,人们只能暂避高地上,甚至攀缘在树枝上。那时候中原的领袖还是舜,舜先是命鲧治水,鲧是禹的父亲,面对茫茫大水,鲧有勇气,却高估了人的作用。鲧一直用堵的方法来治水。茫茫泽国,水哪能堵得住呢?鲧失败了,人类也遭到了惨重的损失。舜很生气,就把鲧流放到羽山,后来鲧就死在那里。

禹这时候出场了。禹的这个家族,是很有点来头的:禹的父亲叫鲧,鲧的父亲叫帝颛顼,颛顼的父亲叫昌意,昌意的父亲就是中华民族的创立者黄帝。算起来,禹算是黄帝的玄孙了。让禹负责治水,同样是舜的意图。当时,禹在各方面口碑极好:为人机敏勤快吃苦耐劳,守道德从不违背社会准则,具仁心有亲和力,他的言行让人们信服。《史记》甚至说,禹说话的声音都合乎钟律,自身的行动成为法度,他的勤勉不倦端庄恭敬,在当时成为百官的典范。这样的人分明就是一个半神啊!《尚书》在解释舜的动机时说"舜举鲧子禹,而使续鲧之业",显然,舜就是要禹子承父业。

当然,对于禹来说,父亲鲧的罹难,对他的打击是巨大的。子承父业,不单单是临危受命背水一战的问题了,而是他,以及他的整个国家,在洪水面前,都走进了绝路。禹一开始并不想担任,他跪拜叩头拒绝,想把这一任务推让给契、后稷以及皋陶。不过帝舜的态度异常坚定:你还是快去办理你负责的事情吧!

完全可以想象禹临危受命时的心情,悲伤之余,更多的还有悲怆,为自己的悲怆,为芸芸众生悲怆。人类在自然的压迫之下,就像蝉一样脆弱。在这种情形下,禹唯有兢兢业业,将身家性命置之度外,以求上苍的悲悯了。这样的做法,一方面是无私,另外一方面,也是无奈。这是一条真正的不归路,在禹看来,天与人,是相通的,自己只能以极致的方式,来完成与神灵的沟通。

禹应该是一个身材高大粗壮的汉子,这一点不容置疑。他调动着人马,以一种无敌剑客的神情正视所有的一切。他在贫瘠的大地上行走着,胸中涌动着万丈豪气。关于禹所做的一切,有零星说法得以传承。《淮南子·本经训》《修务训》《要略》以及《尚书·益稷》《正义》还有屈原的《天问》等当中,都有着对于禹事迹的赞颂。其中,《淮南子·修务训》以充满赞颂的口吻写道:"禹沐浴淫雨,栉扶风,决江疏河,凿龙门,辟伊阙,修彭蠡之防,乘四载,随风刊木,平治水土,定千八百国。"《要略》同样记载了禹身先士卒劳苦奔波的感人事迹:"禹之时天下大水。禹身执以为民先。剔河而道九岐,凿河而通九路,辟五湖而定东海。"

从这些典籍记载中,人们印象最深的一点就是,禹在凄风苦雨中,几乎走遍了九州。这样的行为,不由得让人困惑不解:禹为什么不在一个地方专注治水,而是抬起他的双脚,像旅行一样走遍祖国大地呢?司马迁在写大禹这一段事迹时,用了好几大自然段来描述——禹的巡行治水从冀州开始,在冀州,禹先治理完壶口山,又去治理梁山和岐山;在济水和黄河之间的兖州,禹疏导了境内黄河下流的九条河道,让雍、沮两水流入一个湖泊;在大海和泰山之间的青州,禹疏导了潍水和淄水;在大海、泰山和淮河之间的徐州,禹治理了淮河和沂水;在淮河以南和大海以西的扬州,禹又治理了彭蠡泽,将松江、钱塘江、浦阳江都疏通入海;在北起荆山、南到衡山之南的荆州,禹治理了江水、汉水,还有沱水、涔水、云土泽、梦泽等;在荆山以北、黄河以南的豫州,禹又将伊水、洛水、涧水等疏通流入黄河,疏导了菏泽,然后又治理了孟猪泽;在东到华山、西到黑水之滨的梁州,在西到黑水、东到冀州西界的黄河的雍州……可以说,就当时的九州而言,禹的足迹无所不在!禹治水的范围,不仅仅是黄河、淮河等干流,连一些不知名的,地图上找不到的小河流,禹也将它们一一治理。而且,禹所做的,不仅仅是治水,禹每到一个地方,还发动当地群众重建家园。

  一个人,怎么能在短短十多年的时间里,做出那么多的事情呢?对于大禹治水的具体方式,我一直在想的一个问题就是:以禹所处的上古时代的生产力水平,与洪水斗争,无疑是一件非常困难的事情。就鲧和禹而言,以当时的人力物力,无论他们采取怎样的方式,要想真正取得与洪水争斗的胜利,几乎是不可能的事情,也是不可能完成的任务。

太史公一直没有交代禹具体采取什么措施来治理江河,只是阐述禹的中心方法是"疏",将江河导引入海。至于其他史书,在涉及大禹治水时,同样也没有说具体的方法和事例,只说禹采取了"疏"和"堵"相结合的办法,以"疏"为主。中国文化一直不太喜欢,也不太习惯于刨根问底,它总是习惯于将事件情感化,将事件模糊化甚至传奇化,至于事件的来龙去脉,往往大而化之地加以忽略。大禹治水的具体情况也是如此。这样的方式,给我们留下了很多空白和疑点,比如,有多少人参与了这一次对洪水的治理?大片的洪水是如何疏引出去的?九州又是如何治理的?传说和文字一直疏于记载,人们的思维习惯性地转向情感,转向引人入胜的情节,甚至习惯地将平凡事件神化。留给我们的,就是有关禹的一个半人半神的故事。当然,以四千年前的文字水平,如果想翔实地描写出禹的事迹,无疑是吃力的。

三

的确,在很多史书中,禹一直是一个半人半神的形象。

《淮南子》中有一个故事是关于禹的,说每当禹治水时,就化身为一个硕大无朋的大熊,逢山开拓、逢水疏导。这一天,禹在治水离开家时,对妻子涂山氏说:你给我送饭,得听到鼓声才能来。禹离开家后,就变为一头大熊,开始治水了。无意中,熊碰到了一块大石头，发出了一声巨响。涂山氏听到了，以为禹击鼓让她送饭了，便来到禹工作的地方。看见自己的丈夫竟然是一头大熊，顿时吓呆了，又羞又愧，化为一块石头。

涂山氏变为石头的另一种说法见之《吕氏春秋》，说是大禹治水，三过家门而不敢入之后，涂山氏每天守候在涂山山巅之上，对着大禹所在的方向望眼欲穿，最后竟化为一尊石像，也就是"望夫石"。这种典型的中国传说有双层的含义：一方面，它意在歌颂爱情的坚贞，另外一方面，它还说明着大禹的无私——以中国人的思维方式，当他赞美一个人时，总是把这个人想象得十全十美。

故事还在发展之中，另一个典籍上这样记载：涂山氏变为石头之时，怀有身孕，禹急着对石头大叫："还我的儿子！"于是石头洞开，一个婴儿跳了出来，那就是后来夏朝的创始人启——故事生动而富有戏剧性，也符合"启"这个名字的含义。这样的故事，既充分表达人们的潜意识，同时也表达出人们盼望化腐朽为神奇的愿望。

关于禹的治水，无论是史书也好，典籍也好，一直有诸多的神话意味，似是而非，这使得后人在研究这段历史时，一直缺乏真正可信的事实材料，故难以确切地考证。当年顾颉刚先生在万般无奈之下，忽发奇想，认定禹是一条"虫"——顾颉刚在北大教书时，只有二三十岁，年少气盛，正是什么话都敢说的年纪。顾颉刚的根据是《说文解字》——许慎说："禹，虫也。"因此，顾颉刚大胆断言，大禹是神不是人，禹的神话可能是因九鼎而起，九鼎上面有花纹,花纹里面有条虫,这条虫可能就是禹。这个惊世骇俗的推断发表之后,引来了一片嘘声。鲁迅在小说《理水》中,就对顾颉刚的大胆妄为,进行了辛辣的讽刺——洪水滔天中,一帮文化学者端坐"文化山"上高谈阔论,"拿拄杖的学者"是潘光旦,"鸟头先生"则是顾颉刚。鲁迅以"其人之矛击其人之盾",同样用的是拆字法,把"顾"字一拆两半,"雇"是一种鸟的名字,"页"是头,"顾先生"自然就成了"鸟头先生"……当然,这是禹的模糊事迹引发的一段幽默插曲。

传说禹治水过程中,曾经三次来到现在河南与湖北交界的桐柏山发源处,与水怪无支祁发生大战。这一段故事,后来的《太平广记》曾经以小说的笔法细细描述。这个水怪能说人言,形若猿猴,缩鼻高额,青躯白首,神通广大。后来有人推断出,吴承恩所著《西游记》中的孙悟空,原型极可能就来自这个叫作无支祁的水怪。吴承恩生活的时代,肯定会流传禹大战无支祁的故事,吴承恩极可能受到了故事的启发,创造了孙悟空这个人物。传说禹在跟无支祁争战很长一段时间之后,终于制服了这个妖魔。禹用锁链锁住了无支祁,又用带金铃的铁环穿透了它的鼻子,然后将它镇在淮阴之龟山下。从此之后,淮河便安宁地注入大海,再也不兴风作浪了。

当然,在禹的传说中,流传最广、影响也最大的,就是禹的"三过家门而不入"了。"三"是虚词,也就是说,在治水的过程中,禹多次从家门口走过,却一直没有回家。《史记·夏本纪》对这件事的交代最为细致,禹在洪水滔天之际,临危受命,一直在九州之内东奔西走,"开九州,通九道,陂九泽,度九山"。禹治水之时,"居外十三年,过家门而不敢入"。一个"敢"字,道出了禹的压力。综合《尚书》《吕氏春秋》《左传》等史书的说法,禹在三十岁那一年,到了涂山这个地方,由于因为担心事业无后,便娶了当地一女子为妻,也就是涂山氏。禹娶妻之后,又马不停蹄地奔赴抗洪救灾第一线。甚至当妻子生了儿子启,禹也不知道。其间,禹有好几次经过家门,在门口驻足,听到自己儿子启的哭声,都没有进门看望一下。禹之所以不敢这样做,可能是因为父亲鲧被杀的原因吧,人言可畏,口口相传中,自己的行为会变形扭曲。当然,禹的"过家门而不入",在口口相传中,同样脱离了本来的情形。

禹就像一个殉道者一样,将自己作为"牺牲品"奉献给天与地——他节衣缩食,将最好的东西拿出来祭奠;同时,压抑自己的一切,包括欲望和情感——在蛮荒的岁月中,人们一直相信冥冥之中是神在主宰这个世界的,人在做,天在看——在根本没有办法和能力与自然相抗的情况下,人们唯一能做的,只有希望以诚意感天动地,博取天地的怜悯。就这样,禹殚精竭虑,别妻离子,在清晨和傍晚,面对山川河流默默祈祷,乞求着它们不要涂炭生灵,而要给人类以生活。与此同时,禹将谷物的种子分发给灾区的人民,供给他们有限的食物,带领他们进行局部有限的治水……有人推测,禹实际上不完全是在治水,他只是以治水为名,传扬着自己的名声,也弘扬一种道德操守,让人民正确面对困难和挫折,也以此来感天动地。不管怎么样,禹毕竟在治水上做了一些工作,虽然这些不是决定性的,起决定作用的,还是天气的变化——天不再下雨了,洪水慢慢退了,土地重新显现了。人们走下了高坡,继续开始耕种。每一个人都把功劳看作是禹的,人们振臂欢呼,禹治水成功了!

《史记》中,司马迁记载了舜、禹、伯夷和皋陶之间的一场对话颇有意思:有一天,舜帝上朝,跟禹、伯夷、皋陶商谈有关事宜。皋陶建议说:如果能按照道德行事,谋划就会高明,辅佐的大臣就会和谐。以德服人就是要提高自身的修养,要有长久的打算,要使九族亲厚顺从,使许多贤人努力辅佐,政令由远及近,完全在于自身的德行。皋陶进一步阐述说:察验一个人的德行需要从他所做的事情开始,性格宽宏而能庄重,柔和而能独立行事,忠厚诚实而且恭敬,办事有条理而且认真,性情柔顺而且刚毅,正直而且温和,简约而不草率,坚强果决而作风踏实,任事勇敢而合乎义理,经常修明这九种品德,那就很好哩!

皋陶口若悬河地阐述"以德服人"的理论时,禹一直默默无语。舜对禹说"你也发表一下你高明的意见吧",禹出人意料地低调,只是说:"我有什么可说的!我只想整天努力不懈地办事。"皋陶问禹说:"什么才叫努力不懈?"禹这时候不失时机地进行了一番"自我表扬",说:"洪水浊浪滔天,浩浩荡荡包围了山岗,淹上了丘陵,下面的民众都在从事治水的活动。我在陆地的时候乘着橇,山路上行进的时候穿着草鞋……同益一起送给民众稻粮和新鲜的肉食,也疏导九条河流通到四海,疏浚田间大小沟渠流通到江河……"说到这里,禹又不失时机地把"三过家门而不敢入"的事情细细地说了一遍,然后又接着自我表扬,"生下儿子启我不能抚养他,所以能够完成平治水土的事功。辅佐形成甸、侯、绥、要、荒五服制度,国土的宽广达到了五千里,每州动用了十二个师的人力,一直开辟到了四方最为荒远的地方,建立了每五个诸侯国任命一个'五长'的制度,各自的首领遵循职守建有事功。"

禹后来居上的演说感动了包括舜在内的所有人。舜帝说:"用我的德教去开导他们(蛮族),要靠你的工作来使他们归顺。"负责刑狱事务的皋陶也敬重禹的功德,下令让民众都效法禹,不按照命令的话来做,就用刑法处置。一时间,禹的美德和名声传遍了九州,口口相传中,禹成为一个圣人,一个每个人都愿意顶礼膜拜的圣人。

四

禹的名声就像天宇上的五彩祥云一样,闪烁着光芒。他的事迹被编成歌谣,在这个世界上传唱。不仅仅是中原了,那些偏僻地方的部落和诸侯也对禹表示出崇敬。禹已经变成一个神祇了。

不久,舜老了,舜同样以"禅让"的方式,将帝位传给了禹。禹的接替,在所有人看来,是很顺理成章的一件事。这时候禹的威信,甚至超过了舜。禹为帝之后,天下得到了进一步的治理,道德在弘扬,榜样在树立。禹以道德的武器,让四方八荒臣服——东南方的东夷集团归顺了,南方的苗蛮集团归顺了,西北方的羌戎集团归顺了……他们都倾慕禹的名声,对于这样一个道德完人,一个天生神力、连洪水都听命于他的神祇,有什么理由不顺从他呢?在这样的情况下,禹顺水推舟,俨然以天子的身份到南方各地巡视,并和各方诸侯约定时间到涂山相会。

那几日,来自各地大大小小的国君,也可以说是酋长,包括他们的随从,一同来到了淮河边的涂山。他们穿着华美的礼服,脸上画着纹饰,头上插着鲜艳的羽毛,带着珍宝玉器,前来朝见大禹。禹站在高高的涂山之上,面带微笑,像一个神祇一样低垂着眼睑,平静地俯视着大家。这些来自九州各地的人,能见到神话当中的禹,一个个激动得泪流满面。他们心悦诚服地伏在涂山脚下,聆听着禹音乐一般的言语。禹会诸侯的那些天里,涂山脚下人山人海,欢声雷动。人们载歌载舞,尽情地欢呼歌唱,有牧人的胡笳、猎夫的号角、高地的芦笙、船夫的号子、南方婉转的民歌,西部高亢的花儿……完全可以说,这是一场"以德服人"的聚会,禹以他巨大的道德力量促使了各部落之间的融合。各路酋长纷纷到来,人们愿意接受道德的教化,就像接受阳光雨露一样。

可以说,禹当时竭力弘扬自己的道德和名声,肯定是有超出常人的考虑的。很明显,他是想用这样的道德教化和弘扬来凝聚人心,也达到统一的目的。那个时代的人是淳朴而单纯的,人们的审美观念和理解力还停留在非白即黑的框框里,思维方式倾向于感性,也倾向于简单化。在这种情况下,在涂山之上,禹高高举起了这面旗帜,自然会引得淮河两岸一片沸腾。

一个以德服人的新纪元开始了,道德,就这样成了风中猎猎飘扬的旗帜,无数人沉醉于那样的传说中,也被那样的传说感动。她散发出金黄色的光芒,照耀着芸芸众生。禹第一次认识到道德的巨大力量,也感受到了道德号召力的甜头。他开始专心致力于道德的教育与典范的树立了。禹很快下令收缴了各部落所有的铜器,用这些铜铸成了九个大鼎,象征九州。九鼎的铸成,不仅使禹将权力神圣化,同时,也借机收缴了各部落的武器。禹让人在每个鼎上镌刻了各州的地理出产、珍禽异兽等,然后将九鼎运至宫中,号称是镇国之宝。各部落首领定期向禹王进贡时,都要向九鼎致礼。这九个鼎成了华夏的图腾和象征,禹自然也"一言九鼎"——一个带有明显专制意味的朝代,就这样具有雏形了。

也就从那时起,可以说,中国文化不可避免地坠入了一个误区,由于过于相信道德的感召力,人们重视和弘扬道德的同时,必定会忽略法律、自由、平等。道德的利用一直是有前提的,这个前提,就是"性善说",相信一个人能对自我进行完全的约束。后来的儒家思想,正是建立在"性善"的前提下——对于"修身、齐家、治国、平天下"而言,"修身"是前提,也是基础。如果一个人忽略这样的前提,不是一个真正的君子,只是把道德的剑刃对准别人的话,那么,道德的旗帜极有可能会变成狼牙大棒,成为打击敌人排除异己的利器。

五

不过有关于禹的传说却如化石一样沉淀下来,先是口口相传,然后镌刻于甲骨之上,青铜之上,竹简之上,后来,等毛笔和纸出现,它们又呈现在纸上。一种思维方式也涌动在空气之中,让这一片土地上的人们呼吸吐纳。

禹死后,禹的儿子启当上了帝。启死后,又将帝位传给了儿子太康帝。太康帝死后,将帝位传给了弟弟仲康帝……中国的古代的部落制彻底地消失了,禅让制也变成了世袭制。最初由"禅让"而形成的"共和制",就这样在禹手上变成了"家天下",变成了专制的政权。这样的变化,不知道是不是禹殚精竭虑所想推动的。

从这个意义上说,禹所做的一切,包括高举道德的旗帜,都像一个处心积虑的阴谋。

名 与 实

一

关于管仲的故事,已是耳熟能详了。

管仲出生在淮河的一条支流——颍水畔,也就是现在的安徽颍上县境内。这一点,《史记》上有明确的记载。颍水发源于中岳嵩山,逶迤东下,流经河南登封、禹州、许昌、临颍、周口,流经安徽颍上、阜阳汇入淮河,为淮河第一大支流。管仲出生时的颍水河畔,应该更像现在的江南吧,春天里草长莺飞、鸟语花香。这个地方在管仲之前,也曾出过很多人物,他们在少年时努力求学,稍大一点之后,便去了附近的晋国、蔡国、曹国、燕国、齐国等地,读书、做官、做生意。

管仲的祖先姓姬,曾跟随周武王打江山。后来周朝分封诸侯，被封为管国国君，因此改姓管了。到了管仲父亲管庄这一代，家道中落，管仲家也从山东一带移至颍水畔。不过管仲少年时曾接受过良好的教育，通诗书、懂礼仪、会驾车、善骑射。成年之后，管仲开始外出做点小买卖，到过很多地方，也接触过各式各样的人，对社会的现状以及大众心理很了解。这一段经历，对于管仲思想和性格的形成，有很大的影响。这使得管仲在行为习惯上，讲究实际，不迂腐，有民间智慧和草根经验。

说管仲，就不能不提他的好朋友鲍叔牙。鲍叔牙也是在颍水畔长大的，少年时与管仲是很好的朋友，后来又一同外出做生意。鲍叔牙对管仲很了解，也很包容。每次两人做生意赚了钱，鲍叔牙总是让管仲多拿一点，自己少拿一点。一些外人看不惯，说管仲贪图钱财，不讲义气，鲍叔牙总是一笑了之，解释说管子家境相对较穷，需要钱。管仲还当过兵，先后好几次参加战斗，但每次都从战场上逃跑。人们说管子贪生怕死，鲍叔牙却为管仲辩护：管仲不是怕死，而是家中有老母要赡养，不得不这样做。管子也曾好几次当过一些小官，但每次都因为这样或那样的原因被解职。人们都议论管仲没有贤德，鲍叔牙却铮铮辩白说，管子不是没有贤能，是没有遇到好机遇。

大约是做生意没赚到什么钱，当兵也没获得什么功绩，管仲和鲍叔牙一同来到了齐国。一番辗转之后，二人由于学问高深，很快受到重用，分别担任当时齐僖公两个儿子纠与小白的老师。不久，齐国政局陷入动荡之中——齐僖公死后，太子诸儿即位，是为齐襄公。齐襄公欲杀两个弟弟公子纠和小白。公子纠和管仲避难逃往鲁国；公子小白和鲍叔牙逃往莒国。齐襄公执政后荒淫无道，一直跟同父异母的妹妹文姜通奸，文姜嫁给鲁桓公之后也不中断。齐襄公与鲁桓公因此发生了角斗，鲁桓公被齐襄公杀死。接着，齐襄公也被杀。群龙无首的局面下，管仲带着公子纠，鲍叔牙带着公子小白日夜兼程赶往齐国，谁先赶到齐国，谁就会成为国君。聪明的管仲想阻止小白回齐国，便带着一小队人马阻截小白。当小白路过时，埋伏在那的管仲开弓射中小白的腰带玉钩，小白大叫一声，倒在车中装死。管仲见小白倒在车中，以为威胁解除，便和公子纠不紧不慢地回齐国。谁知小白风雨兼程，先到了齐国，当上了国君。

接下来的故事，更体现了管鲍之间的友谊——公子小白在成为齐桓公之后，想杀管仲报仇。鲍叔牙挺身而出，力劝齐桓公不仅不能杀管仲，而且还要重用他。鲍叔牙说，管仲是个经天纬地之才，不可多得，只有他，才能使齐国变得强大起来。在鲍叔牙的力荐之下，齐桓公没杀管仲，还任命管仲为齐国的相国。

管仲当上相国之后，整肃秩序，力促经济，三年就使这个边陲国家民富国强，初见成效。此后，齐国变得越来越强大，齐桓公也顺理成章成为春秋第一霸主，"九合诸侯、一匡天下"。齐国不仅成为当时军事上最强大的国家，还成为经济最繁荣、文化最先进、思想最开放的国家。这个国家呈现出思想自由和学术自由的氛围，齐国专门设立一个"稷下学宫"，以极高的礼遇招揽各地人才，让他们自由发展学派,平等参与争鸣,形成了当时学术思想的一片繁荣景象。稷下学宫不仅成为齐国的智力和人才仓库,甚至成为当时最大规模的中华精神汇聚地,也成为最高等级的文化哲学交流地。

执政数十年后,管仲卧病垂危,齐桓公来到管仲病榻前,询问管仲对诸大臣的评价,看谁更适合当相国。桓公问:"鲍叔牙如何?"管仲答:"鲍子是个正人君子,善恶过于分明,如果仅仅是好善尚可,但他记人一恶,终身不忘,没有人能容忍得了。"管仲虽然跟鲍叔牙私交深厚,但仍实事求是向齐桓公阐述了鲍叔牙思维自观的缺点。齐桓公又问:"隰朋如何?"管仲答:"隰朋不耻下问,过家门而不忘国事,是很好的人选。只可惜他与我形同喉舌,我一死,他恐怕也活不了多久。"

这时候日益昏庸的齐桓公最宠幸的有三个人:一个是把自己儿子杀了让齐桓公尝人肉滋味的易牙;一个是背弃自己祖国和父亲的卫公子开方;再一个就是为了亲近讨好齐桓公阉割自己的竖貂。齐桓公很想从其中三选一接替管仲的相位,他试探管仲对这件事的态度,管仲明确表示反对。

齐桓公问:你看易牙这个人怎么样?

管仲答:杀子以适君,非人情,不可。

齐桓公又问:你看开方这个人如何?

管仲答:背亲以适君,非人情,难近。

齐桓公再问:那你看竖貂这个人行不行?

管仲说:自宫以适君,非人情,难亲。

管仲不同意的理由都是"非人情"——在管仲眼中,这三个人的行为,违背了人之常情常理。一个人,连做人做事的基本道理都会背叛,肯定心术不正,图谋不轨。这样的行为,当然得让人警惕才是。

由于管仲的强烈反对,齐桓公只得拜隰朋为相。隰朋当了一年相国后去世,齐桓公又任用鲍叔牙为相。鲍叔牙在当上相国的两年,眼见得齐桓公日益昏聩,天天与易牙等人厮混在一起,不由得愤愤不平。鲍叔牙死后,易牙等三人更是各树其党,争权夺利,根本不把年老体弱的齐桓公放在眼里。最后,一代霸主齐桓公孤零零地饿死在深宫,十数日无人收尸,齐国也陷入了动荡和战乱之中,国力一天天变得衰弱,由管仲创造的辉煌也走到了尽头。

纵观齐国的盛衰历史,可以说,管仲是一个成功者。这一点,管仲与老子、孔子、庄子、孟子都不一样,他能将自己的思想付诸实践,并且获得了成功。一个人,能亲眼看到自己的思想如种子一样,生根、开花,并且结出累累硕果,应该是一件殊为欣慰的事情。

二

那么,智慧的管仲在齐国到底做了些什么,从而使得这个地处海滨、偏僻又狭小的齐国,在短时间内一跃成为大国的呢?

风掠过淮河长江 | 035

中国文化向来是喜欢贴标签的,比如把谁看作儒家,又把谁划为法家;或者把什么归结这个主义,又把什么纳入那个思想……好像标签一贴,万事皆成似的。然后,就按标签所贴,用一种僵死的概念来诠释,根本不愿意尝试顺着事物的纹理和规律去探索。这样的方式,使得人们在研究管仲时碰到了难题——这个来自淮河岸边的人,他的思想和手段到底归于哪门哪派呢?他的主张似乎兼有各家的影子,又似乎不专属哪家——他尊重人性,道法自然,像道家;提倡道德,讲究秩序,像儒家;重视法治,刑律严酷,像法家;同时,他在用兵上神出鬼没,法无定法,又像极了阴阳家……也正因如此,任何一派都不好意思将管仲奉为他们的祖师爷或者纳入他们的范畴。

管仲治理齐国的方式和手段,同样给人们带来诸多疑惑。管仲所做的一切,根本就是"无门无派"——相比孔子,以及后来的孟子,管子的思想一点也不具有浪漫的成分,也没有理想化的成分,他很少提一些纲领,不像儒家那样热衷说教;他似乎从不按规矩办事,就是如商人般唯利是图。管仲的目的很简单也很明确,国家的稳定与秩序,人们的道德观念和伦理,都必须建立在国富民强的基础上。要想实现这些,就要发展经济,发展工商业,赚取钱财,积累资金……这些,在当时,乃至后来的中国文化的主流看来,都是"匪夷所思"的事。

让人们无法把握和首肯的还有管仲的私德,以及他做事的方法和手段。在人们看来,不仅仅管仲弃公子纠而投公子小白,算是道德上的一个污点。而且,管仲为了齐国的强大,可谓心机用尽,手段用尽,而且很多手段,都不是那么光明正大的。比如:管仲为了鼓励商业,竟在淄博设立了七百处"女闾",也就是妓院。这样的方式,又让道德保守的儒家"瞠目结舌"了……如此情境之下,也难怪管仲找不到自己的归宿了。

管仲就这样成为一个让人费解的人。其实哪有什么费解的呢?在很多时候,认识上的隔阂与框框纯属"庸人自扰"。现在看起来,管仲的执政思想,是从实际出发,尊重天地,尊重人心,尊重人们的需求,也遵循人们的欲望。这当中有道家的成分,也有浓郁的民本主义的思想。管子的出发点是"与俗同好恶",其实就是按照市场的规律来办事——既然人性当中皆有"求利远害"的自利之心,为什么不因势利导以人心的走向来制定国家政策呢——这样的方式,似乎又有点民主社会以及现代经济的影子。不过,管仲所做的显然又不是放任不管的市场经济和自由社会,相反,他的政治经济措施不仅具体,而且严酷,比如强制推行"四民分业定居"政策,使士、农、工、商各归其所,聚居一处,世代相传;不准百姓随便迁徙等。这一方式,又具有强硬的国家管理模式——从这一个概念上说,管仲又像法家。至于提倡道德,对农民推行减税政策,有效地保障农民利益;在军事上不主张滥用兵力,奉行不战而屈人之兵等,又跟后来孟子大力提倡的"王道"有几分相似。显然,这又具有儒家的成分……现在看起来,当年的管仲就像是武术中的"自然门",他是无门无派的,他的一招一式,都是从具体情况出发。他不是儒,不是道,不是法,不是墨……他什么都不是,但管仲所做的,似乎又带有这些门派的影子,他只是根据对手的情况,每招每式,都能击中要害。这样的方式,实际上就是最切合实际的方式。

后来,孟子把儒家学说的核心归结于"修身、齐家、治国、平天下"。细细地分析管仲在齐国所做的,也可以看出,其实对于管子来说,他人生最大的目标,也就在于此,尤其是治国和平天下。如果将管仲的主张和行为加以概括,就能看出,管仲同样在探索"王道"的精神,他的"王道",就是以富国强兵、社会自由、人民安居乐业的方式,来达到治国的目的。管仲最著名的话就是"仓廪实而知礼节,衣食足而知荣辱",从这一句话可以看出,管仲其实也是很讲道德和礼节的,只不过在他看来,只有在一定的物质生活条件下,伦理道德的秩序才能实现。

"治大国若烹小鲜",这是老子在《道德经》中的一句话,话虽然说得有些满,但道理似乎真的是那么回事。管仲虽然没有说过类似安宁的话,但他治理齐国,也是按照这个方法来做的,类似的心得,肯定会有不少。有可能读着老子字句,管仲还会会心一笑呢!老子没机会实现他的济世理想,就背着包裹,骑着青牛出关去了。而就管仲来说,他有了一个机会,使得他的济世情怀得以实现。换句话说,管子就像是老子的现实版,是一个兢兢业业克己复礼的老子,是一个将思想从半空中拉回到现实中的老子。按照我的理解,管仲的思想完全暗合了老子的"道"与"德"。他所做的,就是在"道"与"德"的总纲之下,制定法度,判别是非,公正赏罚,以公正和不偏不倚推动社会的进程。"政之所在,在顺民心。政之所废,在逆民心。民恶忧劳,我佚乐之;民恶贫贱,我富贵之;民恶危坠,我存安之;民恶灭绝,我生育之……故从其四欲,则远者自亲;行其四恶,则近者叛之。"管仲这一段话的中心意思,跟老子的《道德经》不谋而合,看得出来,他们的出发点,都是参透天地,然后寻找合乎天地民意的手段。

当然,就管仲的手段而言,谋略和权术占据了重要的地位。不过,就管仲那个时代而言,无论是他的权术也好,谋略也好,不择手段也好,还是有着大气象和大胸襟的。并且,靠着这样的大气象,管仲架构起了一个大国的管理格局。这种由谋略的广博和心机的深刻而发散开来的大气象,对于社会的进步,起到了极大的推进作用。只是到了后来,随着时间的推移,权与谋变得越来越普遍,也变得越来越扭曲变形。汉武帝时代,阴鸷的权谋和善变已经让人感到心惊胆战了,只不过那时的权、势、术还支撑着国家的强大;到了三国时代,曹操可以说是将权、势、术运用到登峰造极的一个人,同样值得庆幸的是,有着分裂人格的曹操还能尽显韬略,拥有一腔热血和天地情怀,这些,还能稍稍弥补一下手腕的毒辣吧。不过到了这个时候,权术和谋略已明显是一柄双刃剑了,每每出鞘,让人胆战心惊。而当社会普遍拥有着这种制胜权谋,人们的思维方式和心思不再干净的时候,中国文化从总体上已显得不太健康了,它缺乏足够的元气去挣脱泥淖,也没有清澈

风掠过淮河长江 | 039

的形而上去濯洗。当政治的核心被越来越多的权谋、谋略、权术占据之时,哪里会有善良和清明呢?整个政治,必定堕落为一块腐烂恶臭的沼泽地。

三

在我看来,这位出生于安徽颍上的一国权臣,应该是中国历史上一个最被低估的人。

与老子一样,管仲也算是孔子的同时代人。不过,管仲显然要比孔子大很多,按照时间的推算,孔子出生的时候,管仲已经逝世数年了。如果把管仲与孔子进行比较,更可以看出管仲的不凡了。孔子在《论语》中自夸:"如果谁用我执政,期月而已可也,三年有成。"但事实呢,似乎不像孔子想象得那么容易。孔子五十二岁那一年,受鲁国国君重用,三年之后孔子离开鲁国的时候,根本没有出现三年有成的局面,相反,因为杀了一个少正卯,限制了鲁国的思想自由,也影响了鲁国的经济发展。跟管仲相比,孔子既不能像管仲那样教育农民怎样种庄稼,也不懂得怎样选拔人才;更不懂发展经济要用非常手段、军事要搞阴谋、外交要当面一套背后一套了。孔子只会重复那一套恢复周礼的论调,天真地以为只要实现了他所倡导的那一套意识形态,就能治国安邦平天下,一个脱离实际的理想主义者,尽管也有他本身的价值所在,却是无法治理好国家的。

从现代政治的角度看,管仲的才华,除了表现在军事和政治上,还表现在经济、哲学、法律、外交、教育、人才、管理以及道德伦理等各方面,既有治国平天下的实践经验,也有相关的理论总结。按照常理来说,这样一个开拓政治局面,影响历史发展,并且导致社会产生巨大变化的人,应该是有崇高的思想地位和历史地位的,但在中国历史上,管仲的地位,似乎远远低于同时代那些怀才不遇的"空谈者",比如孔孟、老庄等。连司马迁在《史记》中,也只是将管仲列入《管晏列传》,总共只有数百字的篇幅。漫长的中国历史,只有晚清时的梁启超算讲了一句公道话,认为管仲是"中国之最大的政治家"。现在看起来,梁启超的这一说法,一点都不为过。

值得一提的,是孔子对于管仲的评价——在《论语》中,孔子对于管仲的评价有两处,一处是有人问孔子:"管仲俭朴吗?"孔子的问答是:"管子有三归,官事不摄,焉得俭?"意思是管仲将一些市租据为己有,不算俭朴,即不算廉政。另一处是子贡和子路问孔子,对管仲背叛公子纠辅佐齐桓公怎么评价?孔子的回答是:"微管仲,吾其被发左衽矣。"意思是:管仲辅助齐桓公做诸侯霸主,一匡天下,要是没有管仲,我们都会披散头发,张开衣襟,成为蛮人统治下的老百姓了。可以看出,孔子对管仲总体上是肯定的,但同时认为管仲做人还有很大缺失,谈不上一个道德完人。一个有污点的人,是不值得大力提倡的。

管仲为什么会有这样的境遇呢?想来,还是在于中国传统文化的原因。在我看来,中国文化最大的薄弱之处在于认识。对于事物的认识,在很多时候,总是由于不够深入,理解能力不够而出现偏差。中华文明一直算是农业文明,在某种程度上,一直有着狭隘而迂腐的成分。比如过于相信个人的自觉,不重视人道,理性意识淡薄,科学精神匮乏,辨伪机制、创新意识以及法制精神薄弱,等等。这当中最大的表现就是孔孟所提倡的"君子之道",它更像是空中楼阁,由于缺乏对人性的深入了解,显得虚无缥缈。从现代哲学的角度来说,孔孟的君子之道是建立在"性善"的前提下的,但实际情况呢,人性本来就是无是无非的,谈不上"善",也谈不上"恶",它只是复杂多变。儒家的出发点有问题,决定了"君子之道"的整个哲学体系有问题,也决定了那种"君子之道"道德教化治国的方式无法实现。

与此同时,中国人重言不重行、重名不重实的习惯和传统,又使得中国文化在很长时间里,一直对实践者和操作者缺少足够的研究和尊重。管仲是一个管理者,也是一个制度的创造者。历史是由后人写就的,对于一个管理者来说,诸多的思想和认识,大都体现在具体措施之中,随着岁月的流逝,真正呈现在后人面前的,已变得相当渺茫了。因此,当人们在整理某段历史时,往往会因循旧日的文字资料去寻找,很难通过当时的世俗人心去比较和鉴别。这样的方式,使得历史的整理者很难,也无法体会一些管理者的高妙和良苦用心。再加上历史的整理者往往都是没有实践经验的文人,对于曾经的管理者,很难有切合实际的判断,甚至,对于他们的位居高位,还在潜意识里怀有深深的嫉妒。因此,有关历史的评价总是隔了一层——这当中的反差,或许,还有人性阴暗的成分吧。历史是复杂的,在分析历史时,不可不正视这些隐藏在历史身后的问题。

因为这样的思维习惯和传统,中国文化对于那种实际上迂腐,却更具有悲壮的色彩的方式更为推崇;或者,推崇洒脱而富有游戏精神的老庄。比较起管仲的理性和实际,孔孟的方式是"知其不可为而为之",更符合中国文化对个人的道德要求;老庄呢,则更纯粹,更像一个完美的人生理想。并且,像孔孟和老庄,一辈子都在"修身",虽然在诸多方面不同,但都堪称道德完人;不像管仲,似乎总有道德上的瑕疵。历史的记述者总是被更多的情感因素所左右,正因如此,人们更觉得孔子高山仰止,老子智慧无边,孟子英气勃发,庄子洒脱自然,他们的文化和思想地位远远高于管仲,就完全可以理解了。

四

"上善若水。水善利万物,而不争;居众人之所恶,故几于道。居善地,心善渊,与善仁,言善信,政善治,事善能,动善时。夫唯不争,故无尤。"

这是管子之后的老子在《道德经》上的一段话,意思是说,最善的人好像水一样。水善于滋润万物而不与万物相争,停留在众人都不喜欢的地方,所以最接近于"道"。最善的人,居处最善于选择地方,心胸善于保持沉静而深不可测,待人善于真诚、友爱和无私,说话善于恪守信用,为政善于精简处理,能把国家治理好,处事善于发挥所长,行动善于把握时机。最善的人所作所为正因为有不争的美德,所以没有过失,也就没有怨咎。

水是柔弱的,正因为柔弱,所以它是最大的强者;水是卑下的,正因为卑下,所以它无所不聚。水的聚与盈皆来自于它的平淡本性:由于其性平淡,才永不自贪、不自居、不自骄,使万物之所生,并成为万物之所归。水流生万物,水流化万物,水流而使万物归于水。因而,万物皆流,无物不变,乃水的特性使世界变成这个样子。

看上去,老子这一段话是在谈论水,其实,这也是世界的至理。只有领悟了水,顺应了水,听从了水,才能得明大道,才能达到无我无私,天人合一的境界。

管子的有关文章,虽然没有谈论到水,但从管子的所作所为来看,分明能感受到水的力量——任何思想都不是孤立的,他们都是密切相连的,管子与老子的思想也是这样。在我看来,管子与老子的思想如出一脉,从他们的思想中,明显能够感受到淮河水的波光潋滟。

人法地,地法天,天法道,道法自然。

像风一样吹

一

在淮北平原上信马由缰,让人印象最深的,便是那种无所不在的鸿蒙气象,既博大又深厚,既丰富又杂乱。那一种大象之气总让人有难以捕捉的困惑和胆怯,像漫天飞舞的灰尘,又如旷野里无处不在的朔风。

是的,老子就是风。无论是老子的思想,还是老子本人,都如风一样。一个著名的故事就是——孔子在拜见老子并恭恭敬敬地向他讨教之后,曾这样评价说:"鸟,我知道它能飞升;鱼,我知道它能游水;野兽,我知道它能奔跑。奔跑的野兽,能够被网捉住,游水的鱼,可以被钓钩钩住,飞行的鸟类,可以被箭射中;至于龙,我就不知道,恐怕它可以驾着云而升天,今天我见到了老子,他大概就是龙吧!"

孔子对老子的评价一点也不为过,龙是离不开风的,龙盘旋起来,便有大风扶摇。在现实当中,可以说,孔子是失败者;至于老子,则是一个逃遁者。逃遁同样是因为失败,但失败者心中痛的积淤和迂回,却是逃遁者难以深切感受的。对于老子,孔子当然是难以理解的。这样的隔膜,还有地理方面的原因——孔子居住的地方,属于北方,缺少水,更有着中原的喧哗和骚动;而老子呢,那时还属于南方的楚,楚地有太多的河流,河网密布,水汊纵横。在水边生活,那种流动的思维方式不知不觉地就渗入血液当中去了。老子的思想,更像是水边葳蕤的水草。在水草当中,当然深藏着水的智慧。

是老子的思想,产生了平原的大象之气,还是平原的大象之气,孕育了老子的智慧?——这两者应该是兼而有之、相辅相成的。

二

尽管有这样或那样的传说,其实,关于老子的身世,并不清晰。

老子的情况,最详细的介绍就是司马迁的《史记》了。《史记·老子韩非列传》中,对于老子,有较为明了的记述:"老子者,楚苦县厉乡曲仁里人也。姓李氏,名耳,字聃,周守藏之史也。"

司马迁所说的楚国苦县厉乡曲仁里,后来的人曾经为此产生过一些分歧。现在,在涡河两岸,有三处老子的遗址,一个是出土考证为老子故乡安徽涡阳县郑店村的天静宫;另外两个,分别是河南省鹿邑县的太清宫,以及安徽省亳州市的道德中宫。作为历史文化名人,籍贯为各个地方竞相争认,已是司空见惯的一件事。争夺,主要是从文化和旅游资源的角度来考虑。就当年的老子来说,他只是生活在这一片土地之上,至于后来属于某个省某个县,跟他又有什么关系呢。

当我来到涡阳县郑店村时,我不得不承认,这里绝对可以担当老子的出生地——尽管沧海桑田,但在这里,仍能感受到那一片鸿蒙气象:一条涡水的支流从边上缓缓流过,抬眼远望,无垠的田地里,到处都是绿油油的麦田,然后,是迎风摇曳的白杨,在白杨林和麦田之中,有轻烟飘荡……当然,在老子的时代,这里更是万千气象。现在天静宫边的那一条小河,叫武家河。唐初李氏皇帝寻根问祖,封老子为太上老君,据说唐高宗李治寻根至此,就在这里修建了天静宫。武则天听说后,很是嫉妒,于是将旁边这一条小河命名为武家河——作为武家人,她还是想把李家拴在自己身边。传说有时就是这样透着一些小心眼去让人领略。郑店村在涡阳县城向北约4公里的地方,现有1000多村民,只有很少的一部分人姓郑。当地老人说,郑店村应该叫作"正殿"才是,因为自古以来,这里就有老子的大殿,后来以讹传讹,就变成"郑店"了。另外,当地人一直称呼树上结的李子为"辉(慧)子",而不叫

"李子",这可能是为了避讳老子的姓氏——这两点,似乎都可以印证某些东西。长期以来,郑店村一直有很多关于老子的传说,传说少年老子生就一副异相,耳朵特别大,也特别肥厚,所以当地人就称他为李耳或者李聃。这则传说,还真是有点史料的意味,因为许慎《说文解字》中,"耳"与"聃"都有这样的意思。在郑店村的东北角,有一座高大的土堆,据说,这就是被老百姓叫作老子娘坟的圣母墓。当地民间至今流传着老子母亲怀孕的故事。据说老子的母亲姓白,叫白莲子,出身富贵人家,有一年正月十五晚上,白莲子坐在后花园的李子林里赏月,只见一道流星划过,流星飞落在白莲子面前的一棵李子树上,然后,就有一颗李子在树上闪闪发光。白莲子借着月光摘下,正欲品尝,李子一下子滚落到白莲子的肚子里去了。于是,处女之身的白莲子怀孕了,怀孕之后的白莲子一直没有嫁人,一直到白莲子九十多岁了,怀胎八十一载,才生出了老子。农历二月十五那一天,腹内婴儿撞断母亲的三根左肋跳将出来,这婴儿便是老子。老子自一出生就满头白发,就有八十一岁了。后来,老子写《道德经》时,想起了母亲,就将《道德经》写了八十一章,以示纪念。

传说往往体现一种愿望,体现一种大众心理,至于其他的,实在没有太多的参考价值,反而是自相矛盾的东西太多。不过因为有老子,当地人一直感到相当自豪。20世纪90年代,安徽考古部门曾在郑店范围内进行过一次考古发掘,其中一大成果是发现了春秋时期的瓦圈井,共有九口——有意思的是,古代谈及老子身世的一本书中,曾经提到过"万鹤翔空,九龙吐水",是说老子出生时,九口井一起喷水,仿佛山呼海啸。如果这个说法成立的话,那么,天静宫挖掘出的九口井同样对应老子的身世……一个人的身世就这样变得扑朔迷离,充满传奇意味。我们要想真正了解一个人的思想,就不得不像剥笋一样,只有在剥去层层笋衣之后,才能见到真正的内核。

令人感到惊奇的是,在现在的郑店,竟然还有尹喜的墓!墓在离天静宫两公里的地方,当地人又将它叫作尹子孤堆。传说函谷关的尹喜为报答老子教诲之恩,嘱其后人将其遗骸移葬到尊师故里。20世纪,涡阳县文物部门曾经对墓地进行了一次清理。墓为砖石结构,有大型汉代方砖铺地,并存有巨石墓门两扇,每扇门有一人多高。由于墓早期曾多次被盗,墓中物品大多流失。墓主究竟是什么人,又有什么样的原委,已是无法确认,更无法明白了。

尹喜的墓到底是真是假?尹喜来到这里,是想追随老子生命的足迹吗?尽管读了老子的五千言,但心中还是有一万个疑问没有解开。或许,关尹喜千里迢迢赶到淮河边上,就是想在老子生活的这一片土地,感受老子思想的博大精深。

当然,关于老子的身世,还有一种说法,即认为老子其实并不是中土人,而是西域人,以老子的思维方式和行为方式,一点也没有东方的温良恭俭让,有的只是西域宗教的博大和神秘。从《道德经》来看,这样的思维方式,与东土当时的思维在很大程度上有着不同。持这种说法的人还猜测说，老子后来出函谷关，显然就是要回自己远在西域的家。

这样的说法听起来很是大胆，但明显地，还是缺乏很多佐证。老子来于何地，又去了何地？他叫什么名字？他为何而来？又为何而去？……这些问题，显然是这种大胆推测所无法解释的——老子，以及相关的《道德经》，就这样具有了所有伟大必备的一个元素——神秘。神秘是连接现实和梦境的一条幽径，而老子，无疑是这条幽径上闪烁的一团或明或灭的灵火。

三

老子究竟出生于哪，有哪些传说，并不是我关注的，我在想的是：如果老子身世的确成立的话，那么，一个生活在涡河岸边的"知识青年"，凭什么通过自己的苦思冥想，就达到了无上的境界和智慧呢？——我最关心的，是老子的思想脉络，以及他智慧的脚印。

应该说，老子思想的形成，与老子的身世与环境，是有直接关系的。

人的智慧来自水。也许，因为生活在水边，老子从流动之水中感受到了生命和世界的至理，也感受到河流从容不迫的力量：那种漫漶与缓慢流动的水才是这个世界最伟大也最有力量的东西，水的不争与柔弱，给予老子石破天惊的启迪。正是这片土地上纵横交错、汪洋迟缓的水,哺育了老子智慧哲学。

道在水中,道同样也在人群当中。老子寻道的过程中,那些身边的民间高人给予了他很多指点。这当中,最有名的,是一个叫作常枞的人。刘向《说苑·敬慎》当中,记载了老子向常枞问道的故事:常枞有病,老子前往探问。老聃问:"先生病得这样厉害,有什么要教导学生的呢?"常枞说:"你即使不问,我也要告诉你,经过故乡要下车,你知道吗?"老子回答说:"经过故乡要下车,不是说的不忘故土吗?"常枞高兴地说:"啊,是这样的。"常枞又问:"经过高大的树木要快步走,你知道吗?"老子回答说:"经过高大的乔木要快步走,不是说的要敬重老人吗?"常枞高兴地说:"啊,是这样的。"这时,常枞张开嘴,面对老子说:"我的舌头还在吗?"老子答道:"在。""我的牙齿还在吗?"老子看了看说:"没有了。""你知道其中的道理吗?"老子回答说:"舌头的存在,难道不是因为它的柔软吗?牙齿的失去,难道不是因为它的强硬吗?"常枞欣喜地说:"呀,是这样的。天下的道理你已经全部了解了,我没有什么要告诉你的了。"

关于常枞,史书并没有过多的记载。在河网纵横的平原上,由于水的滋养,地域的广阔,在这片地方生活的人,从来就有一种博大的思维方式和处事原则。在这里,你不可以小觑任何一个平民百姓,哪怕是一字不识,他们同样也会有很多智慧,圆润通达,甚至诡计多端。

按照一般的说法,老子曾先后两次去周室,第一次,是担任书记员,而第二次,则是图书馆馆长了。第一次出山时,老子二十一岁,还是一个意气风发的青年。这个耳朵肥厚的高个青年,来到了黄河之滨的周天子脚下,做了一名书记员。老子生活的春秋时代,天崩地裂,狼烟四起。那时周室刚刚从西部迁往洛阳——褒姒的千金一笑,差一点让周王室灰飞烟灭。东迁之后的周室就像风雨中的鸟巢一样,240年间,战争数百次,弑君内乱无数。坐在东周宫廷的典藏室里,在竹简上记述着历史的沉沉浮浮,老子慢慢变得心若止水。那些风云变幻的历史以及不可一世的大人物,在竹简之上也就是寥寥几笔。如果人来到这个世界上为的就是杀戮和争斗,那么,生命的本质到底在哪呢?

很长时间里,老子就一直静心思考着人生和宇宙的大问题。人,是可以从读书和思考中明白世界真谛的,过多地陷入现实生活中,有时候反而是迷障。老子这一段时间的生活和工作,对于内心的圆满,有着巨大作用。在洛阳,老子几乎通读了当时人类文明的所有著作,包括《周易》《连山易》《归藏易》《黄帝内经》等。这些早期人类智慧的结晶,都有一种异乎寻常的直觉,跟这个世界的天道同一。那种一步到位的直觉方式,使得这些早期人类书籍的整个知识体系清晰而玄妙。一开始,老子对这些著作是顶礼膜拜的,慢慢地,老子发现自己已腾空而起了,那种由静中而生的思维变得纵横捭阖,也变得异常坚定,而且,能够清醒地感觉到自己的体系发源于某一种浑元之气,与某一个神秘之穴相连。后来,老子开始平视这些典册了,甚至,他发现自己竟可以俯视先贤了。当老子有一天发现自己几乎无书可读的时候,他一下子感到豁然开朗——世界之理就像蜘蛛所结的网一样,环环相联,清晰无比地展现在他的面前。

孔子就是这个时候来向老子问礼的。按照现在的一些说法,孔子一共两次向老子问礼。一次,是在现在的洛阳东关大街北侧;还有一次,在老子从周室退出之后,孔子专门赶到老子当时所在的亳州,又向老子请教一些世间的至理。后来,在亳州,建有一个老子的道德中宫,至今在道德中宫的门前,还有一条巷子,叫"问礼巷"。这两个地方,都耸立着一块石碑,上面镌刻着:"孔子问礼碑"。这样的标志,极可能是后来崇尚老子的道家人所立的,他们当然想炫耀一下孔子向老子的问礼——毕竟,对于道家来说,如果孔子都曾向老子问礼,那么,两家地位的尊卑便可想而知了。

第一次问礼在《论语》上有着清楚的记载:公元前5世纪的某一天,来自黄河边的孔子乘着一辆破旧的牛车,颠颠簸簸地来到洛阳,除了观看"先王之制",考察"礼乐之源"之外,就是为了拜访老子,一个据说是周天子麾下知识最渊博的人。后来曾有人形容2500多年前的这一次道与儒的撞击,用了"凤鸾长鸣"之类的词。其实,对于老子来说,这只不过是一次普通的会面,只是一个小辈向他请教一些问题,而他经常会遇到类似的事情。在老子看来,那个来自黄河边上的高个子中年书生异常执着,也有点迂腐,他总是啰里啰唆,甚至有点喋喋不休;他的思想和行为方式,明显带着黄河流域文化的规矩和方圆,对于过去的时光,抱有神圣的幻想。那样的思维方式,跟自己一路观赏落花流水的视野很不一样。这一次,究竟孔子向老子问什么礼,老子又说了些什么,《论语》中并没有详细表明。至于后来的《庄子》,明显地对这一次相见,含有很多戏谑成分的杜撰。庄子之所以叙述此事,只是为了一如既往地说明孔子的愚笨。相比之下可信度稍强的,是《史记·老子韩非子列传》,以及西汉初儒家戴圣的《礼记》——在《史记》中,孔子向老子提出的问题是有关周礼的,孔子耿耿于怀的,仍是往昔的时光。老子便对他说:"你所说的人,他的人和骨骸都已腐朽了,只有他的言论还在。要把你的娇气和多欲、姿态容色和淫欲之志抛弃掉,这些,对于你来说是没有好处的。我所要告诉你的,就是这些罢了。"

这个时候,老子正处于一种心灰意懒的厌世状态,对于执着异常的孔子,当然有些不耐烦。对于这个世界,老子因为懂得,所以厌倦。然后,就应该是逃离了,或者,还想亲自求证什么……于是,老子终于在一个早晨或者夜晚逃离出洛阳,他想得到的,是内心的真正宁静。

四

为什么老子要毅然出函谷关消失在大漠之中?有一种说法是:因为老子的故国陈国被灭,老子觉得异常伤心,于是决定离开东土。现在看来,这种理由并不充分,原因在于,以老子的认识水平,对于这样的兴衰沉浮,应该是可以接受的。国家,与人一样,同样有着生老病死。这一点,应该不是老子离开的理由。我想,老子离开的理由,还是与生命有关。老子只是对于生命的意义感到困惑,既然一切都是虚幻,那么,蝇营狗苟地活在这个世界上又有什么意义呢?尤其是临近死亡之时,与其被这个世界唾弃,还不如主动从这个世界消失,静静地躲在一个谁也不知道的地方,悄然完成最后的一撇一捺——一个人,在洞察了天地万物之后,最后的结局往往只能选择皈依。把哲学的思辨转化为一种实践,让自我消失,以求与天地融为一体。人与天较量的结果,只能是人的妥协——就像微尘消失在尘土当中,也像水,向着卑下之处流淌,慢慢地渗透和蒸发……这样的修行方式,在老子看来,才是求道的不二法门。

  老子是一个人骑着青牛出关的。人们真会想象啊,一个人,怎么可以骑着青牛去西部呢?要知道,出了函谷关后,再往西,就是戈壁,就是茫茫的大漠。青牛是无法在大漠中生存的。也许,这是身处中原的人们的想象吧,是那些好心的人,帮老子设计出这样一个结局——像老子这样的半人半仙,肯定是不会一个人踽踽独行的。他肯定会骑一头什么——驴,太小,而且形象过于滑稽,都可以划入喜剧了,只有张果老这样的喜剧名仙,才会骑着驴,而且还是倒骑;骑马,那太普通了,而且过于匆匆,缺乏诗意,作为大智者的老子,岂能让他匆匆忙忙地骑马呢?于是,老子便只好骑牛了,而且还是青牛,这种牛,当然不是我们在中原和江南随处可看到的水牛,那是有着神秘的深颜色、泛着绿意的青牛。一个老者,骑着青牛,自然而然地,就呈现出一派大家气象。对于老子,这样的形象设计,至少,可以表达出人们对一个人的愿望,也利于某种境界的提升。

于是,老子就骑着青牛向函谷关走去。对,是一个人,这个曾经的国家图书馆馆长宁愿和青牛做伴,也不想与另外一个人为伍。从思想的意义上说,在这个世界上,老子早已是春寒料峭的孤家寡人了。那种孤寡,是甚嚣尘上的孤寡。后来,同样修行的释迦国王子乔达摩·释达多结束了在波罗奈斯的传教,向优娄频罗进发之前,对弟子的告诫也是"汝当自依",不许结伴而行,务必独自游历教化——人归于自己的内心,从来就是孤身一人的,没有人可以代替自己的觉悟。

老子就这样一个人行走在西风古道上。函谷关,只是一个驿站,他还想走得更远。也可以这样说,这一次出关只是李耳的第二次修行,至于第一次,是在先人的龟壳和竹简上行走;先是亦步亦趋,后来,石破天惊,突然地就跃上山巅,天旷地远,美丽的风景呈现在面前。老子突然发现,原来对于自己内心的开拓,是那样的美妙而纯粹。自己的内心有多宽阔,世界就有多广袤。这是一次美妙无比的行走,是人在广袤的自然界中一次智慧的远行,也是人对于自己内心的一次伟大的拓展。只有在这样的赤诚相对中,自然一目了然,自然之道明明灭灭。老子就是以这样的一种方式,隔岸观火,洞察秋毫。在唾手可得的自然世界中,充分地领略自然或明或暗的启迪。

老子出关的故事,已经变得脍炙人口了。按照司马迁的说法,守关的关令尹喜早就听说过老子的大名,现在,看到这个曾经的国家图书馆馆长要出关隐居,便提出一个条件,留下一点文字,然后再出关。

面对尹喜的挽留,老子应该是面露微笑的,是那种会心的微笑。一个觉悟的人,往往都有一种戏谑或幽默的会意表情。这样的表情,来自于心中的乐天知命、悲悯以及无可奈何,此外,就是某种程度的精神优越和天马行空。可以肯定的是,老子就是以这样的眼神凝视着尹喜。老子是亦正亦邪的,一个具有无上智慧的人,肯定是亦正亦邪的。这样的人,就像太极高手一样,能将正与邪玩弄于股掌之中。在他们看来,善也好恶也好,正也好邪也好,都是因为自己看世界的眼光不同,另外就是周边的形势所迫。实际上,任何一种特性都源于同一种东西;就如快乐和痛苦,到了极致,它们都是一样的表情,一样的声音。

老子就在函谷关边一间简陋的客栈里专心地撰写《道德经》,透过窗牖,能看见天宇上高悬的一弯明亮的新月。西北的月色比中原更清冷而枯寒,月色之下,一切恍如梦境。此刻,世界在老子的笔下,就像一根树的横截面一样,纹理清晰,简单明了。从这样的年轮中,是可以琢磨出很多浅白易懂的道理的:祸福相倚,盛衰轮回,一切就像一个圆一样;酒杯太满了,自然会溢出来;月亮太圆了,也就会缺下去;一切都得顺其自然啊,"无为"方能"无不为";在这个世界上,人应该像树木一样生长,像河水一样流淌……当文字从自己的笔下涓涓流出的时候,老子感到自己的心情就如同天宇的月色一样。他的眼前,应该会出现一条大河的影子吧,那是故乡的淮河,而他似乎重回童年,光着身子,在清澈的水中游泳……一切河流,都暗藏着这个世界的至理,河流如时间,如人类的智慧,如历史的循环……河流的内容多么丰富啊! 人类自身,也有属于自己的河流,那就是血液,还有思绪……河流就这样在他的身边流淌,老子分明听到了世间最细微的声音,如琴音一样迂回缭绕。

当然,在写作过程中,老子同样颇感困惑,那些据说"惊天地,泣鬼神"的文字,根本就不足以表达自己的思想。在庞杂博大的思想面前,那些文字就像蚯蚓一样软沓而孱弱。"道可道,非常道;名可名,非常名。"老子只能尽力让那些文字变得准确一点,变得富有生命力,也变得有更多的可能性。文字就像是手指,老子在做这一切时,感觉自己只是在伸出自己的手指,一方面努力触摸,另外一方面,他只是试着向人们指出一点通往无限的道路,至于人们是否真的能够通过他的手指看到面前的道路,他已是完全顾不得了。

第二天,《道德经》写好了。老子将竹简交给尹喜。尹喜恭恭敬敬地接了过来。才读了几句话,尹喜就从字里行间感觉到了冷冷风声——这是一部关于风的冥想录,或者说,它本身也如同风一样,老子的智慧如风一样掠过了人类的美丑、难易、长短、高下、前后、有无、损益、刚柔、贵贱、阴阳、雌雄、白黑、变常、虚实、动静、始终、牝牡、开合、歙张、强弱、祸福、荣辱、智愚、巧拙、大小、生死、胜败、攻守、进退、静躁、轻重……天宇也因此变得从未有过的清澈和神秘。

鲁迅的《故事新编》里,对这一事件有着近乎戏拟的描述:

老子再三称谢,收了口袋,和大家走下城楼,到了关口,还要牵着青牛走路;关尹喜竭力劝他上牛,逊让一番后,终于也骑上去了。作过别,拨转牛头,便向峻坂的大路上慢慢地走去。

不多久,牛就放开了脚步。大家在关口目送着,走了两三丈远,还辨得出白发、黄袍、青牛、白袋,接着就尘头逐步而起,罩着人和牛,一律变成了灰色,再一会,已只有黄尘滚滚,什么也看不见了。

对于老子的去向,司马迁只是用了四个字:"不知所终。"的确是这样,"神龙见首不见尾",这样的一个人,当然是不知所终。

五

老子走了。无论是西出函谷关也好,还是隐居乡野也好,反正,那个长着一副肥厚耳朵的老者从这个世界上消失了。留下无数谜语,也留下了无数传说。在风中,在水流之中。传说当年李白曾经来到涡阳的天静宫,仔细地看了一番之后,写过一首诗:"老君李氏本,骑牛入青云。目睹破灵庙,愧作李姓人。"

李白也是来自西域的。李白,是老子出关的后人吗?这样的疑问,多半毫无意义。不过有一点可以断定,以李白的思维方式,在他的身体里,肯定是流淌着同样的血液的。

还是当年在郑店残垣颓壁中发现的一尊唐代老子石像更能说明老子的思想——据说,这尊石像曾得到过司马光的赞颂,原因在于这尊塑像的表情,那种木讷和无动于衷让人怦然心动——智慧的人都是相通的,想必司马光肯定从老子的石像当中悟出点什么;智慧之路也是分道扬镳的:一条是灰凉之路,是阅尽世界后的灰凉;另一条,则是圆融之路,是觉悟有情的悲悯。水深至极,也就没有波澜了——所以佛也好,菩萨也好,老子也好,脸上都无比平静。只是在平静之下,有着悲悯涌动;还有,就是苍凉的绝望。

一切都是巧合,一切都是疑问。这样的巧合和疑问,就如同千年琥珀一样,琥珀的形成一直是有某种宿命意义的,时间对于它特别青睐,拥抱它,凝固它,让它不朽。在那个简单无比的时代,上天对人类文明最珍贵的馈赠,几乎都发生在同一时段:老子诞生,佛陀诞生,孔子诞生,琐罗亚斯德诞生,毕达哥拉斯、苏格拉底、柏拉图、亚里士多德诞生……而在数百年之后,基督诞生。这种文明爆发式的进步,又说明什么呢?

在这个世界上,最难寻觅的就是关于人类自身的谜底。

像水一样流

一

如果说老子如风的话,那么,那个叫作庄周的人,就是这一片平原上灵动的水。

的确,庄子如水。他如水一样汪洋恣肆,烟波浩渺;又如水一样仪态万千,自由洒脱。在那篇最著名的《逍遥游》中,这个名叫庄周的人,借助于天马行空的想象,让自己幻变为一条由鱼变成的大鸟——北冥有鱼,其名为鲲。鲲之大,不知其几千里也。化而为鸟,其名为鹏。鹏之背,不知其几千里也。怒而飞,其翼若垂天之云。是鸟也,海运则将徙于南冥。南冥者,天池也……那带有氤氲水雾的宏大气象,就是庄子的梦想。

那时候的淮河两岸应该是一片碧绿;水,自然也清澈无比。

从很小的时候起，庄子就生活在这一带。最初，他是一个顽皮的孩童；很快，他变成了一个狂妄的后生；娶妻生子之后，他又成为一个睿智的中年人；再后来，他变成了一个衣衫褴褛、落拓不羁的老头。在淮河两岸，很多人熟悉他，却一直弄不懂他。他一直特立独行，住在穷闾陋巷，穿着带有很多补丁的粗布衣裳。每天，人们看到的庄子，总是一副乐呵呵的神情。尽管食不果腹，风餐露宿，瘦成一副"槁项黄馘"的模样，庄子却从不为此烦恼。后来，这个人为自己写了一篇"自画像"，自我评价说："思之无涯，言之滑稽，心灵无羁绊……独与天地精神相往来。"这样的言语听起来很是自恋，就像一个自命不凡的诗人。确实也是，庄子就是一个诗人，他是以自己的行为，像狂草一般，写就一首华美的诗。

在平常的日子里，作为看管漆园的小吏，庄子一直在涡河、濠河、濮水（也就是现在的芡水）一带钓鱼。那时的涡河、濠河、濮水水势浩大，游鱼很多，庄子的钓鱼技术出神入化，他总是能轻而易举地收获很多。有时，吃饭的时间到了，庄子就在河边拾掇些枯干的树枝，点起火，把那些鱼放在火上烤。等到烤得发出香味了，庄子就独自在那里大吃大嚼。有时候，庄子高兴起来，还会把烤好的鱼随手丢给一旁垂涎欲滴的孩童。

中午，当太阳升至头顶的时候，庄子会躺在河边绵绵的草丛中，把破帽子遮在脸上，美美地睡上一觉；睡醒之时，夕阳西下，庄子便捡起钓竿，一边往回走，一边大声唱起歌。庄子是有一副好嗓子的，他的嗓音既浑厚又清亮，能传得很远。有月亮的晚上，庄子喜欢在河边大声吟诵自己的文章,他的吟诵跟夜晚河流上的雾气一样,恣睢漫溃,千缠百绕。有时候,庄子还吹着埙,就是那种用泥土烧成的乐器,声音悠扬而凄苦,透明而辛酸,那是一种真正的天籁之音,这样的声音,是可以直接进入心灵的。

淮河两岸的孩子是喜欢这个人的。在他们看来,这个疯疯癫癫的家伙尽管古怪,却非常有趣,是一个名副其实的"故事大王"。有时候,庄子跟孩子们在一起疯玩后闲下来,便跟他们讲有关老鹰、青蛙、乌龟、蛇、鱼之类的故事。当然,也说一些人们从未见过的鸟的故事,比如说鲲鹏之类。在庄子眼中,人与这些鸟兽,是没有丝毫区别的。故事如此动听,以至孩子们总是想不透为什么这个老头肚子里的故事这么多,也如此有趣。

人们经常会看到各个诸侯国的使者在淮河两岸到处问寻他,但庄子呢,却总是避而不见。有时候实在躲避不了,一番对答之后,那些使者总是灰溜溜地离开。濮水上一个著名的故事就是,楚威王派人前来恭请庄子为相,庄子不仅拒绝了,而且拒绝得如此决绝:我不愿意做一只供奉在庙堂里的死龟,虽然高高在上;我更愿意活在尘埃之中,在泥土中爬行,快乐地拖曳着尾巴。

庄子的人生境界使得数千年后的我们依旧望尘莫及。庄子努力求证的,一直是生命在这个世界的快乐体验,这样的快乐,最根本的是一种自由意志。以自由为目的牺牲所有的荣华和富贵,这样的方式,是一种叛逆呢,还是一种不折不扣的顺生?

二

　　一个大彻悟的人总有自己密不透风的心路历程。这样的心路历程漫长、艰难，先是山穷水复，然后才是柳暗花明。庄子同样也是如此。在很长时间里，庄子一直执着于对死亡和时间的深入思考——一个著名的例子就是"庄周梦蝶"——有一天，庄子做了一个梦，梦见自己变成一只蝴蝶，快乐地飞舞在花丛之中，他完全忘记了自己的身份，甚至忘记了自己是人……梦醒之后，庄子恍过神来，省悟自己是一个人，一个叫作庄周的人。庄子彻底困惑了：到底是自己做梦变成了蝴蝶，还是蝴蝶做梦变成了自己？

　　很长时间，庄子就这样陷入苦闷之中。这种苦闷，是千万年来人之为人共同的困惑。庄子显然坠入天地人的大谜团之中，像光陷入无限的黑洞。一段时间，庄子变得异常痛苦，他的眼眶像熊猫一样镌刻着黑色的斑影，又仿佛置身于幽暗的古井。人的一生就像无助的一撇一捺一样相依为命，在它的两头，渺茫苍凉的，是长长的省略号……以有限的人生，去认识无限的世界，那是一种何等的苍凉呢！

　　庄子的顿悟肯定是在濮水边，某一日雨后天晴，或者雪后初霁，庄子突然就感到有光照入了自己的内心，那种洞明和温暖一下子让他无比清明：是啊，自己何必去执着生生死死的思考呢？既然生命如此短暂，倒不如用自己全部时光去拥抱它，去快快乐乐地享受阳光雨露。困惑有时候就是这样薄如绵纸,当庄子决定充分享受这个世界的自由时,他的面前一片风轻云淡,淮河两岸的鸟类和昆虫齐声放歌,仿佛为一个人的新生而歌唱。那个曾经唯唯诺诺的漆园小吏,在那一刹那完成了对自己的超越,变成了一个落拓不羁的行吟诗人。这种以本真方式呈现的自由状态,庄子命名为"逍遥"——从那一刻起,庄子变成了一个"离地三寸"的逍遥者。

在《列御寇》中,有这样一个故事:庄子将死,弟子欲厚葬庄子,庄子说,我以天地为棺材,以日月为陪葬的宝玉,以星辰为陪葬的连璧,万物都为我送葬。我的葬礼如此隆重,你们还要为我厚葬干吗呢?弟子们说:我们恐怕凶猛的鸟要吃掉老师!庄子的回答是:在地上面,自然会有乌鸦和老鹰把我吃了,可埋在地下面,还不是让蛆虫、蟋蟀、蚂蚁给吃了?把乌鸦的食夺去送给蛆虫,岂不是太偏心了吗?

一个人,在更多地看透世界之后,最佳的方式,就是掉转头来,重新审视自己的生命过程。于是,一个令人感到亲切的庄子向我们走来。长衫飘曳,长发拂面,他的脸上一直漾着微笑,那是一种自信的笑,一种幽默的笑,一种会心的笑。人是在思想中变得高贵的,也是在自由的个性当中变得高贵的。自此之后,庄子再也用不着在浊浪滔天中苦苦挣扎,他由一只蝴蝶,变成了巨大的鲲鹏,一展翅腾空,就是扶摇九万里。

庄子成了一个真正的人,成为了一个脱离功利与权力,完全顺从自己意志的人。这样的人,在中国文明史上,一直有着榜样的意味。我们甚至可以说,正是庄子,创造了中国最初的人本主义,他让沉重的中国文明生出了一双孱弱的翅膀。庄子在淮河两岸的行走,仿佛给这个世界掷下了一连串的问号和惊叹号:人是什么?为什么要活着?应该怎样活着?

三

很多年以前,还在中学时期,第一次读《庄子》,我就感觉仿佛置身流动的河水之中,河水清澈而舒缓,我在里面像一条鲶鱼似的摆动身体。后来我豁然开朗——每一个人的内心当中,都有一个"庄子"。庄子表达了人们埋藏于心中的某种愿望。大学毕业后,有很长时间,我在枕边一直放着庄子的书。读庄子,我仿佛感受到庄子的浩然之气掠过高高白杨,成为纵横捭阖的平原风。我喜欢他的幽默和智慧,更喜欢他高贵的人格。当然,就文章本身来说,我还喜欢他用最干净的汉语短句,表达出最畅达的喜怒哀乐;而且,在他的文字中,分明能感觉到一种音乐的节奏,感觉到有毛茸茸的苍翠,柳絮一般轻舞飞扬……我后来知道,这样干净的文字,来自于干净的人格——文字永远是通人的,也是通神的。与世间所有杰出的精英一样,庄子自有一种大象,虽然无法描述,但一眼就能发现他的与众不同,有点孤独,有点不合群,自有一种气场,又掩不住外溢的光辉,让任何人都无法模仿。

庄子是优雅的,是干净的,也是怠惰的。虽然庄子一直生活在底层,只是一个漆园小吏,但这个人应该有一双疏于日常营生的瘦长手指,他的大脑异常发达,但他的肢体散漫而慵懒;他还应该有浮生的态度,也就是说,不高高在上、不可一世,而是视众生平等、万物一元。对于这个世界,庄子是有独立看法和坚定信念的,他一直幻想建立一个自由空间,在这个空间里,灵魂如风,人可以自由自在地跟树木花草、阳光雨露欢乐对话。生命仿佛童话,在平等中度过欢乐的时光。

庄子还是有趣味的。趣味,是庄子毕生所追求的。如果没有趣味,这个世界必定沉闷而死板。在庄子看来,世界要变得有趣味,关键在于内心的湿润和幽默。只有在湿润和幽默的空气中,山水才具有灵性,人与自然之间的隔膜才会消失,才能充分享受自然的韵律——一个人,只要当他具有从容悠闲的心境时,他才能感受自己的心跳。

庄子是依托身心的自由完成人性回归的。在我看来,庄子与他数百年前的同乡老子有很多不同点,虽然后人经常性地把他们捆绑在一起,并称为"老庄"。而且,那个张天师创立的道教,还"强拉硬拽"地把老子和庄子当作他们的祖师爷——但老子与庄子之间,还是有很多不同的,他们性格不同,思维方式不同,追求也不同。他们的相同之处只在于——老子是以自然为师,以天地来悟道;而庄子呢,则是以自然为友,让自然来帮助自己成为一个"行为艺术家"。

庄子要比老子乐天知命得多，因而，也中庸得多。在自然面前，庄子无悲可言，甚至可以说，庄子一直是快乐的。在庄子看来，归于自然之道，才是最好的生存方式，也是最好的终结。水，在庄子看来，不仅仅代表道，还代表着生命；甚至，代表生活和时间本身。一个归于自然之道的人，必定如水一样流，他与时间的相遇，就像水融入水，最后归于大海。

庄子还是幸运的。幸运在于，他的思想没有演变为宗教，或者说，在更多的情况下，宗教无法运筹他过于生动的思想，对于他神游八极的思维方式无法把握。也因此，庄子没有变成庙堂中的偶像，他的文章也没有变成死板的经书。虽然庄子的文章一度被称为《华严经》，但谁都知道庄子的文章不是经书，经书哪里会如此生动自由，也如此百无禁忌呢？人类文明是很容易阴差阳错的，它的源头大多清朗可鉴，但流着流着，就会在内外争逐中发生蜕变，初衷和结果背道而驰，各式各样的野心家和偏执狂沉渣泛滥。那种无视正常生命价值、生活质量和社会进步的偏执教义，给世界带来的只能是草菅人命、血流成河。

而庄子远离了这一切——他始终怀有宽容的态度，即使是否定别人的时候，他采取的也是一种轻松愉快的方式，不是气壮如牛，也不是赶尽杀绝，这种包容性、中庸性，不偏执，不极端的态度，不仅仅是庄子所具有的，也是中华文明最重要的美德和优点。文明也是有着危险的，它需要钻研，但又极容易钻进牛角尖；它需要自尊，但又极容易排他；它需要传播，但又极容易变形……只有

风掠过淮河长江 | 069

宽容,才能避免众多的恶果,才能避免走上一条自我迷失和自我毁灭的道路。

庄子一直是生动的,是形象的,是怀有善意和幽默的。幽默是一种智慧,更是一种空间,它就如春风化雨,不仅仅给自己留下了回旋的空间,也给别人留下了布满花香的小径。

四

在《庄子》这部书中,经常出现一个叫惠施,也称惠子的人。庄子很多思想的光华,都是通过与惠子的谈话,甚至辩论来阐述的。在《庄子》的《至乐》《逍遥游》《外物》《德充符》《徐无鬼》《秋水》中,都有惠子的影子。在《至乐》中,庄子的妻子死了,惠施前往凭吊,一进庄子家门,就看到庄子坐在院子的地上,两脚张开,面前放着铜脸盆,一边敲打盆,一边摇头晃脑高声唱歌。惠子怎么也不理解庄子这种有悖常理的举动,于是,双方就生命的意义展开了一番谈话,庄子说:

她刚一去世,我一时不知所措,悲伤得不得了。但后来我想起她原来并没有生命呀,不仅没有生命,而且也没有形体;不仅没有形体,而且没有气息。后来,才在神魂之外附加了气息,然后才有了形体,再然后她才出生。现在这变化又回来,于是她就死了。这一切的关系不就像是四季的更替吗?现在她已经魂上九天,安息于永恒的大厦。在这种情况下,我要是还哭哭啼啼,岂不是不通生命的道理了吗？所以我就不哭了。

在《逍遥游》中，惠子与庄子也有一番辩论。惠子借大瓠为喻，讽刺庄子学说虽然意趣宏深，却不切实用，是无用的学说。庄子则以不龟手之药为喻，批评惠子不善于使用大，心中被曲曲弯弯的蓬草给堵塞了。

一个著名的故事就是：庄子和惠施一同在濠河的桥上闲游，两人相谈甚欢。这时，水中有一队白鱼摇曳着尾巴游了过来。庄子说："你看，这些白鱼出来从从容容地游水，这是鱼的快乐啊！"惠施不以为然地说："这就怪了，你并不是鱼，你怎么知道它们的快乐呢？"庄子立刻回了一句："你不是我，你怎么会知道我不晓得鱼的快乐呢？"惠施说："我不是你，当然不会知道你了；你本来就不是鱼，那你也不会知道鱼的快乐，理由是很充足的了。"庄子说："那我们就要刨根问底了。既然你说'你怎么知道它们的快乐'，说明你已经知道我晓得它们，只是问我从哪里知道的。从哪里知道的呢？我是从濠水之上知道的。"

在这里，不能说庄子是在偷换概念。庄子是一个诗人，为什么要用笨拙的逻辑关系来束缚他的想象呢？对于庄子来说，人与物的界限早已消失得干干净净，就像庄子能听懂蟋蟀在草丛中快乐地啼鸣一样。在庄子眼中，人与自然的确是有某种感应的，一旦"通灵"，就能够以闲适、恬淡的情感与游鱼进行深层次的对话。

《庄子·秋水》篇里有一个著名的故事：惠子做了梁国的宰相，庄子打算去看他。有人告诉惠子说："庄子此行，看来是要取代你的相位啊。"惠子听了很害怕,派人在国内连续三天三夜搜捕庄子。到了第四天,庄子主动来见惠子,对惠子说:"南方有一种鸟叫鹓鶵,它从南海飞到北海,一路上不是梧桐不栖止,不是竹实不去吃,没有甘泉它不饮。当时,飞过来一只猫头鹰,嘴里叼着一只腐烂的老鼠,表现出沾沾自喜的样子,忽然发现鹓鶵在它的上方飞过,吓得惊叫起来,唯恐这只腐鼠被它夺去。现在,你是不是也为怕我夺取你的相位而担忧呢?"

惠子是早于庄子去世的。惠子的死,让庄子兔死狐悲。《徐无鬼》中记述了庄子的状况:庄子送葬,过惠子之墓,庄子感叹说:"自夫子死后,我没有什么人可以辩论了,也没有人可以说话了。"庄子感到黯然神伤。

庄子与惠子,是一生的朋友,也是一生的敌人。我一直在想的一个问题是,惠子是一个真实的人吗?虽然根据一些推论,惠施出生于宋国,是公元前300多年名家学者中一个满腔热情的代表人物,但我宁愿相信,庄子与他之间的辩论,更像是庄子的借题发挥。他们之间生机盎然的谈话,既是一次优美的展示,也是对人类智力的一种拓展。或者像两块玉石之间的撞击,那种璀璨的光芒,照亮了人类蒙昧时代的黑暗。

赛亚·伯林的"刺猬与狐狸"的比喻正好可以描述庄子与惠子的性格,也可以描述他们之间的关系。惠子就是一只刺猬,在他的个性中,不可避免地有这一动物具象背后的固执、褊狭、坚韧与深深的孤独成分;而庄子呢,则是多变、乐观、聪明以及不专心。

在那个时代里,人们都是刺猬,刺猬跟刺猬在一起,是要斗得你死我活的,或者只能远远地表示恭敬;但一只刺猬与一只狐狸在一起,却能始终保持他们的友谊。庄子与惠子就是这样。他们一直在一起唱双簧,共同饰演一部人生小品,彼此都是对方的镜子,都可以看出自己的另一面。

庄子就这样与惠子开心地徜徉在淮河边上。在某种程度上,我更愿意把这样的游戏当作是庄子在与自己的影子捉迷藏;或者,是在烈日的正午,一只调皮的狸猫,眯着眼睛,蜷曲着身体,在捕捉自己的尾巴。这种场景是生动的,也是富有情趣的。庄子就是这样,在他的一生中,就是以一种开开心心的方式,让自己的灵魂得到了回归。

五

在我阅读《庄子》的过程中,一直有一个疑问难以释怀:庄子真的是很快乐吗?

看起来,庄子当然是快乐的,虽然这个人落魄底层,衣衫褴褛、面黄肌瘦,靠编草鞋来糊口,甚至要向别人借粮度日,但庄子从不为此苦恼,他一直有一种精神上的优越感。这样的方式,就像后来的斯宾诺莎一样,虽然靠磨刀挣钱,但却精神矍铄地研究哲学。在《外物篇》当中,庄子曾经自恋地描述自己:穿着打补丁的粗布衣服,用麻绳拴着破鞋子,从魏王面前大摇大摆地走过。

可以说,庄子虽然物质贫困,但在精神上,却十分富有,十分充实。

在农耕文明时期一个人,敢于冷眼面对物质和权力的世界,只崇尚生命的本真,是完全可以理解的。人们完全可以仰仗自己健硕的身体,对并不发达的物质生活保持淡泊和漠视。在那个时代,相比物质生活和金钱的孱弱,人还可以说是强大的。我的疑问只在于,当庄子面对人类共同的困惑时,他能从当中挣脱出来吗?在我看来,庄子对于人类本身的困惑,在更大程度上,只能是无畏,而不是清醒。他只是无所畏惧地表明自己的人生态度,表明生活的勇气,而不是清醒地面对人类和世界的永恒问题。当然,迄今为止,没有谁能在人的终极问题上探求出真正的答案,人们只能站在此岸,以彼岸闪烁的微弱光亮来调整自己的准星和坐标。

正基于此,读庄子,我总觉得他的字里行间氤氲着苦涩的气息。既然无法获得生命的密码,那么,人类就无法逃避一直缠绕在身的忧伤。庄子狂放不羁的行为方式,肯定隐藏很多自欺成分——一个人,无论他怎样标榜快乐,他都摆脱不了时间阴影的吞噬。狂狷,本身就是虚弱的表现。当一个人把内心中久久积淤的苦闷转化为一种无奈和幽默时,他已经算是和谐的了——是那种在无奈中所获得的最佳选择。

于是,我们便看到在这个层次上觉悟的庄子:他不会像老子一样消失,那种"走刀锋"的冒险方式,是庄子不能接受的。在庄子看来,通天之途既冒险又虚幻,与其不顾后果地豪赌,还不如退而求其次,在有限的时光里,快快乐乐地享受一次"逍遥游"。庄子为自己一生选择的方式,更像是一种放逐,一种身体和精神的流浪。一个人以这种优美的方式给自己制造一个骗局,并且全身心地享受这个骗局,是值得庆贺的。人类从根本上来说是需要自我欺骗的,只要这种欺骗没有恶意,不携带邪恶的动机。那么,这样的方式,就会等同召唤。如光一样,从头顶上,俯射下来。

六

庄子是战国时期的蒙人,也就是现在的安徽蒙城县一带。在蒙城,我们一路寻找着庄子的遗迹,同样遇到的一个问题是:那个时代毕竟很遥远,记忆已成碎片,遗迹物是人非。在蒙城,只有一个建于20世纪的庄子祠,里面冷冷清清的,只有几株白牡丹热烈绽放。这样的景致,更反衬了庄子祠的落寞。当地人介绍说,在蒙城,除了这个庄子祠外,在荧水之畔,还有一个"庄子钓鱼处"。我们驱车前往,走了很长一段坑坑洼洼的土路之后,一条小河展示在我们面前——天,这哪里是当年的濮水呢!呈现在我们眼前的,是一条窄窄的、漂着无数垃圾的河流。只是在河边几株柳树集中的地方,立有一个"庄子钓鱼处"的水泥碑——这就是当年庄子经常垂钓的地方? 面对这样的情景,我们几乎哑然失语。

据唐人成玄英的《庄子》注疏,庄子死后葬在濠梁。濠梁,即是当年庄子与惠子谈鱼论辩的地方,在淮河的南岸,属于现在的安徽凤阳县。一直到现在,人们也不知庄子墓地的确切地址。按照庄子的行事方式,他才不会惊动大家呢,他肯定会悄悄吩咐自己最亲密的一个弟子,在死后,草草地将自己埋葬。甚至,庄子都会在死亡来临之时,悄然离开人群,隐身于淮河之畔的某个角落里,像一阵风似的化掉。在现在的濠河边游走,我们同样能看到不忍卒视的河水。这个现今白沫翻飞的地方,哪有一点像庄子的最终归宿地呢?

当然,也可能成玄英是错的。庄子这样的人,哪里会真正死亡呢?更谈不上有墓地了。庄子的最好结局就是:在一阵清风之中,化为一只蝴蝶,飘飘然出没阴阳界,然后,化成一阵轻风,融入更大的风中。

庄子就像流水。他给这个世界提供了一种生存的可能性,在这种可能性中,善良、自由、趣味成了立足之本,生命之树在那风中徐徐长大长高,上接天界,下接人间。庄子能够腾空而起,那是因为自身轻盈的缘故,在大象中轻如微尘。庄子是不需要神灵的,一个能飞起来的人,就是自己的神灵。

湮灭的都城

一

在寿州的街头走着,心里竟有一点苍凉的感觉。

我们到寿州的时候,是一个赤日炎炎的夏天。我是第一次来寿州,但与寿州,似乎再熟悉不过。我曾无数次从照片和画报上看到过寿州的身影,以至于当它突然地出现时,我的心里不由自主地一愣。那样的感觉,仿佛恍如隔世的重逢。比较而言,现在的寿县已明显没有当年的地位了。当年楚都的鸿蒙气韵,在连续地挥发二千多年之后,已是奄奄一息,细若游丝。正午的时间,我们满大街地找地方吃饭,竟很难看到一个稍微像样一点的饭店。或许,是因为这里流动人口太少的缘故。这座被城墙重重包围的小城,乍一看,还真让人不习惯,围城之中,仿佛更显封闭和寂寥。

很难想象,这座皖西北普通的县城当年曾是楚国最后的都城。现在的寿州,看起来跟北方很多县城一样,热闹繁荣,杂乱无章。城墙,老街,夫子庙……在寿州的街上走着,随处可见历史的遗迹。寿州是全国第一批"历史文化名城",据说当年在评定时,寿州毫无争议地入选。的确,寿州的历史太久了,她不仅仅在地面上保存了曾经的辉煌,在地表之下,更是埋藏很多历史。据说这一块地方在十几年前,一不小心能从地下刨出个青铜器,或者,会掘出个春秋战国的古墓来,然后就出土一大批精美的王室礼器。寿州的历史博物馆陈列了许多珍贵的文物,它们历史久远,既有奇伟瑰丽的春秋蔡侯铜器、造型各异的汉代陶质施釉模型,又有大量的唐宋木雕以及明清彩瓷等。它们的存在,向人们昭示着这块土地曾经的辉煌和繁华。不仅仅是器物,想想这个地方曾经的历史人物吧,当年,有那么多的历史名人在这里来来往往,并且,有很多人在此终老。在现在寿州的境内,就有许多历史名人的墓葬,比如说春秋时代的蔡昭侯墓、孔子高徒宓子贱墓、战国时楚烈王墓、赵国大将军廉颇墓、西汉淮南王刘安墓以及清末状元孙家鼐墓等。当然,当年楚国最重要的大臣、"战国四君子"之一的春申君黄歇的墓也在寿州,它坐落在现在寿州郊区的一个地方,孤零零的,非常寂寞。

寿州让人感觉最好的地方仍是古城楼。那些层层叠叠的城墙古砖,是最能代表这座城市的历史的。虽然现存的城墙建于南宋,但当地人总是乐意把历史追溯到春秋战国时代,说现在的城墙就是当年的楚城墙。在古城楼附近行走,是最能产生一些错觉的,尤其是清风冷月之时,霉苔荒草、野墙断垣,更有一种时光倒流的感觉。城楼高大而沉郁,不可捉摸,像一个巨大的哑谜。那些高大的城垛,仿佛一个个不成形的人物一样,凝视着这座城市所发生的一切,然后把它们铭记在心。在那些长有青苔的古砖上,如果你细细地摩挲,你会发现一些镌刻的印记,不知是什么人留下,也不知是什么时代留下的。每一个印记的后面,应该都有一段故事吧,也隐藏一些让人无法破译的历史之谜。

二

楚国是在楚考烈王手中,迁入水汽漫漶的寿春的。

公元前278年,楚国的都城郢(现在湖北江陵一带)第二次失陷,率军攻陷郢都的,是秦国名将白起。有着800余年历史的楚,在受到这一次致命打击后,无奈何只好东迁。楚顷襄王先是迁都陈,也即现在的河南淮阳。在陈度过了37个春秋后,在楚考烈王手上,都城继续南迁,来到了淮河边上的寿春。

那时的寿春,只是楚国中部一座四面环水的孤城。"寿州当长淮之冲,东据东淝,西扼淠颍,襟江而带河。"自古以来,中原通往江南地区的河道,即沿颍水、涡水入淮,又沿淝水、施水入长江,寿州正好处在这个点上。当年孔子高徒宓子贱为鲁国出使吴国,走的就是这一条水路。对于曾经强大的楚国来说,寿春这一带,一直是作为战略后方来建设和安排的。当年的楚令尹孙叔敖就曾在这里主持修建了大型水利设施安丰塘。公元前241年,楚考烈王将国都迁入此地后,开始大兴土木。据1988年考古界对于当年楚国的寿春城遗址的遥感测定,寿春城的外郭范围,比现在的寿县城区大得多——当年的寿春城外郭,南北长6.2千米,东西宽4.25千米,城郭周长20.9千米,城区面积达26.35平方千米,在城外,环绕着30多米宽的护城河。当时寿春的城区面积,不仅超过了鲁国的曲阜、晋国的侯马,更超过了齐国的临淄、赵国的邯郸、韩国的新郑,只略小于燕国的下都。这也难怪,楚国的生产力和经济发展水平,在春秋战国时期,一直是居领先地位的。寿春当年的都城建造,在很多方面别具匠心,不拘成法。城垣遇到高地就外凸包进,遇到洼地就斜切回避。东垣临淝水,就沿水夯筑城墙,不片面追求方整,城垣的拐角,设计成切角,这样,利用空间原理,可消除视角上的死角,拓展空间范围,增大守卫的视野。这种削折成隅的方式,是楚国筑城技术上的一大特点,为中原所未见。

寿春最突出的特点,在于对河流和水的应用。从现在寿州四面城楼的命名来看,仍然可以看出寿州的地形结构——寿州南北西东四座城门分别的名称为:"通淝""靖淮""宾阳""定湖"——南面城门相对的,是淝水;北面城门相对的,是淮河;西面,不远处是阳水;至于东面的湖,指的就是安丰塘。因为水路四通八达,寿春在水道的规划和开凿上颇有特点,那时的寿春更有一种现在威尼斯的感觉——以大香河（今废）为纽带，南引芍陂之水与淝水交汇城中，"引流入城，交络城中"，既保证了城内的生产、生活用水，又构建了城内的航道网，都城内外，船只穿行，俨然一座地地道道的水城。一座城，如此这般地利用水系，显然也是别有用心。当年的楚考烈王把国都从中原南迁，明显地是想龟缩在一个四面环水的地方，借助于茫茫的水域，去抵御北方敌人的进犯，苟延残喘。

刚来寿春的时候，楚考烈王还志得意满。这里依山傍水，河道纵横，东面紧挨着的，是云腾雾绕的八公山，而且，寿春漂亮而繁华，古风幽幽，适合人居。当时的景象，后来的郦道元在《水经注》当中曾经津津乐道："淝水又西迳东台下，台即寿春外部，东北隅阿之榭也。东侧有一湖，三春九夏，红荷覆水，引渎城隍，水积成潭，谓之东台湖……"当然，寿春最漂亮的，是夏秋交际之时：远山透紫，岸柳披红，蒹葭苍苍，鸥鹭点点……等到天凉下来之后，考烈王开始对寿春感到不适应了，尤其是寿春的冬天，让考烈王感到清冷无比。虽然寿春远较陈县为南，但这里不像北方，干燥而凛冽，冷得直接而肆意，这个地方的冷，是阴柔的、深刻的，就像细小无比的毒蛇一样，悄无声息地噬咬着人的身体。一个最显著的标志就是，在寿州，无论是哪个季节，到处都有芦花在绽放。芦花是水中的精灵，它的无所不在，显然是要表明，寿州就是淮河边清冷的泽国。

比楚考烈王感到更不适应的还有春申君黄歇。这个当时楚国的令尹,在楚都搬到这一片泽国之后,明显地感到无所适从。黄歇曾游学各地,博闻强志,算起来,可以说是服侍过数代楚国国君的老臣了。春申君辅佐楚国很有一套,后来的人曾把战国时期出现的四个著名的政治家,并称为"战国四君子",他们分别是:齐国的孟尝君田文、战国的平原君赵胜、魏国的信陵君魏无忌和楚国的春申君黄歇。与其他几位"君子"相比,黄歇应该是名气最小的一个,也是结局最为悲惨的一个。正是在漫漶的寿春,黄歇死在自己人的刀剑之下。

在寿春,楚国度过了最后的岁月,也在这里轮转了最后四个国君,即考烈王、楚幽王、楚哀王和负刍。作为国都,寿春的登场的确显得匆匆忙忙,她就像古戏台上一个龙套演员一样,只是甫一亮相,立即就销声匿迹了。这个短暂的都城,前后加起来,只有短短的十九年历史。

三

其实以当年寿春的防御水平,即使是兵强马壮的秦国,要想攻陷这一片水网密布的泽国,也是很困难的。更何况,楚国还有足智多谋的春申君,以及晚年南迁的赵国名将廉颇等。没有想到的是,楚国在定都寿春的那一段时间里,内部突发一件大事。这场重大事件发生后,本来就孱弱的楚国,更是雪上加霜,寿春坚固不再,沦为楚国的亡国之都。

事件跟楚国当时第一名臣春申君黄歇有关。在阅读黄歇的个人生平时,我深有感触的一点是:一个人真的是可以分为前半生和后半生的,在前半生,春申君黄歇表现出极高的个人素质,他机敏果敢、智慧异常,力挽狂澜;在后半生,一个人却变得消沉放纵,利令智昏。一生之中,这个人竟然反差如此之大,大得就如同不是一个人似的。细细地琢磨起来,这真是一件让人费解的事情。

与很多当时的名士一样,黄歇在年轻的时候曾周游列国,拜师学习。秦昭王派白起东进,连败韩、魏、楚,又掳获楚怀王时,黄歇已回到楚国了。楚顷襄王即位后,派黄歇出使秦国求和。这个时候,秦国又在谋划继续进攻楚国,想乘势把楚国一举灭了。在楚国生死存亡的关键时刻,黄歇向秦昭王上了一封洋洋洒洒的信函,阐明了自己的观点,这封上书,对于楚国非常重要。在书中,黄歇力劝秦国不要灭楚。黄歇说:天下最强盛的国家,莫过于秦、楚二国,秦国攻楚,好比两虎相斗,得利的是其他国家;秦楚联合,秦可以制服韩、魏,并能夺取齐的西部地区,这样,燕、齐、赵、楚四国都会服从秦国了……这是一封极具外交才华和谋略的信函,黄歇旁征博引,言之凿凿,很难让人不以为然。正因为如此,秦昭王听从了黄歇的意见,放了楚国一马,与楚国结成了联盟。

第二年,楚顷襄王派黄歇和太子熊完到秦国做人质。这一去,就是十年。这十年中,黄歇兢兢业业地服侍太子,小心谨慎地维持与秦国的关系,还与秦相国范雎成为好朋友。有一天,楚国派遣使者告知黄歇:楚顷襄王病重,想让太子熊完归国。太子熊完向秦王提出申请,秦王一口回绝。黄歇没办法,只好悄悄地找到相国范雎,对他说:太子熊完在秦国生活得很好,对秦国的感情也很深,现在楚国国君病重,如果去世,立太子熊完的话,楚国还会跟秦国交好,如果太子熊完不在身边,立了其他人,那么,就很难保证楚秦两国的交好了。黄歇的建议打动了范雎,范雎向秦昭王报告了这件事,劝说秦昭王让太子熊完回国。秦王还是不太放心,怕放虎归山,只是同意让黄歇先回楚看看情况,再作商议。

黄歇这时候表现了他毅然决然的一面。黄歇和太子商议说:"秦国之所以羁留太子,是想求取更大的利益。如果大王死了,太子又不在身边,那么,楚国极可能会立其他人,那么太子你就失去王位了。依我看,你不如随楚国的使者一道逃走,我留下来对付他们,以死来抵挡这个罪过。"楚太子于是乔装打扮,扮成使者的随从,混出了关卡。黄歇估计太子走远,秦兵追不上了,就主动向秦昭王报告此事。秦昭王听后大怒,要杀黄歇,范雎求情说:"黄歇为人臣子,宁愿为其主人而死,是个忠臣,太子熊完立楚君,一定会重用黄歇。所以不如释放了他,让他回楚国去,将来必然亲秦。"秦王见范雎说得有理,也就释放了黄歇并让他回到了楚国。

黄歇回国三个月后,楚顷襄王病亡。太子熊完立为楚君,也就是楚考烈王。考虑到黄歇为楚国所做的巨大贡献,楚考烈王任命黄歇为令尹,赐给他淮北之地十二县,封为春申君。黄歇走马上任之后,大量招揽人才,光自己,就养士三千。这当中,就有当时非常著名的荀子。在春申君的努力下,六国与秦的抗争有了很大起色。楚国先后几次联合赵、魏等国,挫败了秦国的进攻,其中最出色的一役,是为楚相后的第四年,秦国进军赵国,春申君派兵救援。结果,邯郸城下,赵、楚、魏三国军队里外夹攻,联军大胜,秦军二万人投降赵国。这是自秦将白起拔郢都以来,秦楚的第一次交锋,也是楚国半个世纪以来的第一次胜利。接着,春申君又乘势率军灭掉了鲁国,并且任命荀子为兰陵县令。在黄歇的辅佐下,楚国又开始变得强大起来。

春申君相楚的第二十二年,韩、赵、魏三国联合楚、燕五国,组成合纵,以楚国为纵长,由春申君主持谋略,向秦国发起进攻。大军开到函谷关,秦军出兵迎击。由于组织不力,联军溃不成军。这一次失败让各诸侯国大伤元气,从此之后,东方各国再也没有实力主动出击与秦国抗衡了。楚考烈王信心大挫,他把这场战争的失败归罪于春申君,以为是春申君指挥不力造成的。这一场战争具体的失败原因,史书交代得不是很细致。尽管失败的原因很复杂,但以春申君在当时的表现来看,志得意满的他显然已没有当年尽职尽力。这场战争失败之后,考烈王把都城从巨阳(现在的安徽阜阳境内)继续南迁至寿春。君臣二人之间,已有了明显的罅隙了。

迁都寿春后,春申君的命运开始走下坡路了。考烈王将他改封到吴,即现在的苏州和上海一带。春申君似乎也感觉到楚王对自己的冷落,很长一段时间,春申君一直待在封地里,懒得帮考烈王打点朝中事务了。不仅如此,春申君也变得心灰意懒,他似乎看透了楚国的命运,也看透了自己的前程,变得越来越喜欢浮华生活,也变得越来越虚荣了。有一个细节似乎可以说明这一点:有一次,赵国平原君派使者谒见春申君,春申君把他们一行安排在上等客馆住下。赵国使者想夸耀自己的富裕,特意用玳瑁簪子绾插冠髻,亮出用珠玉装饰的剑鞘,哪知道春申君的上等宾客都穿着宝珠做的鞋子。赵国使者自惭形秽。

如果局面一直这样维持,对于春申君来说,也算是不错的结局吧。但春申君显然对于这样的状况不满意,他沉郁而愤懑,以致陷入了一个巨大的阴谋之中。一件突如其来的事件,不仅断送了楚国,也给他惹上了杀身之祸。

事情跟一个女人有关——

楚考烈王为王20多年,一直没能有一个儿子。一开始,身为重臣的春申君很着急,他曾帮考烈王物色了很多健康漂亮的女子,但一直都没有结果。对此,春申君也很无奈。有一个赵国人叫李园的,听说这个消息,打算把妹妹献给楚王,又听说楚王不能生育,担心妹妹时间长了也得不到宠幸,于是寻机会做了春申君的侍从。有一天,李园回赵国探亲,故意迟归。春申君问他原因,李园回答说:"齐王来使臣聘我妹妹为夫人,因陪使者,所以延误了。"接着,李园把他的妹妹大大地吹嘘了一番,说他妹妹天姿国色,如西施再生。春申君听后怦然心动,问:"你家收聘礼了吗?"李园回答说没有。春申君便说:"那你把妹妹带给我看看。"李园立即安排妹妹来见春申君。春申君一见之下,失魂落魄,立即向李园表示了自己想纳娶的愿望。李园见风使舵,便将妹妹李环献给了春申君。

李环在得到春申君的宠幸之后怀孕了。这个时候,李园便开始实施他的阴谋了,他安排妹妹李环对春申君说:楚王对您的尊重和宠信,即使是亲兄弟也比不上。现在您作为楚国的宰相二十多年,功劳很大,楚王没有儿子,如果百年之后将另立兄弟,您又怎能长久地享有尊宠呢?说不定还有灾祸降临。我现在已有身孕,但别人不知道。如果你凭你的显贵把我进献给楚王,楚王一定宠幸于我。如果靠老天的保佑我能生个儿子,那么,将来就是你的儿子当楚王了!整个楚国不就是你的了?如果这事成功,不是更好吗?

春申君同意了李环的建议,或者,先是不同意或者犹豫,只是架不住李环的缠绵,还有海誓山盟之类的话语。我想,坠入情网的春申君甚至还会相信,在他与李环之间,有着超出世俗的爱情。经过一番周密的计划,春申君和李园将李环安排到城外,然后,通过别人之口告诉楚王,城外有一个绝色女子,国色天香,倾国倾城。楚考烈王很好奇,立即动身探访,一看,这个女子果然花容月貌、妩媚动人。遂将其招入宫中。一段时间后,李环产下了一个男孩。楚王大喜。很快,男孩被立为太子,李环成了王后,李园自然而然入宫成为国舅。在此之后,上了年纪的考烈王对李环言听计从,重用李园,朝中大小政事,均由李园号令。

所有的一切都在掌握之中,春申君自然暗自得意。没有想到的是,一步登天后,李环和李园的想法也立即改变——本来,他们是想借助春申君来实现的自己野心,现在,通过考烈王,目的已经达到了,那还要春申君干什么?于是,李园和李环开始谋划"丢卒保车"——只有杀掉另一个知情者春申君,他们目前的状况才算真正安全。李园暗地里收买了很多勇士和打手进行训练,想伺机除掉春申君。

春申君一直被蒙在鼓里。他一直沉浸在爱情之中,也沉迷在自己"太上王"的梦中。考烈王病重,春申君门客当中有一个人叫朱英的,得知一些消息后,向春申君提出警告:李园正在收买亡命之徒准备杀你灭口,你要先下手为强才是。志得意满的春申君哪里听得进如此意见呢?也可能,他还在私下里跟李环频繁约会,一直被李环的山盟海誓所感动。春申君不相信李园和李环会背叛自己,在他眼中,李园是一个忠心而软弱的人,至于李环,更是跟自己有着肌肤之亲,如此情意绵绵的一个美人,怎会居心叵测呢?

不久,楚考烈王病逝。李园抢先入宫,在宫中埋伏了很多刀斧手。等到春申君听到消息,匆忙赶来奔丧时,刀斧手从两边杀过来,春申君的头颅被割了下来,扔到了棘门之外。李园又派人包围了春申君的府第,将他的家人和门客全部杀光。

这一年,春申君和李环所生的儿子熊悍登位,也就是楚幽王。年幼的楚幽王当然不知道春申君就是自己的亲生父亲。也就是这一年,秦王嬴政登位九年。

在此之前,嫪毐与嬴政的母后私通,被发觉后,夷灭三族。作为嬴政生父的吕不韦也被废弃。数年之后,吕不韦在万念俱灰中自杀而亡——也可能,当初春申君做此决定时,是受了吕不韦的启发。宫廷中永远有一些有关亲情的阴谋诡计,让人无法逾越,也无法回避。

一代豪杰春申君黄歇就这样在寿春死得不明不白,也死得窝囊。在此之后,李园掌握了军政大权。公元前228年,楚幽王去世,他的王位,由李环所生的另一个弟弟即位。这就是楚哀王。楚哀王即位仅两个多月,宫廷又发生了政变,哀王的庶兄负刍的党羽袭击杀害了哀王,立负刍为王。杀害春申君的李园死于动乱之中,至于他的妹妹李环,这个野心非凡的漂亮女子不知所踪——想必,也在这场动乱中丢失了性命。

如此动荡的政局,哪里还有抵御强敌的能力呢?公元前223年,秦始皇派大将王翦率60万精兵南下,杀死了楚将项燕;接着,秦军挥师南下,势如破竹,攻下了寿春,俘虏了楚王负刍。四面环水的寿春,完全忘记了它当年建造时的初衷,几乎没有组织起像样的抵抗,那些茫茫的水面防御,在秦国大军面前,几乎没做像样的呻吟。历经数百年的强大的楚国,终于在潇潇的淮河岸边,画上了最后的句号。它无声地消失了,就像一汪污水,无声地流入了淮河。

风掠过淮河长江 | 089

四

春申君与李环的故事,见诸司马迁的《史记·春申君列传》,比较而言,这个历史故事算是很翔实的了,它有头有尾,有人物有情节有起伏,的确是一个类似莎士比亚剧《哈姆雷特》的故事,或者,更像是《李尔王》中的情节。不过即使这样,这个有关情与爱的故事,仍然跟中国历史上所有典籍上呈现的故事一样,缝隙如此之大,以至于我们总是无法从这样的故事中看出人性以及人的情感变化来。这个故事所缺少的,是对人内心的探底,比如:那个美丽的李环,在内心当中,到底是怎样想的?在考烈王与黄歇之间,她究竟爱着谁?当她看到暮年的春申君倒在血泊中时,是怎样的一种感受?或者,当面临死亡之时,她会对自己所做的一切忏悔吗?

可惜的是,我们再也无法知道事情的真相了。我们的文化传统总是习惯于忽略私人情感意图,它更关注的,是那些与政治紧密相连的阴谋和斗争,至于个人的情与爱,在很多时候,总是表现得不屑一顾,能忽视的都忽视,能省略的都省略,这使得我们的历史,更像是一个四处漏风的破屋子,只是呈现出一个框架,缺乏真正的血肉相连。

司马迁在写完《春申君列传》之后,惋惜地说:我到楚国,参观了春申君的旧城,建筑宏伟壮观。当初,春申君游说秦昭王,冒着生命危险派人把楚太子送回楚国,智慧是多么高明啊!后来受到了李园的控制,又是多么糊涂啊。俗话说"当断不断,反受其乱",说的正是春申君不听朱英的进谏吧!

司马迁的这一段话,只是关于历史的无数叹喟中的一声。在这样的叹喟声中,寿州慢慢地变得寂寥而冷清。似乎是,这个地方在沾染上了杀戮和鲜血之后,伤到了元气,也埋下了不好的宿命兆头——自此之后,凡是到了寿州来的王侯,几乎无不遭受到夭折的霉运。一系列的霉运之后,便是沉寂,寿州从此一直龟缩在皖西北的角落里,一冷,就是长长的两千年!古城寿州就像一个过于早熟的女子一般:在少女时期,她的花容月貌就迫不及待地绽放。一过花季,便过早凋谢。然后,便姿色平平地淹没在人群之中,落寞地了却余生。

如今,春申君黄歇的墓静静地卧在淮河的水边。很少有人注意到它,更没人意识到下面埋着一个孤魂野鬼。在我看来,这个曾经的情与爱的故事,是那样的精彩,又是那样的彰显人性。这是一个阴谋与背叛的故事,也是一个色戒与情殇的寓言。

暴 与 乱

一

每次去宿州,自然而然地就在大脑里跳出一个地名——"大泽乡"。

是的,就是"大泽乡"。在我们的小学历史课本上,这个地名是老师经常提问或者考试填空的名词。历史课本告诉我们,在这个著名的地方,曾经爆发了中国历史上第一次大规模的农民起义——陈胜、吴广起义。正是陈胜、吴广的起义,敲响了暴虐的秦王朝灭亡的丧钟。

不错,大泽乡正如历史课本上注明的那样,是在安徽宿州南部20公里的地方。与其他地方一样,这里已丝毫看不出历史的蛛丝马迹了,只有一个看起来有些突兀的大理石塑像,昭示着这一段历史和记忆。这一片土地在历经数千年之后,仍显得杂乱而烦躁,它给人的感觉是仍没有苏醒,仿佛没有安谧的灵魂。

这是秋天,天空中早就不见了燕子斜斜的身影,是花朵都谢了,是果实都被收走了,是叶子也都在凋零了,淮河两岸的一切都水瘦山寒,天遥地远。这就是北方,爱与恨似乎都很绝对,花草树木的命运跟人的命运一样,一生难得枝繁叶茂。

在历史课本上,大泽乡起义一直被赋予某种开天辟地的意义。那是人民创造历史的佐证。历史课本没有揭示的一点是,也自从陈胜吴广起义之后,中国历史似乎走上了一种"以暴制暴"的道路,在频繁的政权交替之中,人性和道德被放在一边,刀与枪派上了用场。在淮河两岸,乃至整个中国,从陈胜吴广起,一直到太平天国和义和团,这一片土地,一直在暴力的轮回与阴影之中做着噩梦。一个暴力的幽灵,时时在这片土地上徘徊。

二

《史记·陈涉世家》中,对于发生在两千多年前的这一场暴乱,有着较为详细的记载。很多人都耳熟能详了,这里只是简单地重复一下。

秦二世元年(公元前209年)秋,秦朝廷征发闾左贫民屯戍渔阳(今北京密云西南),陈胜、吴广等900余名戍卒被征发前往渔阳戍边,走到大泽乡这个地方后,天降大雨,很多天不停息,队伍无法前进,陈胜算了算肯定会误了如期到达的时间。秦朝的法律很严,如果误期的话,以斩首论罪。情急之下,陈胜(字涉)和吴广商量,决定起来造反,他们先是装神弄鬼,吴广到驻地附近树林中的神祠里,夜间用灯笼点上烛火,模仿狐狸的声音叫道:"大楚兴,陈胜王。"又用朱砂在布帛上写上"陈胜王"三字,暗中塞进别人网捞起来的鱼肚子里。戍卒买鱼烹食,发现鱼肚子里的帛书,觉得似乎有天意昭示。不久,陈胜和吴广乘着押送戍卒的将尉喝醉的机会,激怒将尉,奋起夺剑杀了将尉。起义军推举陈胜为将军,吴广为都尉,连克大泽乡和蕲县。数万起义军在攻下陈县(今河南淮阳)后,建立张楚政权,陈胜称王,号令天下。

《史记》真是春秋笔法啊,直接写陈胜的地方不是太多,但寥寥几笔,已基本勾勒出了陈胜的性格。这个来自乡野的年轻人,叛逆外向,性格暴虐,有一种底层青年的泼皮精神;而吴广相对沉稳年长,老谋深算。司马迁在《陈涉世家》开头时就交代了这样的情景:陈胜少年时,曾经跟别人一道帮别人耕地,陈涉到田边高地休息,大约是有情绪吧,一直发着牢骚,说:"如果有一天富贵了,不要彼此忘记。"同伴们笑着回答说:"你做雇工为人家耕地,哪里谈得上富贵呢?"陈胜长叹一声说:"唉,燕雀怎么知道鸿鹄的凌云志向呢!"

最能说明陈胜叛逆性格的,是陈胜造反时所说的一句话:"王侯将相,宁有种乎?"很明显,这句话是陈胜对人生不平等状况的质疑和反抗,也是他造反的精神动力。应该说,这样的怀疑精神无可厚非,陈胜正是靠着这种非理性的怀疑精神,以及不相信的勇气,揭竿而起,拉开了造反的帷幕。

以陈胜的性格、能力和认知水平,显然是难当大任的。陈胜起义之后,本来形势一片大好,那些被秦以暴力压制的各国贵族,趁机起兵造反;各郡县受秦朝官吏欺压的百姓,也不断起事,举国上下一片烽火硝烟。这个时候,陈胜充分暴露了志大才疏、目光短浅的弱点,既缺乏对全局的控制,也缺乏对形势的掌握,不仅不能联合各方面的力量,而且妒贤嫉能。这个年轻的张楚王一头扎进金钱酒色之中,及时行乐,将他早年"苟富贵,勿相忘"的诺言忘得一干二净。对于来投奔他的乡亲和好友不理不睬,甚至将传播他少年浪子逸事的故友杀害。陈胜的小人得志,很快导致了众叛亲离,他的故旧知交纷纷离开了他,队伍也失去了战斗力,在战场上节节败退。屡战屡败的情形下,陈胜也在退往汝阴(阜阳)的途中,被自己的车夫庄贾杀死。一场轰轰烈烈的农民起义,在淮北平原上刚刚起了个头,便很快地结束了。至此,距大泽乡起义,只有六个月。

历史公认的是,陈胜吴广在大泽乡的揭竿而起,吹响了秦王朝覆灭的号角。只是后来秦王朝的灭亡,似乎跟陈胜没有关系了。在此之后,楚国贵族出身的项羽,以及淮河流域底层官吏出身的刘邦,带领着他们的子弟兵攻进了长安,正式宣告了秦王朝的覆灭。又经过长达八年的楚汉战争,刘邦建立了汉朝。这个时候的政权,明显已不是一个农民政权了,他们跟当年的秦朝一样,只是一个王朝改了姓氏罢了。

值得一提的是,刘邦在打败项羽建立汉朝之后,似乎没有忘记当年的"始作俑者"陈胜,《史记·陈涉世家》这样写道:陈胜虽然死了,但他封立派遣的王侯将相们终于灭了秦朝,是陈胜首先发难促成的结果。汉高祖在砀县安置了三十户人家为陈胜看守坟墓,按时宰杀牲畜祭祀他。

刘邦的确是应该感谢陈胜的,没有这个少年狂徒,以他这个小小的刀笔小吏,怎么会当上九五之尊的皇帝呢?只不过随着王朝的日益巩固,刘姓皇帝们对于陈胜这个乡下泼皮,越来越淡忘。毕竟,陈胜的泼皮精神,是刘姓王朝不能认可的。砀县陈胜的墓址很快就不知道确切方位了,那三十户看守坟墓的人也不知踪影。同样,让人渐渐淡忘的还有大泽乡,司马迁时代,对于大泽乡的地理位置考证,已变得不确定了。数百年后,《史记·集解》中引徐广说"在沛郡蕲县",认为大泽乡就在宿县蕲县集东北四公里处,位于淮河支流浍河之畔。这算是给了大泽乡一个明确的说法。

三

大泽乡的地理位置曾一度变得模糊,不过另一层意义的"大泽乡",却一直深埋在中国人的心里。

可以说,正是从陈胜这里,中国历史的更替出现了颇有规律的现象:一个王朝,总是由坚忍不拔、雄才大略的开国者建立;然后,随着皇位的交替,盛世之中,出现了很多无趣而平庸的"夹塞人物",他们可有可无,分享着前辈的果实,坐井观天,故作姿态,庸庸碌碌地度过自己的幸福生活;或者还有三两个昏庸无度、坐吃山空的昏君。更多的是等到局面无法控制,局面即将崩溃之时,一两个孱弱而开明的末世君主,无奈之下试图力挽狂澜,但一切都是力不从心,局面很快不可控制,王朝终于坍塌。

这是上层的状况,而在社会的底层呢?在很长时间里,由于思想和精神的控制,普通民众绝大多数是"被成长",他们的精神和思想,接受的都是统治者传达给他们的信息,自然而然地,也养成了简单粗暴的习惯。他们崇尚暴力,崇尚英雄,崇尚简单粗暴的造反方式。这当中一个最有说服力的例子就是,对于中国人来说,虽然很长时间一直读的是孔孟和朱熹的书,但在暗地里,《三国》《水浒》《西游记》才是他们的"圣经"。一直以来由于专制社会的体制,以及相对驯服的儒家教育,人性并没有真正觉醒,理性的精神也并不根深蒂固。在这种情况下,只要稍有风吹草动,那些长时期遭受精神和思想蒙昧的百姓们,长时期受到上层统治的压迫而憋屈的人物,每当末世局面失控之时,必定会乘乱揭竿而起爆发一场声势浩大的造反。这个时候,可以说,隐藏在每一个底层民众心中的"大泽乡"醒来了,他们会不平于自己的状态,愤懑地对着苍天疾呼:"王侯将相,宁有种乎?"

现在看来,这样的造反方式,虽然有着百分之百的充足理由,却是一种简单的泄愤方式。他们选择的方式,只能是以暴制暴。哪里有压迫,哪里就有反抗。这一句耳熟能详的话是真理,也是无奈的选择。暴力的目的是什么呢?就是为了发泄仇恨。往往是由这样的农民起义,引发社会的各阶层的势力参加,鱼龙混杂,泥沙俱下。在血与火的洗礼中,旧的暴政王朝轰然倒塌,一个新的暴政王朝建立。这样的暴政王朝同样是上一代皇朝的翻版。当一种反抗推翻一种暴力之后,如果形成新的暴力的话,那么,这种暴力的更替实际上是毫无意义的。它改变的,只是个别人或者个别集团的利益,对于人类本身,对于社会进步,其实,它并没有实质意义。

不过中国历史和传统文化显然没有意识到这一点。这样的结局循环往复,似乎每隔数十上百年,就要来上一次。这样的方式,就如同中国纪年六十岁为一甲子一样,中国文化已习惯了这样的改朝换代的方式。

对于中国历史来说,"大泽乡"就像一口活火山一样,隔上一段时间,就会爆发一次。它的岩浆喷发得到处都是,就像一个凶猛的万年怪兽,疯狂地吞噬着一切。然后,它又归于沉寂,不知道什么时候,又会突然爆发。

四

站在大泽乡的土地上,我在想的一个问题就是:一个隐藏在中国人内心中的"大泽乡",为什么会有如此持久旺盛的生命力呢?想来,这一切,还是由于中国文化的薄弱,确切地说,是民本思想、人性觉醒以及文化良知的孱弱所造成的。

中国文化一直有着这样的弱点,他表现出的对人性本身的重视程度,以及人的自省能力等,都是相对缺少的。中国农业文明的源头,决定了人们对土地的重视,胜过一切,甚至超过对人本身的重视。有了土地,才会有粮食,才会有人的生命。对于农业部落来说,国与家的概念,要远远比那些游牧民族的文明浓郁得多。除此之外,中国人依托土地所产生的对祖宗的崇拜情结,也自觉不自觉地淡化了宗教的氛围和追求,这也使得中国文化在自省能力上变得薄弱,在人性上觉醒得比较迟缓。这些源头和习惯上的东西,可以说,直接影响了中国文化的走向。

周朝建立之后,大量分封诸侯,据说当年周公共分封了七十一个国邦。大泽乡以及淮河两岸,也是众多诸侯国集中的地方。当年,在这一带,有晋国、齐国、鲁国等大国,还有沈子国、曹国等小国。春秋战国时期,可以说是中国历史的一个关键时期,在这个时期内,人类的文明积累到一定的程度,即将有一个实质性的突破了。起先,在这个时期,政治环境算是不错的。由于各国分而治之,思想和文化相对宽松,相对独立的读书人有了思考的空间和可能。人们充分地享受着思想的乐趣,也享受着思想的光辉。那些孜孜不倦的学人不停地写作,不停地思考,思想如汩汩的泉水,不停地涌出泉眼。他们旗帜鲜明地表达自己的观点,共同营造一个相对宽松浪漫的学术氛围。他们思索的时候,还没有那么多的羁绊,他们可以天马行空,也可以钻牛角尖;他们想到什么,就随手写下来,也信口说给别人听,他们似乎并不顾忌论争的对手会指责他们观点的前后不一致,也毫不顾忌地道出自己在思考过程中捕捉到的一些火花。他们是骄傲的、自尊的、才华横溢的,他们的文字并不都那么丝丝入扣,无懈可击,但他们却理直气壮,充满激情,英气勃发。他们也不畏惧权贵,即使是面对各国国君,他们时常也会采取居高临下的态度教训他们,当然,更多的时候,他们一方面信誓旦旦,一方面苦口婆心,向那些国君和大臣们推销自己的主张,自信地认为自己的主张就是黑暗中的火把,而自己就是泥淖之中的卧龙。而那些诸侯国呢,也以极高的礼遇召集各地的人才,让他们自由地发展学派,平等地参与争鸣,对于他们的主张,即使不赞成,也不公开进行反对,而是听之任之,任由他们去寻找新的市场。在这个过程当中,齐国似乎做得最好,他们特别设立了一个稷下学宫,网罗了一大批各国的学者。孟子就是当时稷下学宫中的一员,当时的齐宣王就曾多次向英气勃发的孟子问政,有时候孟子说得急了,经常还把齐宣王教训一通。齐宣王开始很重视孟子的观点,但后来却觉得孟子的学说过于理想化,不切实际,很难实施,并没有采纳。孟子学说没有被采纳,却没有影响他在学宫中的地位,也没有影响孟子的声望。在那个时代里,由于统治者与各派学者的关系相对比较平等,各派言论自由,他们彼此争论得很激烈,看起来水火难容,实际上却共生互补,他们的自由状态,滋养了自己,也滋养了那个时代……史书上说当时有儒、墨、道、法、阴阳、名、纵横、杂、农"九流","九"是虚词不是实词,意思是指多。那个时期,各门各派,各种主张就是这样粉墨登场,一展"自我"。这个时期,就是历史上的"百家争鸣"时期。

一直以来,人们对于"百家争鸣"的产生原因有这样那样的推断。实际上在我看来,"百家争鸣"现象最根本的,是分封制之后各国之间的竞争。这些小国是高度自治的,而且,存在着因竞争和被吞并的危险,正是各国期望强大的愿望以及各个国家争夺人才的状况,产生了"百家争鸣"这个中国历史上的独特现象。同时起重要作用的,还有对文字以及思想文化的敬畏。正是这种竞争和敬畏,造就了中华文明史上最自由的一段黄金时期。

以现在的观点来看,似乎春秋和战国时期的"百家争鸣"只是一种纯学术的行为,人们忽视了这种自由的学术风气对于整个社会的推动。可以说,因为思想的自由和风气的活跃,人们的心灵得到了滋养,由粗野麻木变得多愁善感,他们开始变得能够细微地体验痛苦和美好,对于幸福的理解也开始超出了玉米和小麦的收成,他们开始学会品味爱情,品味风景,感性的体验开始交织理性的思考,人们的精神需求开始增长,人们甚至开始思考自身,思考人类的义务和责任。一些人,尤其是读书人和贵族,比如说屈原,他们关怀的目光已超越了自身,他们开始关心日月星辰、香兰野草……这样的方式,可以说,都是一种觉醒,一种人类社会发展

风掠过淮河长江 | 101

到一定阶段,所必须进行的自我觉醒。

但可惜的是,这样的觉醒戛然而止了。中国文化在这个阶段稍稍因为自由而出现的一点人本的萌芽,很快就被随之而来的暴风雨给掐掉了。随着秦始皇统一全国,以严酷和专制思想为主流的法家思想占据了主流地位。而且,国家的大一统,也带来了文化和思想上的大一统和专制。秦始皇的焚书坑儒,为文化专制主义开了最恶劣的先例。由于大一统和专制,这个时候,国家对于人才的渴望并不如过去那样急切了,思想上的宽容和容忍度也弱化了很多。在更多情况下,出于维护专制统治和个人江山的需要,统治者开始了对思想的限制和扼杀,到了汉武帝时期,从出于维护统治的角度来考虑,那些诸子百家学说变得更不重要,因此,文化上开始"罢黜百家,独尊儒术"。文化和思想从这个时候起,已很难起到唤醒人性、软化思维的作用了。社会的自上而下的渠道,以及自下而上的渠道也变得不再畅通。随之而来的,是各种思想和学说为个人实利所做的改变和依附,它们争相向这种专制制度献媚,思想和学说经历着不断的变形。法家的献媚,把一种专制制度推向了极致;儒家的献媚,给这架国家机器镀上了一层金光灿灿的金箔;道家的献媚,让专制的执行者成为"天子";而佛家的献媚,则让绝大多数芸芸众生失去了怀疑的精神,失去了思想的不屈同……在思想和文化的独立性消失之后,那种人本的东西缺乏了力的支撑,变得孱弱而凋零。这个时代的中国文化在人性的觉醒和探索上的一种可能性,也被彻底地抹杀了。

因为思想和文化上的"蒙昧"状态,社会进步便很难通过思想进步这样"一劳永逸"的方式加以推进。这样,中国的专制制度与思想的关系,就变成了一种"恶性循环"的关系——在专制制度之下,思想变得越来越不独立,越来越依附制度;制度变得越来越凶狠,越来越坚硬。当思想的途径变得无路可走的时候,抵挡专制暴力的唯一方式,也只有剩下"以暴制暴"了。当一个地方没有了精神的花园、理性的通道以及宙斯神殿的时候,剩下的,就是处处埋伏的"大泽乡"。伴随着"以暴制暴"的过程,不可避免的是大量的流血冲突,生灵涂炭,民众成为殃及的池鱼。

因为有着这样的背景,我们当然不能以现在的思想去要求陈胜以及大泽乡所带来的连锁反应了。那种"你死我活"以及"一报还一报"的复仇方式,从现在的角度看,似乎狭隘而偏激。但,无论怎么说,错的不应是陈胜吴广们,而是那个时代,那个时代就是那样的逻辑,当人们已变得无路可走的时候,选择的必定是"你死我活"。这种非理性的暴力,根本上还是由于缺少"百家争鸣"造成的,当所有的通道都被关闭的时候,剩下的,只能是喋血和杀戮的本能了。我们只有感叹,是中国专制制度本身的狭隘和自私,导致了这样的结局,也导致了文明的隔岸观火。

五

现在的大泽乡,无疑是寂寞的。

尽管雕塑矗立,但这座浮雕像矗立在杂乱的背景之下,显得相当突兀。雕像旁边,每天是尘土飞扬,笨重无比的大货车、三轮车呼啸掠过,将雕像笼罩于一片浓烟之中。那些人来人往的路人很少会认真观看这些雕像,更谈不上思索雕像背后的意义。这样的雕像在如此的状态下,哪里会有灵魂呢?

大泽乡起义,是一场由底层发动的战争。这样的战争,对于历史进步究竟有没有推动作用,一直存在着争议,其关键点在于,这样的战争总是缺少理性,缺少约束,也缺少自省。由此而产生的结果,就可想而知了。在很多时候,历史对待底层民众的方式,总容易陷入对立的两极,要么就是极度鄙视,要么就是极度美化。极度鄙视当然是不对的,也是不客观的;但同样,对于底层民众的极度赞美,同样也是危险的,他们长期处于悲惨的生活状态里,文明程度不充分,理性缺乏。过度的美化,就是赋予他们过度的权力,他们的致命弱点就会在权力的催化下,瞬间爆发,变成迷醉的、暴力的,甚至是极度残忍的方式。现在看来,这些底层民众的揭竿而起,似乎具有双重的悲剧意义:一方面是自身毁灭,生灵涂炭,一将功成万骨枯,在这样的战争中,会有多少无辜的民众成为牺牲品呢?粗略地想一想秦末的战争吧,最起码,这样的战争,至少吞噬了数百万百姓。再想想淮河两岸数千年的毫无意义的改朝换代,土地争斗,城池易主,来来往往中,吞噬了多少民众呢?无数的淮河子民,在这样的暴与乱的大风之中,尘土飞扬。

另一方面,这样的生灵涂炭,并没有对社会的进步起到实质性的作用。人类的进步,从来就是以思想的进步为先锋的,在于随着思想的进步所造就的变化。或者说,社会的进步,根本前提就是思想进步所带来的人的进步,是靠思想和人性的觉醒来推动的,靠作为抽象精神产品的人文主义,慢慢生长,既搅动底层的岩浆,也推动上层优秀人物的反省,上下同心去寻求新的出路。

想来,这样的悲剧重复,还是因为思想的匮乏吧。虽然有那么长的文明历史,但在人性的普遍觉醒程度上,我们竟是那样的缓慢。上层和下层就像两条平行行进的直线,由于缺乏共同联结点,它们从未在某一点上契合,也从未在某一点上怦然心动。

既然有着这样的"先天不足",自然也就明白,为什么我们拥有那么多的"大泽乡",而我们的封建历史竟然还是那么长。

爱 与 怨

一

那一天到宿州出差,事毕上车之后,我突然想,干脆从灵璧拐一下,顺便看一下虞姬墓吧,虽然那只是一个孤零零的小景点,但毕竟,那一场大战以及那个生死离别的故事,是那样深入人心。冲着这一点,也应该去看看。

我就从省道直接过去了。这是一条繁忙的公路,公路的一半正在重修。让人感到惊诧的是,施工单位为了不让车辆从新铺的路面上行走,竟在路的中间用碎玻璃堆了十几公里一条线!这样的行为,真不知如何解释。到达灵璧县城之后,沿着宿泗公路,车开不了一会,便可看见马路边有一个汉式建筑的院落,门锁着,院墙上树梢尽显。问路人得知,那就是虞姬墓了。虽然早有思想准备,但我还是吃了一惊,没有想到虞姬会葬在现在看起来如此乱哄哄的地方,真是难为她了。并且,这里离楚霸王自刎的乌江还有数百里的路程。走进院落,这里出人意料的清静,没有一个游人,除了我们。正对着大门的,就是一个直径好几米的土堆,上面长满小树。这就是虞姬墓了,它没有想象的气派,只是灰砖围砌,边上栽着几株松柏,看起来落寞而幽暗。墓碑是光绪十七年立的,上面镌刻着"巾帼千秋西楚霸王灵姬之墓",两边的对联为:"虞兮奈何,自古红颜多薄命;姬耶安在,独留青冢向黄昏。"墓园的南侧,有一个小型展览馆,四壁悬挂着一些文人墨客吟咏虞姬的诗词墨迹,正中是一尊"霸王别姬"巨型塑像:身披铠甲的项羽拥着已经自刎身亡的虞姬,虎目含泪,悲恸欲绝。

　　除了这些,墓园里就不再有什么了。当年,虞姬真是自刎于此处,又被安葬在这里吗?据说"文革"期间,虞姬墓曾被当地人掘开,里面果然躺着一个女子,尸体很完整,头颅尚在。但见了风后,立即呈粉状化去,只有头部的一颗颗牙齿尚存。那个时代是百无禁忌的,人们发疯一样拥上前去,翻寻女子身边的器物。女子殉葬品中唯一两只较为完整的凤形耳饰,也被人们哄抢。因为女子是汉代装扮,而且是孤身下葬,葬得也极简陋,人们由此断定,这里极可能葬的就是虞姬。

　　可怜的虞姬,就这样尸骨无存化风而去了。我走出院落,举目远眺,眼前一片寂寥,这是冬天,公路两旁成片的大叶杨还没有抽枝发芽,树林的边上,有一排排粗陋的两层楼房,田地里生长着稀稀拉拉的麦苗。已经有好长时间没有下雨了,空气中满是灰尘,依旧如战场的硝烟一样弥漫。一代绝色佳人,就这样凄凉地死去,并且葬于这个陌生的地方。这个贫穷而乏味的地方,哪里能比得上虞姬山温水软的家乡呢?

虞姬是回不去了。美人长眠于地下,她的故事,却一直在世上流传。

二

项羽与刘邦的楚汉之争,一直是数千年中国历史津津乐道的一个话题。

公元前202年初,项羽率数万精锐部队大败刘邦,将刘邦困于固陵(河南淮阳西北柳林)。随后,双方在河南陈县(淮阳)进行会战,即陈下之战,楚军遭遇汉军三面夹击,不得已,项羽只好率主力部队东撤至垓下。韩信带领三十万大军从北面攻击项羽,西楚大司马周殷反水,联合九江王黥布,从南面出击;刘邦、彭越从西面攻打,各路联军于公元前202年十二月合围项羽于垓下。

现在的固镇和灵璧的一些地方,就是当年垓下之役的战场。当时,四面八方的汉军一共近六十万人,将楚军围得水泄不通。经过一系列战斗之后,楚军人竭粮绝。当夜晚的垓下四面八方响起楚歌的时候,项羽和他的江东子弟以为楚地已完全失守,斗志彻底崩溃了。《史记·项羽本纪》写道:项王就连夜起来,在营帐中饮酒,有个美人叫虞姬,常受宠幸伴随项王,有匹骏马,名叫骓,项王经常乘骑。项王就慷慨悲歌,自己作诗吟唱道:"力拔山兮气盖世,时不利兮骓不逝。骓不逝兮可奈何,虞兮虞兮奈若何!"项王唱了好几遍,美人作诗应和。项王泪流数行,左右诸将都跟着哭泣,不忍抬头看项王。

从《史记》文中意思来看,项羽应该还是有其他宠姬的,只是这一次没带在身边。而且可以断定,虞姬并不是项羽的妻子。在《史记》中,司马迁没有明确地写到虞姬拔剑自杀。虞姬自杀的故事,极可能是后人读《史记》的臆度,在史书的缝隙中所进行的合理想象。

接下来的故事已接近尾声——不管项羽与虞姬之间存在怎样的情与爱,或者,虞姬以怎样的方式死的,反正,项羽又开始逃跑了。当天晚上,项羽领着八百骑兵,趁着夜色突出重围,向南逃亡。直到天明,汉军才发现项羽逃脱。这个时候,正是朔风凛冽的寒冬,淮河已经结冰,项羽领着骑兵渡过了淮河,身边只剩一百多人了。逃至阴陵(定远西北)时,楚军迷失了道路,被一老农骗进一片沼泽地。汉军追了上来。逃至东城(定远东南)时,项羽身边只有二十八个骑士了。骄傲的项羽为了证明自己英勇,将这二十八人分为四队,杀向汉军,竟然将汉军杀得七零八落。然后,项羽又带着残余的随从继续向南逃跑。就这样一直逃到乌江边,茫茫大河横亘在面前,项羽仰天长叹。这时候,一个自称乌江亭长的楚人划着一条小船过来,对项羽说:"大王,请赶快坐上这条船吧。"

乌江亭长的请求被项羽拒绝了。这个时候的项羽已万念俱灰,决定结束自己生命了。项羽把乌骓马交给了亭长,然后,整整自己的衣服,执起长矛,带领自己的随从,义无反顾地杀向追来的骑兵。

项羽最后的就义情况,司马迁几乎是用一种小说的笔法在描写了,仿佛一切都活生生地呈现在眼前。司马迁写道:于是项羽命令随从都下马步行,持短兵器接战。仅项羽一个人就杀死汉兵数百人。项羽是想用事实来告诉人们,自己并不是输在汉军手上,失败只是天意。最后,项羽精疲力竭了,身负十多处创伤,这时候,他看见敌军中有一个熟悉的身影,那是汉骑司马吕马童,于是项羽说道:"这不是我的老熟人吗?"

吕马童听到了项羽的叫喊,对身边的上司王翳说:"那个人就是项王!"

项羽接着说:"听说汉王正在以千金和万户悬赏我的头颅。看在老乡的面子上,我给你们一点恩德吧!"说着自刎而死。王翳割取了项羽的头,其余的汉军骑士像秃鹫一样扑了上去,争夺项羽的尸体,以至几十人相互残杀。他们分了项羽的尸体,也因此升官发财光宗耀祖。司马迁在《史记》中一一记下了他们的名字:最后,郎中骑杨喜、骑司马吕马童,郎中吕胜、杨武各得项王一肢体。五人共同相合项王尸体,都能对上。因此把原来的封地分为五份:封吕马童为中水侯,封王翳为杜衍侯,封杨喜为赤泉侯,封杨武为吴仿侯,封吕胜为涅阳侯。

《史记》的《项羽本纪》在我看来,是所有篇目之中写得最好的。在这一章中,司马迁写得风生水起、波澜起伏、落英缤纷。很明显,在项羽这个悲情英雄身上,司马迁找到了一种共鸣。那是一种失败者的悲怆和激越。司马迁在二十岁前后,曾经做过一次长途旅行,在这次旅行中,司马迁来到昔日的垓下战场以及乌江之畔,那时,距项羽死亡只有七十多年时间。司马迁在垓下和乌江一带采集了很多有关项羽的故事,虽说过去了很多年,但当地人谈起项羽,仍是一往情深,充满赞叹。司马迁倾听着这些故事,对于项羽的偏爱和褒扬,也可想而知了。司马迁破天荒地将一个并没有做过皇帝的人列入"本纪"系列,并且将《项羽本纪》列于《汉高祖本纪》之前。司马迁没有凭着成败论英雄,在他心中,无论成败,项羽都是一个守诺言、重情义的君子,他的死,是重如泰山的。

三

项羽死了,成为不朽;虞姬自刎而亡,同样也成为不朽。

中国文化传统一向以佳人来配才子,以美人来配英雄。项羽是典型的英雄,当然需要一个绝色的美人来匹配了。于是,一个无名无姓的女子,慢慢地从司马迁的《史记》中升华,就如一只蚕,破茧而出化蛹为蝶——先是由某一个人开始想象,进行传播;然后,慢慢扩散,口口相传,那种吉光片羽的温情,很快就嬗变为一个完整的浪漫故事:女主人公有了芳名,也有了籍贯——这个美丽的女子名叫虞姬,是江苏沭阳颜集人;在颜集,有一条清澈明亮的小溪,因虞姓族居于此而得名虞溪;就在这条小溪边,虞姬与一河之隔的项羽相识相恋……诗意的悲剧故事就像是《诗经》中的爱情,青梅竹马,甜蜜无双。这个典型的中国故事,慢慢地进入中国人的喜怒哀乐中。这个过程中,起最大推波助澜的是戏剧和话本:"看大王在帐中如衣睡稳……劝君王饮酒听虞歌……"这是京剧《霸王别姬》中的唱腔,情真意切凄凄惨惨,水袖挥舞之间晦云蔽日。虞姬缓缓拔出腰间的双剑,翩翩起舞,歌道:汉兵已略地,四面楚歌声;大王意气尽,贱妾何聊生?

一个美丽女子就是以如此决绝的方式来表达自己的叹惋——危机之中,既然大王已视自己为负担了,那么,还活在世上干吗?于是,美人虞姬拔剑自刎,以告项王,宁为玉碎,不为瓦全。绝色美人的就义,自然引起国人的一番歔欷。于是,项羽与刘邦的生死大战,就这样变成了戏剧版的《霸王别姬》。中国文化善于夸张和传奇的本领,在这里得到了尽情发挥,这个极可能是杜撰的悲情故事,就这样放大在战争的背景下,放大在生与死的离别中,让人们沉湎于英雄美人的缠绵,一唱三叹,成为不朽的挽歌。

"霸王别姬"的故事远远没有终止,千百年来,民间的想象力还在不断延伸。在现在的灵璧县和定远县一带,还有更令人动容的故事流传:虞姬自刎后,项羽悲恸欲绝,他抱着虞姬的尸体哭声震天。汉军追来了,项羽实在是舍不得美人,便割下了虞姬的头颅,将她的身体安葬,然后,背负着虞姬的头颅继续逃跑,一直跑到现在定远县的东城一带。由于带着头颅实在是不便,项羽只好又大哭一场,用剑掘土,将虞姬的头颅安葬……这样的传说一直让人半信半疑,如果事实果真如传说那样,灵璧县境内安葬的,就应是一具无头尸。虽然项羽一直算是有情义之人,但以当时的战争和个人状况,一个女人的死,是不会让他太放在心上的。这样的故事,更像是一帮乡土文人的一厢情愿。我敢断定的一点是,项羽自杀的那一刻,他想到的,肯定是痛失江山的悲伤,或者是失去荣誉的耻辱,至于一个女子的殉情,在项羽心中,应该是不会激起涟漪的。

爱江山还是爱美人,看起来,这似乎是个偌大的问题。但古往今来,这样的问题,从来就是无足轻重。几乎没有人在这样的伪命题中失衡——在人心的天平面前,江山的砝码太重了,美人几乎不值一提,有谁肯舍弃江山依恋美人呢?即使是传说中范蠡带着西施出走,那也是在越王勾践要杀他的情况下,跟西施的魅力并无关系。在中国历史上,还真是没有发生过类似特洛伊的战争。当年希腊与特洛伊打了一场长达十年的战争,那是为了他们的美女海伦被特洛伊掳走。这是一场有关男人荣誉的战争,他们不想得到土地,也不想得到牲口,他们想收回的,只是自己的荣誉。而在中国,有过这样的战争吗?中国的皇帝和将军们,似乎从不会为美人发动战争,就如同没有人肯为美人丢弃江山一样。

女人从来就是如衣服,男人会为漂亮的衣服打仗吗?战争从来就是为了权力而屠杀,为了土地而战斗。中国男人们一直精明无比,有谁会不懂这样浅显的道理呢——只要得到了江山,肯定就会得到美人;如果只爱美人舍弃江山,必将什么也得不到。从这一点上看,江山与美人的并列,更像是文人失落后的自我安慰或自作多情。

四

刘邦与项羽的比较,也是我在虞姬墓旁所思索的。

一个平庸的淮河边汉子,就那样轻松地战胜了骄傲的南方贵族。就像一条伏在水面的鳄鱼,轻松地吞噬了在河边喝水的天鹅。汉胜楚的原因,一直是人们关心的。

人们注意到,楚汉相争,既是军事和利益上的相争,也是刘邦和项羽在气质和个性上的相争。曾有无数人将楚霸王项羽与汉高祖刘邦相比较,比较他们的出身、他们的本领、他们的人格、他们的做事风格等,试图从这样的比较中,找到胜利和失败的关键所在。楚汉相争时,这种比较就开始了——项羽的谋士范增在分析项羽时,曾经有一个评价,说:这个人缺点很多,但他仍是一块刚出土未经雕琢的玉。这个评价,算是对项羽品质的肯定。韩信在评价项羽时,说霸王是"妇人之仁"。至于一直在项羽手下的陈平,也对项羽这样评价说:"项羽是人中之杰,人品高贵,对诸将以礼相待,对部下毫不粗暴,决不因为对方是下人而加以侮辱。"以众人的目光来看,项羽这个人的品格不错,是一个不俗之人。

至于刘邦呢——夏侯婴曾经骄傲地说:"没有我,刘大哥就是一个呆木瓜。"萧何则发现了刘邦的可爱之处,颇为大胆地说:"刘邦没有什么德行,却十分可爱可亲。这种品质,也是世上少有的啊。"

刘邦本人对这种比较也很感兴趣。《史记·高祖本纪》记载:汉高祖夺取天下后,有一天在洛阳南宫宴请众将,刘邦说:各位将领实话实说,我为什么能获得天下?项羽为什么会失去天下?高起、王陵两位将领回答说:陛下你对人轻慢,有时候还侮辱别人;项羽仁义而爱人。但是陛下你派人攻城略地,凡成功者都有重重的奖励。项羽则妒贤嫉能,别人有功劳项羽感到害怕,对于贤明的人,项羽会怀疑他,部将打了胜仗项羽不奖励,攻下了地盘,也不给予嘉奖。所以项羽失去天下。高起、王陵两人回答可谓是"实话实说",在他们眼中,刘邦看起来并没有什么过人之处,无非就是舍得嘉奖罢了。只要舍得,三军当然肯卖命了。

不知道刘邦听到这样的回答是什么表情,想必是自嘲地一笑吧。不过刘邦的回答却颇为清醒:"你们只知其一,不知其二。论运筹帷幄,决胜千里之外,我不如张良;镇守国家,抚育百姓,供给粮饷,使运输道路畅达无阻,我不如萧何;统领百万大军,战必胜,攻必克,我不如韩信。这三人都是杰出人才,而我能够使用他们,这是我为什么能够取得天下的原因。项羽尽管有一个范增,却不能任用,这就是他被打败的原因。"

刘邦把胜利的原因归结于自己会用人,这当然是对的。刘邦最大的优点,或者说他最成功的地方,就在于能容人,也能用人。他就像一个蓄水池一样,蓄养了各路英豪,甚至虾兵蟹将。一有时机,就把这些人放出去,派上用场。在这一点上,刘邦与春秋时期的孟尝君很相似,敢于放手让别人来做事,自己乐得清闲,甚至懒得过问。刘邦拜韩信为上将军,把兵权全部交给他,是很有气魄的。一般人,谁有胆量把举国之兵,交给一个毛头小伙子呢?但刘邦就敢。这不是因为刘邦聪明,而是他有一种接近智慧的糊涂,有很强硬的心理承受能力。

如果把刘邦和项羽一对一比较的话,那么,无论是文韬还是武略,刘邦都不是项羽的对手:项羽相貌堂堂,刘邦形象寻常;项羽万夫不挡,刘邦武艺平平;项羽气吞华盖,刘邦胆小怯懦;项羽重诺守信,刘邦反复无常……这样的比较,似乎谁都可以轻而易举分出高下。但,最后的结果,却让所有人大跌眼镜——事态的发展未必符合逻辑,也未必符合道德,看起来平庸异常的刘邦,最后竟战胜了天下无敌的项羽。这样的结果,也难怪项羽死不瞑目了。

从某种意义上说,楚汉相争,既是刘邦与项羽之间的争斗,也是刘邦和项羽所代表的各自利益集团的争斗;甚至还是不同区域文化的相争——正是刘邦所代表的"淮河帮",打败了项羽所代表的"江东帮"。

从文化上说,刘邦和他的淮河帮分布在淮河流域,在秦末汉初时,已隶属中原文化。文明的源头来自以黄帝、炎帝为主角并衍生出夏、商、周始祖的华夏集团,也包括出现了太昊、少昊、蚩尤、后羿、皋陶等人的东夷集团。文明源远流长,诞生过老子、孔子、孙子、庄子、孟子等无数思想家。淮河文明乃至中原文明无论在文明的程度和实力上,还是在理性的思维方式和深入程度上,都要高过南方。当年黄帝对伏羲氏,对女娲为代表的苗蛮集团的征服,也说明北方集团文明的程度。后来的尧制服南蛮、舜更易南方风俗、禹在淮河边召集诸侯大会,也标明黄河文明以强势统治长江文明的过程。

古往今来,在淮河两岸,随处都隐藏着华夏文明的智慧,他们暗藏在每一个北方汉子身上,暗藏在他们的言行和举止中。刘邦自小就沐浴在这种文化之中,与老子、管子、庄子、张仪、苏秦、韩非子等一脉相承。可以说,一方面,刘邦受黄老文化的影响比较深,心思绵密,富有智慧,懂得韬光养晦忍辱负重;另一方面,刘邦又精通权谋之术,对张仪、苏秦之类的御世术以及阴阳平衡术,也不陌生。刘邦看起来不显山露水,但在大是大非问题上,却表现得果敢坚毅,一点也不含糊。刘邦起事时的斩白蛇,鸿门宴后的"立诛曹无伤",以及天下初定时对淮阴侯韩信、梁王彭越、淮南王黥布的镇压,都说明了他的当机立断、心狠手辣,以及道德上的无所顾忌。对应老子的《道德经》,有时候会发现,老子思想中的某些东西,在刘邦身上体现得十分明显,"曲则全,枉则直,洼则盈,敝则新,少则得,多则惑……"在刘邦身上,正是暗合了这种辩证关系,从而有一种入世的大智慧。不仅仅刘邦,他的身前左右,一个个也都是些"人精",比如萧何、樊哙、夏侯婴、周勃、王陵等等,虽然一个个如"土疙瘩"似的,但都富有韬略、胸藏沟壑。老庄文化就像淮河的水一样,滋养着这一片土地,使得这片土地上的每一个普通人,都令人不敢小觑。那些看起来极为普通的乡村野老,极可能就是一个老子,或者庄子。

刘邦在平定了黥布的叛乱之后,路过沛县。在老家,刘邦在行宫中设置酒宴,召来众多父老乡亲畅饮,并且征集了沛地的一百二十个少年,教他们唱歌、舞蹈。酒兴上来之后,刘邦亲自击筑奏乐,作诗歌唱道:"大风起兮云风扬,威加四海兮归故乡,安得猛士兮守四方!"

这样的句子,与其说是诗,不如说是心境强烈的抒发和释放。这种极度的阳刚之气,是非得有巨大的胸襟才可以发出的。从这首诗中可以看出,刘邦是极不简单的一个人物,他有风的胸襟,也有水的包容,并且元气十足,气吞万里。这些,都是与老庄一脉相传的。刘邦本人,也可以说,就是一个当了皇帝的老庄。

如果说刘邦的智慧是淮河或者说是中原文化赋予的话,那么,项羽的失败,同样是楚文化在争斗中的失败。这个自古以来就在长江沿岸进行大面积水稻耕作的部落,跟淮河文化以及中原文化相比,算是一种异质文化。他们一直沉浸在神秘奇谲的漫漫巫风中,不习惯明晰的思辨和思考,喜欢一意孤行,拒绝慰藉,单纯而随性,诗意而简单,剽悍而质朴。这种方式在短时间内极容易形成风暴力量,也就是说形成的爆发力很强,但一旦陷入长时间的胶着状态,往往会失去耐心,无所适从。所以,当项羽带领着三千江东子弟揭竿而起时,他们破釜沉舟,攻城拔寨,很快就将不可一世的秦国打得落花流水,但在时局变得复杂而相对平静时,楚文化中那种智慧短缺的弱点暴露出来了——它们一点也不善于争斗,无论是明处还是暗地。那些江东子弟很快就发现,当他们遭遇到淮河一帮人的阴谋与阳谋时,就好像一下子撞进了扑朔迷离的八卦阵,那种刚猛和直接缺少了对应,有一种泥牛入海的感觉。从这个角度来说,当垓下城外韩信部队唱响四面楚歌的时候,与其说这是为了瓦解楚军所唱的挽歌,还不如说是一种深厚而智慧的文明,对另一种单薄而实在的文明的一种嘲讽。

由项羽,我还想到一个,这个人,就是战国时期的楚国诗人屈原。实际上在屈原和项羽身上,是可以找到很多共同点的:他们都出身贵族又少年得志;参与政治表现出理想化、情绪化和盲目自信的特点,缺少周旋能力,难以与环境和他人相融;比较自恋自怜……这种来自江南的文明气质如他们喜爱的玉一样晶莹,也如玉一样脆弱,从而表现出"宁为玉碎,不为瓦全"的气质;追求完美,不习惯于妥协,缺少坚韧,更倾向于自毁。屈原在郢都被破之后,抱石沉江;项羽则宁死不过江东。这一切,对于从事政治和争斗来说,自然是先天的软肋了。

年轻气盛当然斗不过老于世故,多情浪漫也会在深不可测中败下阵来……江东那种刚猛直接的气场,在面对淮河两岸阴鸷雄浑的浩荡烟雨时,当然会力不从心。在江东子弟尚沉浸于抒情怀志时,在淮河两岸,早已将那种争斗和搏击,上升到了艺术的高度,并且,渗透于每一个人的内心深处。想想这一点,就会明白,为什么"力拔山兮气盖世"的项王只有束手就擒的份了。

千百年来,人们从来只以成败论英雄,文化,同样以成败来求生存。汉统一中国之后,中原文化继续南下,诗意唯美富有牺牲精神的江南风俗慢慢消失殆尽,文化和人变得越来越犬儒,变得阳奉阴违,变得平庸自保,变得精于世故……当越来越多的老庄和刘邦出现的时候,文化显然已缺乏了一种"清洁的精神",它变得缺乏生机和健康,变得未老先衰,一味潜行了。

五

虞姬墓向南大约一百五十公里,就是位于乌江边的乌江镇。在离项羽当年自杀不远的高地上,建有一座霸王寺。由于长江走道的改变,在霸王寺,只能影影绰绰看到一点长江的影子,满目苍茫处,都是芦苇的枯枝败叶。在寺内,有一座高高矗起的项羽衣冠冢。从墓型和风格上,与虞姬墓有点相像。这大约是汉墓的样子吧?这一对英雄美人,因为争夺江山的失败,只好苦苦相对,继续他们的生离死别了。

在霸王寺的附近,有一个碑林,倒是一个好的去处。碑林是

20世纪80年代修建的,征集了很多当代大书法家咏霸王的诗句。我在里面细细地看着,不用说,为西楚霸王发出感慨的还真是不少。数千年来,失意者显然从如此不公的命运中,找到了慰藉,也找到了共鸣。

碑林中,陈立夫的一个题款最为经典,这一句话,语出《论语》:求仁得仁又何怨。在陈立夫看来,项羽舍生取义,就是得到最好的"仁"了。但,项羽真的得到了"仁"吗?"仁"是一种清晰,是一个人清楚地明白了自己,也明白了世界,从而找到了一种最佳的平衡点。一个真正求得了"仁"的人,肯定是不屑于战争的。项羽只是得到了一个虚幻的概念,就像一顶没有意义的帽子。

深入地想一想,即使是轰轰烈烈的楚汉战争,也与封建社会的很多战争一样,完全没有必要。刘邦当上皇帝,跟项羽当皇帝,有什么本质的区别吗?在他们的身上,都缺乏利于苍生的思想,也不会顾及民生大众。他们总是把自己的长城修得牢之又牢,任无数孟姜女在身边号啕。历史的进步,从来就是以生产力和文明的进步为根本,也以人的自由和解放为根本。在一种匮乏根本的世界观下,封建社会的改朝换代,从本质意义上说,都是为着一亩三分田的争斗,随之而来悲愤地蹈死。这样的方式,有重于泰山的吗?应该都是轻如鸿毛吧。

在这种情况下,身为女人,如果跟在男人后面瞎掺和,把自己的身躯送入祭坛,以血来祭奠那个毫无价值的图腾,就更没有必要了。

安息在地底下的虞姬,是不是也有过这样的悔意?

风掠过淮河长江

风雨八公山

一

八公山超乎我的意料。

我原以为,皖北的山不高,哪有什么值得称道的呢?尤其是对于我这样一个在黄山脚下长大的人,一般的山,自然不放在眼中。可当来到八公山脚下时,我却有点震惊了:没想到的是,即使屡遭破坏,八公山仍旧显示出非同一般的韵味,它气韵鸿蒙、沉静高远,确是一座不俗的山。

这真是一座神仙的山。实际上八公山不是一座,而是一片连绵的山峦。这片不高的山峦,横亘在淮河南边,山体翠绿,植物茂盛,岩石起伏很独特,一看,就知道是一片藏龙卧虎之地。现在,八公山被国家有关部门认定为森林公园和地质公园。在历史上,这一片山峦曾经相当有名:"八公山下,草木皆兵"就是发生在此地的事,那是说东晋时那场著名的淝水大战,当不可一世的苻坚带领前秦百万大军兵败淝水,从八公山下返回的时候,看着八公山上朦胧夜色中的树影憧憧,以为是东晋的军队,只吓得心惊胆战仓皇而逃。对于八公山来说,这个故事已经是后来的事情,与八公山联系最紧密的,莫过于西汉时的淮南王刘安了。刘安的有名,是由于那部堪称伟大著作的《淮南子》,并且,刘安还可以说是豆腐的发明者。当年刘安炼丹的目的自然不是为了发明豆腐,而是想求长生不老的药。豆腐的出现,算是一种阴差阳错,或者,是上天的一种恩赐和馈赠?

毕竟,刘安是在八公山下死去的。把刘安与豆腐联系在一起,可以算是对刘安的一种补偿。

二

淮南王刘安谋反之事,在历史上一直算是一个疑案。这件事的前因后果很复杂,我只有简略地交代一下来龙去脉——

西汉第一任淮南王,是六安人英布,又名黥布。项羽进关分封诸侯时,英布被封九江王,建都六安。英布后来叛楚归汉,立下大功。刘邦称帝之后,封英布为淮南王,仍定都六安,拥有九江、庐江、衡山、豫章四郡,范围包括现在的江淮、湖北、江苏、浙江、福建等,地盘很大。汉高祖刘邦统一天下后,开始诛杀异姓王,韩信、彭越先后被擒,英布恐大祸临头,举兵造反。刘邦亲自征伐,英布兵败,逃归长沙投奔哀王,被诱捕杀死。在淮南王这个位置上,英布只待了七年。

英布被杀后,刘邦立自己的幼子刘长为淮南王,统领英布故地,建都寿春也即现在八公山下的寿县。刘长被封时,只有三四岁。他是汉高祖刘邦的小儿子,母亲原是赵王张敖的妃嫔,高祖八年时,刘邦去赵国巡视,赵王让妃子侍奉高祖,妃子有了身孕。赵王张敖不敢再让她入宫,替她修建了另外的宫室让她居住。不久,赵王张敖因为牵扯到谋杀高祖事件,一并逮捕治罪,赵妃也没有逃脱。赵妃的弟弟通过辟阳侯审食其,把赵妃怀孕的真实情况告诉吕后,想让吕后转告刘邦。吕后嫉妒,不肯报告刘邦。审食其也就把这事撂下了。赵妃生下刘长后,含恨自杀。有人抱着刘长送到刘邦面前,说起此事的前因后果,刘邦甚是悔恨,便把刘长交给吕后抚养。

吕后一直把刘长当作自己儿子。刘邦死后,吕后当权,刘邦的儿子死的死亡的亡,但刘长却一直安然无恙。刘长成人后性格刚烈,力大无穷,能够举起大鼎。当他知道自己的母亲因大臣审食其没有尽力而死时,便一心想报仇。有一天,十二三岁的刘长陪同汉文帝打猎归来,路经辟阳侯审食其府,想起母亲被杀一事,抑制不住内心的愤怒,当即闯入审食其的府宅。审食其赶忙出来拜见,刘长就从袖子中抽出铁槌,将辟阳侯杀死,并让随从割下了辟阳侯的头,赶到文帝面前跪下请罪。这一件事情引起朝野上上下下的震惊,大臣没有想到一个十二三岁的孩子如此刚烈残暴。汉文帝也大惊失色,意识到刘长可能是一个潜在的对手,自此之后,一直想着要把刘长除掉。

值得一提的是,在涉及汉文帝对刘长造反进行镇压时,《史记》的描述非常有意思,司马迁竟然大篇幅全文引用朝臣的奏章。也就是说,司马迁没有用自己的语言和观点,而是罗列官方的定论来叙述。司马迁把大臣的奏章和汉文帝的命令放在一起,一阴一阳,绝妙无比。从这样的"春秋笔法"中,明显地可以看出一件事的决策过程,也可以揣摩到背后的阴谋和险恶。

最后的结果是:汉文帝以谋反罪废除了刘长的淮南王位,将刘长装进囚车,发配到四川偏僻山区,同时将所有参与"谋反"的人全部杀死。刚烈的刘长悲恸欲绝,当他行进到陕西雍县境内时,绝食而亡。死时仅仅二十八岁。

第一任淮南王英布、第二任淮南王刘长就这样成为权力斗争的牺牲品,他们都没能善始善终。神秘的八公山也因此充满哀怨的宿命,这个看起来鸿蒙大气的山峦,这时候,已显出凛凛莫测,让人望而生畏。

也可能刘长的屈死让文帝觉得愧疚吧,汉文帝八年,文帝封刘长的长子刘安为阜陵侯,次子刘勃为安阳侯,三子刘赐为阳周侯,四子刘良为东城侯。对于庞大的淮南国,汉文帝还是不放心,后来他将淮南国一分为三,刘安封为淮南王,都寿春;刘勃为衡山王;刘赐为庐江王。淮南国终于解体了,看着身边的诸侯国一个个变得弱小,最高权力者终于松了口气。

实际上在刘安之前,还有一个第三任淮南王刘喜。刘喜原是城阳王,汉文帝将他调至淮南王的位置后,没多久,又将他调回城阳故地。刘喜像一只孤单的鸟一样在八公山上空飞了一圈,然后又飞走了。刘喜没有陷入八公山这个是非之地,平安而平庸地度过了自己的一生。

刘安,就是在这种背景之下成为淮南王的。刘安成为第四任淮南王时,只有十六岁。可以肯定的是,父亲刘长的死,给刘安心里留下了浓重的阴影。从汉文帝十六年(公元前164年)即位,到汉武帝元狩元年(公元前122年)自杀,刘安共为王四十三年,死时,已满五十八岁了。在做淮南王的几十年中,刘安一直韬光养晦、低调隐忍,分别与父辈、兄弟辈、叔侄辈的皇帝相处谨慎,努力维系平衡和安全。在与侄子辈的汉武帝刘彻相处中,一开始,也是没有什么矛盾的,而且,彼此之间,相处得还算融洽。刘安召集天下奇异之人,编书炼丹,追求长生不老之术。在这些"异人"当中,有苏飞、李尚、左吴、田由、雷被、毛被、伍被、晋昌等。刘安尊称他们为"八公",也因此,将附近的山称为"八公山"。刘安所做的一切,刘彻都看在眼中,也可能,还会暗自得意。在他看来,这个年长的叔父起不了大风浪,也不会引起什么事端。但到了刘安为王四十一年的时候,淮南国境内接二连三地发生了几件事,引起了刘彻的警觉,刘彻果断地出手了。

第一件事是刘安的儿子刘迁引起的。刘迁少年学艺,尤擅剑法,自以为天下无敌,听说郎中雷被剑法高超,很想与雷被比剑。雷被不愿意,但刘迁硬要比。较量中,雷被误伤了刘迁。刘迁恼羞成怒,将雷被罢官。雷被罢官后,逃至长安后上书控告淮南王父子。汉武帝刘彻很生气,下令削去淮南王统领的两个县,以示警告。

到了第二年,太子刘迁再次惹祸。刘迁与刘安一个庶出的儿子刘不害老是过不去。并且,对汉武帝下达的"推恩令",即将淮南国进一步肢解给几个儿子的命令拒不执行。刘不害一急之下,与儿子刘建上书汉武帝,想告倒刘迁。汉武帝接此状后,命令河南郡调查处理。河南郡的主管正是当年被刘长杀死的审食其的孙子审卿。有此渊薮,完全可以想象最终的调查结果如何了。

本来,太子刘迁惹是生非已够刘安烦心了。孰料一波未平,一波又起,身边的重臣伍被又向长安上书,告发淮南王刘安谋反。这样,淮南国与中央政权之间、淮南王与父辈政敌之间的矛盾一下子爆发。大祸终于临头,由刘安所连带出的,一共有几千人,都遭到了诛杀。至于刘安,郁闷羞愧之中,只好自缢而亡。即使这样,武帝似乎还愤愤不平,干脆把淮南国取消了,将封地收回。于是,刘安就成为最后的淮南王了。

按照司马迁的说法,刘安最后的确有跟朝廷相抗衡的想法,属于叛乱。但文中,并没有提到刘安具体的谋反措施。由于《史记》写于汉武帝时代,并且,作者司马迁因为为李陵鸣冤一事,遭受了人生中最大的屈辱,所以,对于这一段"当代史",司马迁自然

风掠过淮河长江 | 127

会小心翼翼,不敢乱加评判。但《史记》在叙述这一事件时,明显留了几个破绽,最明显的破绽是刘安与武安侯的一段对话——汉武帝建元二年,淮南王入京朝见,武安侯田蚡当时任太尉,在霸上迎接淮南王刘安时说:"当今皇上没有太子,大王是高皇帝的嫡孙,施行仁义,天下没有没听说的。皇上一旦逝世,不是大王还是该谁继位呢!"这一段话,明显地就是有寓意的,当时汉武帝只有十八岁,刘安已四十一岁,刘安还是刘彻的叔父,根本谈不上继位的问题。武安侯为什么会说这一段奇怪的话呢?有人说,司马迁在这里明显地是在用"春秋笔法",言简意赅,暗藏着历史的真实和正义。

淮河岸边的八公山是神秘莫测的,这样一座山矗立在寿春边上,也就注定这个地方会风雨飘摇。

三

在《史记》中,司马迁是这样评价刘安的——"欲以阴德拊循百姓,流誉天下。"这一句话译成现代汉语就是:"想用暗中做好事来抚慰百姓,传播美名于天下。"一个人,有取悦天下百姓的想法,怎么说,也不是一件坏事吧?由此也能看出,刘安并不是一个泛泛之辈,而是一个很有想法的人,甚至,可以说是一个高蹈之人。

刘彻即位时,年十六岁,刘安当时三十九岁;刘安去世那一年,五十八岁。也就是说,汉武帝刘彻与淮南王刘安之间,相安无事了近二十年。刘彻最后逼迫刘安自杀,说法是因刘安想谋反。刘安是真的想谋反,还是汉武帝"欲加之罪,何患无辞"呢?按照我的看法,后一种可能性似乎更大;或者,即使是刘安想谋反,也是汉武帝刘彻逼迫后的无可奈何。

对于淮南王刘安叛乱,被汉武帝刘彻削藩革职,最后被逼自杀一事,除《史记》之外,《汉书》《后汉书》以及后来的《资治通鉴》等,对这一段历史都有不同的看法。在这一点上,我觉得司马光的《资治通鉴》叙述得比较有道理:建元六年,刘安曾上书汉武帝,列举了连年战事对民众所造成的疾苦,力劝汉武帝不要以派兵征讨的方式解决闽越问题。汉武帝时代,战事频繁,不仅国力遭遇到前所未有的压力,人民也深感痛苦。刘安的这一次上书,明显地得罪了刚愎自用的汉武帝。可能就是从那时起,刘彻盘算着要在适当的时机,对这个指手画脚的叔叔动手了。

除了刘安的冒犯,刘彻动手的根本原因在于,当时的政治体制,导致了作为中央集权最高统治者的皇帝,必然与封藩国之间存在严重的利益和权力争斗——作为国家最高统治者的皇帝,明显地感觉到诸侯国对自己的二心,并且,在很大程度上,已存在控制的危机。武帝之前的文帝、景帝也一直试图改变这种制度模式,将更多的权力掌握在自己手中。权力的争夺总是你死我活的,前朝汉景帝采取的削藩制,就因为没有控制住局面,诸侯纷纷起兵逼宫,汉景帝不得不让晁错当了回替罪羊,暂时平息了各路诸侯的愤怒。

这是一场注定要来的暴风雨。虽然刘安一直悄悄躲藏在八公山中，但暴风雨还是说来就来了。只要权力在手，胜利和安全的天平就会向自己倾斜。对于汉武帝刘彻来说，从他登上皇位的那一天起，他就明白，自己最大的敌人，不是北方的匈奴，而是自己的同宗。汉武帝推行"推恩令"，刘安磨磨蹭蹭地想软抗，当然会引起刘彻不满。终于有一天，箭在弦上，不得不发——杀鸡是为了吓猴，只要刘安倒了，自然就树倒猢狲散。这样，与其说是淮南王刘安谋反，还不如说刘安被逼梁山，走投无路。以刘安的智慧和能力，如果存心要造反，哪里会如此磨蹭，又如此优柔寡断呢？

杀人与专制，就像一对连体兄弟，哪有专制不草菅人命呢？在专制体制中，杀人，都要成为一种艺术了——夺取江山之时，是面对面地摆开阵式厮杀，血流成河，人尸如山；取得政权之后，新一轮的自相残杀又接踵而至：杀功臣，杀伙伴，杀自己的同胞；在这个过程当中，有谋杀、冤杀、自杀、误杀，有明火执仗堂而皇之地杀，有背后捅刀地杀，有杀人不吐骨头，有"三桃杀二士"天衣无缝地杀……还有借刀杀人，隔山打牛……千百年的专制历史，鲜血浸透了厚厚的典册，都可以说是"杀人"。这样一轮又一轮地杀，直杀得腥风血雨，直杀得"沉鱼落雁"。如果认真地总结起来，这同样也是一部"三十六杀"，凡是"三十六计"所阐述的，都可以用来杀人，而漫长的专制制度，就是将杀人这门艺术运用到登峰造极的楷模和样板。

在这样的情况下，作为淮南王的刘安，终究难逃一死。五十八岁的刘安，在遭到了废弃之后，只好长叹一声，于八公山上，魂归故里。也可能刘安在淮南国的口碑不错吧，人们不忍心面对他的死亡，纷纷传说他在八公山上饮药升天——这，也是"鸡犬升天"成语的来历。

四

淮南王刘安的真实面目，一直是我感兴趣的。

刘安的墓，现仍在八公山上。说实话，由于年代过于久远，这样的名人墓是真是假，也只有天知道了。不仅如此，在八公山森林公园内，还新建有一个淮南王祠，汉代建筑风格，在大殿中，矗立着高大的刘安像。淮南王祠中游人很少，中午时分，只有我跟张东俊两个人来到这里。工作人员实在是乏了，趴在桌子上打瞌睡。淮南王纪念馆陈列着一些出土文物，从年代来看，大都是西汉的。回廊上，也嵌了不少与《淮南子》有关的图文。我们一路走过去，看得津津有味，感觉到刘安真是一个杂家，这个人对天文、地理、旁门左道等都有涉猎，知识体系非常庞杂。

从史书当中可以看出，刘安才高八斗，他不仅博闻强识，勤于学习，而且，还富有情趣、生动活泼。对于政治，刘安一直有着自己的独立见解和主张，在皇亲国戚以及大臣诸侯中，享有很高的威信。汉武帝的舅舅田蚡曾经在给刘安的信中，拍马屁说他"行仁义,天下莫不闻"。这一句话,虽然有点夸大其词,但以此推断,刘安在当时,是享有很高威望的。

可能是为了吸取父亲的教训吧,在淮南王的位置上,刘安一直疏于朝政,只愿待在八公山深处的行宫里,兴致勃勃地探究各种旁门左道,乞求黄老之术。刘安还像战国时的"四君子"一样,遍集天下才学之士,招了数千很有本领的门客。这些有识之士云集寿春,议论天下兴亡,探求治世良方,杂议不老之术,使淮南国成为当时国内最重要的文化学术中心。《淮南子》这部百科大典,正是在这样的背景下,由刘安组织编撰的。汉武帝即位后的第二年,刘安把这套书的一部分献给汉武帝,希望此书能给刘彻一点帮助。年轻的汉武帝得到这本书后,很是喜欢,一直把它作为自己的枕边书。不仅如此,每次下发给淮南国的诏书,汉武帝总是要让大文豪司马相如斟酌修改后才正式发出。由此可以看出汉武帝刘彻对刘安的尊重。

在某种程度上,刘安的命运是跟《淮南子》联系在一起的。所以,有必要多说《淮南子》几句:

《淮南子》是一本奇异的书。最初,刘安在审定这本书时,曾为书取名叫《鸿烈》:"鸿,大也;烈,明也。"从字面意思来理解,这本书,是为了阐明世界大道的。至于《淮南子》一名,是后来刘向在整理时改过的。应该说,这是一本很有价值的百科全书。有人这样评价它:"若刘氏之书,观天地之象,通古今之变,权事而立制,度形而施宜,原道之心,合三王之风,以储与扈冶玄妙之中,精摇靡览,弃其畛挈,斟其淑静,以统天下,理万物,应变化,通殊类,非循一迹之路,守一隅之指,拘系牵连之物,而不与世推移也。"这一段话,读起来聱牙艰涩,中心意思是在说明《淮南子》一书的玄妙。在我看来,的确如此,它既不是传统的道德文章,也不是僵硬的伦理解说,它体系庞大,思想深邃,熔哲学、政治、史学、伦理、经济、教育、军事、音律及自然科学于一炉。它不仅文笔瑰丽、结构严谨,而且极富想象力和灵动性,诡异而神秘。从书中可以看出,刘安一直朝思暮想的,是如何将自然之道揽入自己的怀中——在自然之中,既有象征特殊力量的氤氲之气,也有烟波浩渺的神秘,生命,本来就是宇宙间超乎寻常的力量。刘安一直幻想着从自然中攫取神秘的精气,这样,知晓自然的本质,也让生命获得延长,以至于长生不老……

跟历史上所有智者一样,淮河岸边的刘安同样从水中得到不少启迪——在卷一的《原道》中,刘安阐明了自己的哲学思想:"得在时,不在争;治在道,不在圣。土在下,不争高,故安而不危;水下流,不争先,故疾而不迟。天下之物,莫柔于水。然而大不可极,深不可测,修极于无穷,远沦于无涯。"这一段话表明,和先辈老子、孔子一样,刘安充分地认识到水的博大和力量,水,正是因为柔弱,才有巨大的能量,有迅如雷电的爆发力。对于人来说,要固守清静之道,怀抱柔弱之节,遵循自然的规律,像水一样柔弱,才能保全自己,强大自己……可惜的是,刘安崇尚水,从水中悟到了许多"道",但终究没能变成"水"。

曾经为《淮南子》作注的高诱总结《淮南子》的中心思想："其旨近老子,淡泊无为,蹈虚守静,出入经道。言其大也,则焘天载地;说其细也,则沦于无垠。及古今治乱,存亡祸福,世间诡异瑰奇之事。其义也著,其文也富,物事之类,无所不载。"高诱对于《淮南子》的评价是相当高的,就差点没说《淮南子》是《道德经》的续集了。的确如此,从总体思想上,《淮南子》沿承了老庄的思想,主张人的顺生,想从对自然界的观察中,找到宇宙运行的至理。《道德经》是大道之文,而《淮南子》呢,则是将大道落实到小道中,以小道,对这个世界进行细心的揣摩。

刘安和《淮南子》在中国文化当中,还具有一种特立独行的意味。《淮南子》最大的价值,就在于这本书有着非常好的想象力——虽然这本书从根本上缺少理性的光辉,但它已把神经末梢伸展到一个个未知领域,对这个世界表现出了足够的兴趣。它不像中国一般传统文化那样矜持和木讷,更没有表现出歧视和冷漠。这样的方式,对于当时正慢慢变得正襟危坐的中国文化来说,是极其难得的。在我看来,中国文化之所以在很长时间里停滞不前,一个很重要的原因,就是缺乏好奇心的原动力,这种好奇心的缺乏,不仅仅影响历史的进程,同时在很大程度上影响着一个民族的性格。现在看来,与其他文明相比,中华文明尽管有很多优点和长处,但在很大程度上显得活泼不足,进入了早熟阶段。

如果认清这一点,更可以看到刘安和《淮南子》的可贵了。当所有人都热衷于政治的纠葛和牵扯时,只有刘安,在林荫密布、清溪潺潺的八公山,专心地从事着一些别人根本看不上的"雕虫小技",他时而仰首注视天上的飞鸟,时而低头着迷于草木中的昆虫。在刘安看来,人与自然,的确是需要更深层次的对话,只有在静谧的对话中,才能彼此明白。特立独行的刘安,把人们的视野带到了一个相对陌生的地方,保持了一种难得的探求精神。一个有着如此智慧,心思一直在未来和现实之间游弋,陶醉于万物的灵性,并且志存高远想超脱这个世界的人,怎么会是一个篡权夺位的叛徒呢?

五

就现在来看,刘安最大的功绩,还是他"阴差阳错"发明了豆腐。

刘安发明豆腐一说,影响最大的,见之于明朝李时珍的《本草纲目》:

(谷部第二十五卷)豆腐　日用

(集解)(时珍)曰:豆腐之法,始于汉淮南王刘安。凡黑豆、黄豆及白豆、泥豆、豌豆、绿豆之类,皆可为之。

造法:水浸硙碎,滤去渣,煎成,以盐卤汁或山矾叶或酸浆、醋淀就釜收之。又有入缸内,以石膏末收者。大抵得咸、苦、酸、辛之物,皆可收敛尔。其面上凝结者,揭取晾干,名豆腐皮,入馔甚佳也。

{气味}甘、咸、寒,有小毒。(原曰)性平。{颂曰}寒而动气。{瑞曰}发肾气、疮疥、头风,杏仁可解。{时珍曰}按延寿书云:有人好食豆腐中毒,医不能治。做腐家言:莱菔入汤中则不腐。遂以莱菔汤下药而愈。大抵暑月恐有人汗,尤宜慎之。

{主治}宽中益气,和脾胃,消胀满,下大肠浊气(宁原)。清热散血。

尽管有很多典册都将豆腐的始祖当作刘安,但在《淮南子》一书中,对于发明豆腐一事,并没有准确的记载,甚至,都没有提到豆腐的名称。当然,现存的《淮南子》,已遗失很多内容了。或许,在刘安看来,诸如豆腐的制作工艺之类的,只能算是雕虫小技吧?刘安的目的,一直是要"雕龙",雕大道之龙,至于豆腐,可能是他所轻视的。不过在《淮南子》中,刘安对于豆类的种植和成熟的规律,倒是有科学的总结;书中还提到了碾碎大豆的工具"石䃋",也就是现在的"石磨";而石磨,是制作豆腐的必备工具。除此之外,《淮南子》对于海盐的产地、用途、人体分泌之盐及盐的凝固性能等,都有比较准确的记载。淀豆腐所用的"盐"即卤汁,指的就是氯化镁、硫化镁和氯化钙等饱和溶液,用钠离子或镁离子,去中和豆浆中蛋白胶粒的电荷,豆浆沉淀凝固后,便成为豆腐。以《淮南子》所具备的知识来看,对于做豆腐之需要的卤汁,以及其他技术,是可以掌握的。刘安根据实际制作经验来制作豆腐,真是有这样的可能性。因此,刘安发明豆腐,是完全可能的。

刘安在八公山炼丹,除了发明豆腐之外,还见证了许多其他东西,比如说意识到二十四节气,发明了天干地支的纪年法,还设计出潜望镜,等等。这些,都是有相当价值的。人类文明的初期,科学和巫术,一直是纠缠在一起的。虽然很多行为,并不是在理性和科学的旗帜下有意为之,但对于人类开拓自己的眼界和手段,还是大有裨益的,最起码,要比那些沉湎在故纸堆中的酸腐文人强许多。科学在中华文明的发展过程中,一直没能够真正独立地杀出一条路来,这当中,科学和理性思维方式的孱弱是一个重要原因,实践的缺失,同样也是一个重要原因——关于这一点,是一个大话题,在这里,就不细说了。

值得一提的,豆腐的发明,带有明显的幻变意味。可以想象古人在豆腐出现时的惊讶,当卤点入豆浆的那一刹那,豆浆立即凝聚沉淀,形成了美味异常的豆腐,这样的变幻,仿佛点石成金,化腐朽为神奇。当年的刘安为什么想起来要在豆浆当中点入卤呢?是有心为之,还是无意中的天造地设?豆腐就这样石破天惊地出现了,仿佛一缕佛光,出现在风雨之后。

八公山是在淮河边,在古代,属于楚地。我在想的一个问题是,其实,豆腐产生于八公山下,并非偶然,战国时期,楚国是除了秦国之外,最强大的诸侯国了。楚国的强大,不仅仅是因为它的实力,它的疆土,在更多意义上,是因为南方的水,滋润着这块土地的文明,使得楚国更加智慧,也更加坚韧。它博大而灵动,又具有一种幻变的诗意。豆腐的出现,正是这种文化的集中体现。

现在,八公山一带,最著名的,就算是豆腐了。每年,这里都要举行盛大的"豆腐节"。豆腐的确是值得纪念的,它可以说是中华文化最重要的发明之一。在某种程度上,我觉得它甚至不亚于中国古代的"四大发明",至少,它可以算是第五大发明吧。有华人的地方,就会有豆腐,甚至,没有华人的地方,也会有豆腐。可以说,豆腐给这个世界所带来的,要比刘安所有的努力和追求多得多。

历史总是阴差阳错的,文化在很多时候也是。豆腐与刘安的故事,至少可以说明这一点。

诗 与 剑

一

亳州是曹操的家乡,很长时间里,这里一直被称为沛国谯州。在亳州,古迹遗存最多的,就是当年曹氏家族的了,比如说观嫁台、八角台、谯望楼、拦马墙、魏武故宅等等。最著名的,就是被列为国务院文物保护单位的曹操运兵道了。运兵道位于老城区的地下,以大隅首为中心,四通八达,曲折幽深,向东、南、西、北各方延伸,直至郊外。据记载,曹操就曾在这里操练他的军士。我们踏着石阶深入地下,只见四通八达的隧道展现在我们面前,高的有一人多高,低的,只有一米多一点。我们在里面猫着腰走了一会,心里一直惴惴不安。据说曹操的部队在守城之时,总是在城池下面虚虚实实开挖很多地道,城里城外相通。敌人兵临城下以后,面对这样的立体防守,总是心有余悸。这种狡黠的方法真是只有曹操才能想得出来,这个平生做事一直虚虚实实的人,在每个环节上,都让人无法捉摸。奇谲诡秘,就是曹操最大的特色。

这些年,随着易中天讲《三国》而走红,对曹操乃至《三国》人物的评价又成为新的热点。当然,《三国演义》中的曹操,已经是经过戏剧化和脸谱化的了,是近千年民间文化篡改过的;或者干脆只是落魄文人罗贯中笔下的曹操。当人们摒弃了"忠君"的旧观念之后,有关曹操的历史评价就很难下定论了。历史的价值判断总是按照现实的角度不断进行调整的,对于曹操及其历史地位,应该寻求怎样的新意呢?

这是一个复杂的人物。甚至可以说,曹操应该是淮河文化的集大成者。在曹操身上,既有老子的智慧和超脱,也有庄子的逍遥和无畏;既有鬼谷子的阴险和诡异,也有苏秦和张仪的狡诈和心计;既有韩非子的狠毒和铁血,也有刘邦的泼皮和实际……这个人就是那样集诸多品质于一身,像一个奸雄,又像一个勇士;像一个智者,又像是一个泼皮。这是中国历史的一个"典型形象",更是中国文化的一个"典型形象"。那些看起来毫不相干或者耸然对立的品质和因素,在他身上,都得以酣畅淋漓地体现。

文化最集中的体现往往在人的性格上。在淮河两岸,古往今来,一直是盛产"人精"的:他们目光犀利,心思绵密;不仅有深刻的思想,而且有卓越的才干、心狠手辣的铁腕。因此,在这一带,优秀的政治家、军事家层出不穷。这些人精通人情世故,极富个人魅力,即使有雅好,也不是那种小情小调、鸡零狗碎的;他们从来不是享受型的,他们的兴趣就是权力,他们的爱好没有别的,就是想方设法把世界,把别人,玩弄于自己的股掌之中。

如果硬要给淮河流域列出几个最具代表性的地方人物的话,那么,按照我的理解,有两个人可以说集中体现了淮河流域人物的特点——在淮河北岸,有三国时的曹操;在淮河南岸,则是明太祖朱元璋。这两个人,都可以叫"人精",都可以说是数千年中国文化孕育出来的枭雄。尤其是曹操,无论从哪方面,都可以说是淮河文化的一座高峰——他是一个政治家、一个军事家;是一个哲学家,一个学者;也是一个文学家,一个音乐家;甚至,是一个流氓,一个奸雄……可以这样说,不仅仅文化的复杂性、社会各阶层的丰富性在曹操身上体现得淋漓尽致,而且,体现得无比充分的还有人性——曹操是一个集大成者,是一个立体的闪光源。千百年来,曹操就是以他的复杂和丰富充满魅力。除了性格和功业,曹操最吸引人的地方还有,他是一个优秀的诗人。他的从政,是一次诗人的"成功转行"。

二

说曹操是一个诗人,那是因为,他的诗写得真好:

东临碣石,以观沧海。水何澹澹,山岛竦峙。树木丛生,百草丰茂。秋风萧瑟,洪波涌起。日月之行,若出其中。星汉灿烂,若出其里。幸甚至哉,歌以咏志。

这一首诗,是曹操征乌桓时所作。公元 207 年,曹操在官渡打败袁绍之后,亲率大军,追击袁绍残部。当曹操进入辽东半岛,抬眼看见无垠的大海,不由得壮怀激越,一股诗情在胸中汹涌澎湃,于是提笔写下了雄浑的诗篇。也可能这是曹操第一次看见大海吧,大海在他面前,浩大而不威严,温和而不柔媚,那种鸿蒙博大的气象,让曹操不由自主产生了对天、地、人的感悟。在曹操眼中,自己的生命与星辰、日月、秋风、大地是紧密相连的,生命之中,充满着运动、轮回和起伏。读这样的诗,分明能感受到一个人强劲的生命力,就像冬天的朔风一样,从旷野中呼啸掠过。

他的《短歌行》也好:

对酒当歌,人生几何?譬如朝露,去日苦多。慨当以慷,忧思难忘。何以解忧?唯有杜康。青青子衿,悠悠我心。但为君故,沉吟至今。呦呦鹿鸣,食野之苹。我有嘉宾,鼓瑟吹笙。明明如月,何时可掇?忧从中来,不可断绝。越陌度阡,枉用相存。契阔谈宴,心念旧恩。月明星稀,乌鹊南飞。绕树三匝,何枝可依?山不厌高,海不厌深。周公吐哺,天下归心。

一个具有如此情怀的人,应是有大胸襟的。一个人,当他对生命有一种近乎智慧的清醒认识时,内心中的小我肯定会萎缩下去,支撑人格的,必然会是大我的擎天柱。并且,这种巨大的生命格局会转化为一种水银泻地似的气势和节奏。一种真正的生命韵律也应运而生。

曹操现存的20多首诗全是乐府歌辞,也就是说,曹操当年所赋之诗,是用来吟唱的。史家说曹操"登高必赋,及造新诗,披之管弦,皆成乐章",可见,曹操不仅仅是一个诗人,还是一个音乐家。真难得一个乱世枭雄有如此的性情!一个人,能在兵荒马乱中,上马杀敌,下马吟诗,保持源源不断的元气和情怀,无疑是难能可贵的。诗歌中的曹操,仿佛手持戈戟,放马平原,纵横驰骋,那种大气磅礴之势,绝非一些沉湎于文字的鸡零狗碎之徒堪比。在我看来,曹操的人格特质,本来就是有着巨大生命能量的高士,那种雄奇清俊的气韵,以及慨而慷的苍凉,铸就了他生命最华美的乐章。

从这样的诗中,是可以看出一个人的生命本质,以及他的志向和追求的:

神龟虽寿,犹有竟时。腾蛇乘雾,终为土灰。老骥伏枥,志在千里;烈士暮年,壮心不已。盈缩之期,不但在天;养怡之福,可得永年。幸甚至哉!歌以咏志。

曹操的诗,不仅仅代表他个人,也不仅仅代表他所开创的建安风骨,以及接踵而至的魏晋风度,在我看来,那种悲凉苍劲的风格,就是淮河两岸氤氲的地气。它代表的,是淮河文化,或者说,是中原文明的思维方式和传统,是生命哀伤的诉求和不屈,以及灵魂的苦苦求索——这样的气韵,是与甲骨文、妇好墓、青铜器,以及《诗经》《楚辞》《史记》等一脉相承的。

历史将一个身陷乱世权谋而心在浩阔时空的强大生命展示在我们面前,以至我们现在读曹操的诗,仍不禁为他强大的生命能量叹喟。一个勃发着生命力,又写得如此好诗好文的人,怎么会是一个工于心计、杀人如麻的恶魔呢?真正的曹操,我想,绝不是罗贯中笔下的模样。一个能把生命感悟得如此通透,又拥有如此博大胸襟的人,怎么说,都不应该是一个利欲熏心之徒。这两类风马牛不相及的人格特征,在曹操身上,都体现得那样鲜明,这是一种错乱呢,还是一种复杂而包容的和谐?

对于三国乱世这一段黑色的历史缝隙,清代学者赵翼曾有一个独特的评价,他说:三国对垒,曹操张罗的是一种权术组合,刘备张罗的是一种性情组合,孙权张罗的是一种意气组合。赵翼的说法虽然有理,但他显然忘了曹操是一个诗人,只把他当作一个热衷于权谋的政客。

三

在亳州,每逢观看与曹操有关的遗迹时,我总是格外认真。我所感兴趣的一点就是:到底是什么原因,使得曹操放下手中的笔,拿起了身边的宝剑呢?或者说,诗在曹操心目中,到底占据什么样的位置;曹操是如何完成从一个"登高必赋"的高士,向"治世之能臣,乱世之枭雄"转移的?

可以想象出三国乱世的情景:到处都是混乱和争逐,时时都是奔逃和死亡,每一个角落都是恐惧,每一个身体都拖曳着长长的阴影;道德和苍生,宛如随风凋零的树叶……当来自亳州的青年军官曹操面对这一切时,他没有选择逃避,如老子一样逃遁;或者,如庄子一样逍遥;或者如后来"竹林七贤"一样放浪形骸,玩世不恭;曹操选择的是中流击水,逆流而上。这时候的曹操,还是一个诗人。一般来说,一个真正的文人,是不适合官场政治的。他们的内心深处,总是掖藏着宽容、温柔、多情、纯粹、正义、责任等理想主义因素,这与残酷无情、黑暗阴谋、虚伪奸诈的官场存在不相融。文人从政,以内在的本性应对不得不遵循的官场规则铁律,其结果可想而知。不过曹操似乎是一个例外。当曹操涉足权术和权谋之深潭时,那种内心的绳索,反而最大限度地得到了释放:他由雄奇变得奸诈,由大气变得残忍;由无畏变得狠毒,由苍凉变得冷酷;他干净利落地放下了情感和温柔,痛快淋漓地拾起了权术和谋略,他变得如狮虎一样威猛,狐狸一样狡猾,狼一样坚忍……曹操所倚仗的,依旧是"以暴制暴",只不过,是以更残忍来对待残忍,以更阴毒来对待阴毒……曹操就这样轻松完成了自己人格的嬗变。这是一次彻底的转型,就像一场"华丽转身",转得如此决绝,如此干净彻底。

在我看来,促使曹操"投笔从戎"的主要有两点,一是中国文化的传统。一般来说,稍有出息的书生,一生的愿望,就是"学而优则仕",然后立德、立言、立身,修身齐家治国平天下。那些道德范畴的条文,一直引导着传统知识分子的精神走向。它们无非是:身无分文、心忧天下;以天下苍生为己任;滴水之恩涌泉相报;若以国士遇我则必以国士报之;虽千万人吾往矣;为酬答知己则生死以之……以曹操的个性,他当然会以这种"济世情怀",投身于这一乱世之中。二是权与利的诱惑。权与利,以及人类内心对应的控制欲和占有欲,应该是主宰个人行为的根本原因。诱惑让曹操无法拒绝。诗,虽然让曹操有着抒发的畅达,但却无法给他带来利益和成就感。因此,在更大的诱惑面前,曹操放弃了诗,选择了剑,然后,以剑和血来祭自己的人生之旗。

曹操一步步向悲剧走去。这个时候,他已不屑诗神的注视,虽然他心存悲悯,但丝毫也不影响他以残酷的手段对待现实。在更多的时候,他表现得坚韧、冷漠、一意孤行,他满脑子想的都是个人的私欲,如何爬到权力的巅峰,让苍生匍匐在自己脚下。至于占据天下之后,如何实现自己的想法,如何确立一种机制使苍生幸福,这些,似乎是曹操从未想过的。

可以肯定的一点是,当曹操放弃诗,提起剑之时,他的全部生活也因此改变,生命进入了一场危险的游戏中。一个人,只要他充分展示自己的欲望,他的政治智慧便会停止发育,滋养心灵的资源也会枯竭。

从总体上说,曹操是幸运的。最起码,在乱世中,曹操充分体现了个人价值,他成功地成为一个时代强人,并且一度差点重建天下秩序,统一山河规范。但从根本上说,曹操对于社会的进步意义,并不比他所贡献的20多首诗大多少。一个人的历史地位往往就是这样,他毕生所追求的,有时候显得无足轻重;而他无意作为的,却奠定了他的历史地位。这样的状况,是一种阴差阳错呢,还是一种无是无非?

四

在淮河两岸行走,我一直在想的一个问题是:社会的发展,智力的进步,如果没有一个方向,而且没有一种约束力的话,那么,智慧的提高,就更像是一把磨得越来越锋利的刀剑,非常危险。很多智者意识到这个问题,老子的想法是回到小国寡民老死不相往来的上古;孔子是让人回归内心的仁;至于墨子,是提倡放弃所有的物质和智慧,回归到苦行,兼爱所有的人……这样的号召与希望,明显缺乏操作的可行性——人类社会的发展如同河流,哪能逆向流淌呢?老子的小国寡民是根本回不去的;孔子提倡的"仁",只能就君子而言,社会的大众在面对众多诱惑时,是很难做到自我完善的;至于墨子,他的主张就更显天真了,一个普通人,在物质高度匮乏的情况下,怎么可能抵御住内心的私欲,去"兼爱",或者,去兼济天下呢?

任何文明都是有着缺陷的。中华文明同样也是如此。在我看来,中国文化一个最致命的弱点在于,对于人,以及人道,缺乏透彻的认识。中华文明一直缺少苏格拉底、柏拉图、亚里士多德形而上的深入思考,也没有古希腊文化一开始重视人的精神传统,这使得文化本身既缺乏广阔的纵深,同时又缺乏对于人以及人内心的尊重和贴近,无法从深厚的形而上思考中产生更深的独立意志,缺少自由和人文的情怀。中国文化对社会和国家主体的认识薄弱,使得它一直携有自己的软肋——它一直无法正视人类的弱点,对于个人的欲望,缺乏限制的措施。由于源头的薄弱,这种文化土壤的背景很难产生"以人为本"的社会进步主渠道,那种理性、科学以及人道的经国方式,更是难以实施……当儒学成为社会的主流价值观后,社会的最高理想就是秩序,所有的个人价值都要服从这种低层次的秩序。堂而皇之的理由背后,往往潜伏着很多险恶的动机和想法。这使得中国文化在很大程度上显示出"表里不一"的成分,比如"明儒暗法""明儒暗道""外尊孔孟,内施黄老"等等。

可以说,正是中国文化自觉或不自觉的短腿,造就了中国历史上的封建时期如此之长,它一直趔趄在志得意满的泥淖里,因为没有思想上的光芒,很难找到一条解脱之路。文化的缺失,也造就了历史的灰暗,历史不断重复的是,当一个人谋求政权时,他可以打出天下为公的旗号,振臂一呼,应者云集;而当这个人坐在高高在上的龙椅上时,他便自然而然地摇身一变,成为一个窃国大盗。曹操的行为,同样是中国历史上无数窃国者的翻版和重复。

曹操的转型,与历史上所有诗人、文学家的转型一样,看起来都是成功的。其实,由于整个思想文化的系统跟不上,这样的转型,仍旧是白费工夫,也白费精力。那些孱弱的书生啊,因为没有博大的思想引导,只能在一轮一轮的朝代更替中,忙忙碌碌,耗费生命,没有促进这一块土地实质性的进步。

正因如此,我们可以说曹操是病的,同时,灾难深重的淮河也是"病"的,而且变得越来越严重。一个地方和一个人一样,一开始,都是健康的,但慢慢地,过了青年期之后,一些原先潜伏在内部的寄生的因子便开始生根发芽,慢慢长大,它们的使命就是毁掉自己的母体。对于淮河来说,那种携有混元之气的文明在一段时间的发散后,也慢慢地转换变形:大气变得粗鲁,智慧转成阴谋,大开大合移植为心狠手辣……如果说曹操尚存高贵人格和胸襟的话,那么,看一看那些后来的权谋者吧,那是怎样的一群鸡鸣狗盗之徒啊,在他们的身上,只有狭隘、疯狂、偏执、阴暗、利欲熏心,以及失去人性的奸诈、失去理性的残忍等,在淮河两岸,一种恶性肿瘤正在慢慢生长,且呈现出明显的衰败迹象了。

五

一个人最根本的人格特质,最容易从他的遗嘱以及对于身后之事的安排中看出。

建安二十五年(公元220年)正月二十三日,曹操在洛阳病逝。生前,曹操曾写过一篇《遗令》,对如何安排自己的后事做了具体规定,重点是强调自己的薄葬,要求死后"敛以时服,葬于邺之西冈上,与西门豹祠相近,无藏金玉珍宝"。所谓"时服",就是平时穿的衣服。二月二十一日,曹操安葬在高陵。曹操的儿子曹丕和曹植在陵前诵读了各自撰写的祭文。

值得一提的是曹植的诔文,在文章中,曹植具体描述了曹操安葬时的情景:身穿缀衣,玺不存身,只有系官印的丝带,未葬金玉珠宝,随葬的明器都是质朴无华的陶器,没有任何加工修饰。由此可见,曹操葬礼一切从俭的遗令,是得到严格落实的。曹操之所以选择薄葬,与曹操的性格和世界观有关。这个有着大开大合胸襟,同时能将人生悟得异常通透的人,当然也不想在死后落入俗套。至于曹操墓的确切位置,虽然曹操的《遗令》和《三国志·武帝纪》都标明曹操死后葬于邺城,但曹操墓究竟在哪里,却一直没有找到。这个生前一直让人捉摸不透的人,对于自己死后的隐藏,显然用心良苦。

在亳州,最盛传的曹操故事也跟墓地有关——据说曹操在洛阳生病期间,有一天静卧榻上翻阅史书,当他看到春秋伍子胥鞭尸楚平王一章时,不禁毛骨悚然;再联想到自己生前所做的诸多惨烈之事,更是惴惴难眠。为了不重蹈楚平王的覆辙,防止自己的墓穴被盗,曹操赶紧命人到许都招来亲信司马孚,要他在亳州老家修筑七十二疑冢,并密筑一真冢,待冢成后,杀尽匠人,以免泄密。随后,曹操又密诏在邺城的曹丕来洛阳,命他伺机再杀死司马孚。这样,曹操墓址的确切地点再也无人知晓了。至于曹操死后,葬于邺城的"高陵"其实是一个假象,真的棺椁,却星夜运回了亳州。待到出殡那一天,亳州四门同时大开,早已准备好的72个棺椁,分别运出城门,埋在城外。而曹操的尸体,就埋在曹氏家族的某个墓地内。

虽然这只是一个传说,但依照当时的情况,尤其是按照曹操的性格来说,这样的事情,并非不可能。现在,在亳州城南曹氏宗族墓地范围内,还有近十座高丘孤堆,此外,还有数不清的地下汉墓,但到底哪一座属于曹操,目前仍是一个谜。在亳州,如今的曹氏宗族墓一带,已修建成公园了,在公园之内,有几个高高耸起的土堆,那就是曹氏宗族墓群。在墓群的东北角,还有一个曹园,据说当地很多人是曹操的后代。当年,他们的使命,就是负责暗中保护曹操墓。当然,这只是一种说法,也一直拿不出证据来。不过,以曹操的办事风格,如果那些人是接受了某种使命的话,那么,就一定不会留下把柄。

徜徉在曹氏宗族墓地之中,看着那些高高耸立的土堆,我在想的是:曹操为什么如此刻意隐藏呢?这一番行为,不仅仅是因为他对于生死看得很透,或许,还有另外一个原因,那就是他不愿意面对——一个诗人,在完成了自己一生的嬗变之后,变得谁也不认识了,甚至连自己也不认识自己了。当他面对死亡之时,会感到失落和困惑,他不敢面对,也无法面对,只好把自己藏在一个谁也不知道的地方。这样的最终结局,是一种无奈呢,还是对于自己的否定?

药 与 酒

一

春天在亳州境内行走,可以在田野里随处看到盛开的芍药花,花硕大漂亮,五彩缤纷,像一片片云彩飘浮在大地上。我们在陈抟老祖庙附近,看到好几亩白色的芍药,每朵竟如小脸盆似的。当地人向我们介绍说:芍药和牡丹其实是同科,只不过牡丹花瓣多层,而芍药是单层;种芍药,并不为观赏,而是用来制药。芍药花季过后,把根茎清理好,卖给中药铺,比种粮食赚得要多。

芍药是一种用来清寒的中药,有散淤、活血、止痛、泻肝火之效,主治月经不调、痰滞腹痛、关节肿痛、胸痛、肋痛等症。扬州的芍药最早曾负盛名。明朝之后,亳州芍药后来居上,无论在数量还是质量上,都超过了扬州芍药。清代亳州有一个诗人刘开,曾这样描述亳州人种芍药的情景:"小黄城外芍药花,十里五里生朝霞。花前花后皆人家,家家种药如桑麻。"亳州种芍药的传统,由此可见一斑。不过芍药花的确漂亮,即使不能入药,家家门前屋后,能有一点芍药花点缀,也有一番诗情画意。

春天里万紫千红的是芍药。而在秋天,在淮河岸边,生长着一种亳菊,同样散发着高洁苍凉的药味。这些都是属于亳州的独特的味道。也难怪,亳州是中国药材之乡,据1985年全国中药材资源普查统计,亳州共有中药材141科470余种,地产药材130种,其中《中国药典》冠以"亳"字的药材就有亳白芍、亳菊、亳桑皮、亳花粉四种。同时,亳州还是桔梗、丹参、板蓝根、薄荷的主产区。据介绍,亳州药材种植面积近100万亩,共有药材种植专业乡、村800多个,中药材种植、加工、销售从业人员达百万之众,每年中药材交易额高达100多亿,名列全国之最。亳州最有名的,是它的中药材市场。我们在亳州时,特地起了个早,赶到了市中心地段的中药材市场。一进市场,我们几乎惊呆了,这里就如一个偌大的商品批发基地似的,药店、商、行、号、栈鳞次栉比,买药的与卖药的人头攒动,场面非常壮观。最引人注目的是药材交易大厅,竟有数十亩地那么大,里面井然有序地排列着药材摊位,一个紧挨一个,有数千之多。每一个摊位上,都摆放着各种各样的中药材,有以植物入药的,也有以动物和爬虫类入药的,完全是一个中医宝库。中医的稀奇古怪和博大精深在这里尽情彰显。

亳州与药同样有名的,还有酒。酒是这块土地的另一项重要内容。当地人告诉我们：其实亳州最有特色的，是秋天。秋天的平原，到处都是一人多高的高粱地，一眼看过去，如火烧云一般。那些高粱，散发着浓浓的酒味，它们与药一起，构成了这块土地上的精气神。药与酒，是最能显示地方文化某种特质的，酒是一个地方人的气质；而最能表现一个地方思维方式和习惯的，则是医和药。从某种程度上可以这样说：药，是这个地方的地气；而酒，则是这个地方的人气。

二

先说酒。

来亳州，肯定要去离亳州市区十来公里的古井镇。这里，算是亳州白酒的"老巢"了。一进镇子，就能嗅到空气中一股浓烈的酒糟味。数公里长的镇街道两旁，竟聚集了大大小小数十家酒厂。最大的，当然是国有企业古井集团了。古井集团的"古井贡酒"一直闻名遐迩，中华人民共和国成立初期，曾在全国同类"十大名酒"中排列第五。除此之外，镇上还集中了一些其他酒厂，生产诸如"店小二酒"之类的白酒，销路相当好，据说在河南以及广大北方农村地区非常有名。古井镇的产值加起来有上百亿，这真是一个惊人的数字。在古井镇，古井集团还建有一个"中国白酒博物馆"。两层楼的博物馆，摆放了大量有关酒的器具文物，在博物馆的地下室里，还有一个据说是宋朝的古井，古井贡酒由此而得名。我在里面转了一圈,算是对中国白酒有了一个系统的了解。

亳州白酒的历史,据考证,与商汤王有关。当年,商汤王远征淮夷,在亳州桑林一带以酒祭天祈雨,相传用的就是亳州的酒。据传说,古井贡酒源自老子,老子在古井贡酒附近二里多的地方,划地成沟,后人以此沟中的水酿酒,酒味芬芳,这就是早期的古井贡酒。到了东汉三国时期,曹操将家乡亳州酿制的美酒"九酝春酒"献给汉献帝,汉献帝很高兴。曹操又把酿酒的秘方献出,汉献帝更是开心无比。这一点,史书上都有明确的记载。虽然曹操对汉室一直狼子野心,但献的酒,应该是好酒。同时可以知晓的是,汉献帝也喜欢喝酒——这就对了,乱世之君,何以解忧,唯有杜康了。

酒的历史,如酒本身一样让人恍惚。因为有如此多的附会,酒不仅是一种饮品,也成为一种精神象征,成为一种文化。酒的历史,就是文化不断衍生的历史,就像藤缠树,或者树缠藤一样,寄生噬咬,不分彼此。人类的历史具有同样的属性,它们与酒,与药,以及一切文化现象缠绕在一起。

参观完古井镇,古井集团的总助杨小凡请我们到古井酒厂的招待所喝酒。杨总身兼多重身份,除了是这个大集团的总经理助理之外,还是一个很著名的作家。他刚刚写了一部酒题材的长篇小说《酒殇》,透视北方古老土地上酒厂改革的坎坷。一帮人围着酒桌谈起了酒经,每一个人都有一些新鲜的酒故事。在这块土地上,似乎什么都能跟酒扯得上关系,什么都能沾上浓浓的酒香。

喝的自然是古井酒。古井酒真烈,倒在嗓子里,就像一把锋利的宝剑划过一样。也难怪古井酒有这样一个传说:南北朝时,梁武帝萧衍派大军攻打亳州,当时镇守亳州的是北魏一个将军,姓独孤。独孤将军奉命出城迎战,两军对垒,旌尘蔽天,独孤将军寡不敌众,兵败身亡。死前,独孤将军将自己的宝剑投入井中,从此,用这口井中的水酿出的酒,一直炽热甘爽,有一种宝剑的凛冽。

就这样,酒从战争的斜刺里杀出,以一种特立独行的方式,带动着这片土地上的雄性和狂野。酒是什么呢?就是这片土地的魂魄。

三

既然酒给这个世界带来如此美妙的感觉,那就喝吧。

这片土地上,生长最多的,就是跟药和酒相关的奇人了。这个"奇",就是奇谲而不落俗套。古往今来,属于淮河岸边的这一块地方精气勃发、鬼魅异常,极具创造力和蛊惑力,那些奇人异士、英才贤能,也一个个携着天光紫气争相诞生。

在这些奇人当中,将药与酒的精神结合得最好的,就是曹操了。曹操不仅仅能够打仗,还能写一手苍劲雄浑的好诗。他的诗,始终洋溢着一股浓烈的酒气:"何以解忧,唯有杜康";"青梅煮酒论英雄"——由此可见,曹操是喝酒之人,而且还很好酒。是酒,给了曹操虎胆龙威。

除曹操之外,将药与酒的精神上升到艺术层面上的,就是"竹林七贤"以及魏晋南北朝的一班知识分子了。

按照现在的分类法,"竹林七贤"应属于"文学性知识分子",因为他们是一群高蹈有趣的读书人。在他们当中,有很多人做着朝廷的官员,拿着不算太丰厚的俸禄。比较而言,这一班人,算是中国历史上相对独立的知识分子了。当时的中国文化尚没有通过科举来选拔文官,这使得当时的中国知识分子相对来说比较自由,也比较有个性。这些人故意张扬自己的个性,以期吸引当权者的眼球。当然,对于"竹林七贤"来说,之所以特立独行,最根本的原因,是那种非主流的世界观侵蚀到他们的体内,在他们眼中,乱世之中的暴戾政治完全是对生命自由的扼杀,而他们就是要在短暂的时间里,让生命的火花灿烂地燃烧起来。

这些人对现实是不满的,也是疑惑的。他们猖狂处世,一手端着酒杯,一手提着药壶,在酒与药的迷幻中,寻求生命的慰藉。药与酒,不仅主宰了他们的身体,也成了他们的精神支柱。吃药可以成仙,而仙,是可以俯视俗人的,也因此,他们有精神上的优越感,也有狂放不羁的浪漫情怀;至于酒,则让人气壮如牛,置身于短暂快乐,忘却诸多烦恼。在"竹林七贤"中,除了嵇康之外,另外一个就是刘伶,刘伶是现在的安徽颍上人,曾写过一篇《大人先生传》,在他的笔下,大人先生终日与酒为伴。刘伶是把自己的理解附会在大人先生身上。在他看来,这个世界如此枯燥乏味,只有在酒的浸淫下,才变得有滋有味。如果没有精神层次追求的话,刘伶实属纯粹的酒徒加狂徒,他整日沉湎于杯盏之中,经常做一些匪夷所思的事情,比如他经常在屋舍里脱去衣服,赤身裸体地走来走去。别人看见了加以讥讽,他却说:我把天空和大地作为屋宇,把房舍作为裤子,诸位先生怎么跑到我的裤裆里来了?刘伶的言语透露着一股浓浓的醉意,当中自然少不了不可救药的佯狂和自恋。

我一度对于"竹林七贤"包括后来的"魏晋风骨"诧异不解,那个时代的知识分子,为什么一改之前的"温良恭俭让",突然整体性地跃入猖狂呢?后来我明白,这一巨大的变化,其实有深刻的思想背景。儒学发展到东汉阶段,在思想深度上一直没有突破,已陷入一种僵化的格局。这个时候,外来的宗教和文化正好进入。从印度传来的佛教以及西域文化进入,宛如打开一只"潘多拉的匣子",那些平日里一直沉没在中国文化谷底的问题,一个个浮起,呈现在人们面前。儒学的温柔敦厚、载物言志,在如此这般的拈花一笑、妙悟真如面前,几近无所适从、目瞪口呆。当生、老、病、死、来生之类的人类命题第一次作为巨大的疑问悬浮在人们面前时,传统的君子之道顿显羸弱无比。那些平素的君子们在精神的重压下不堪重负,只有喝酒、服药,以及百无聊赖地清谈。他们一厢情愿地诠释人生,与生俱来的幻灭感,从未如此赤裸裸地暴露。

在这种情况下，阮籍、嵇康、何晏、王弼等等，决意疏离这个世界就可以理解了。他们选择药与酒，选择清谈和玄虚，选择自恋和恋物等方式，明显就是为了个人内心最大限度的释放，在他们看来，似乎只有这样，才能活得更有意义，才能最大限度地了悟生死、寻求解脱。现在看来，所谓的魏晋风度，更像是一场才艺的集中展示，一场似是而非的行为艺术，一场狂乱的哑剧表演。这种方式，与佛学的教义早已南辕北辙。但就是这种自由的抒发，丰富和改造了自周以来的审美观，给中国文化的审美视野带来了新的拓展。从此之后，中国文化的审美理念中掺入了自由的因素，那种要求人的解脱，要求个性张扬的观念慢慢地渗入其中，使得中国艺术走上了一种空灵、高远、剑走偏锋的路子，生命在很多时候变得艺术化起来，精神也更具有象征的意味。这样的走向，对于一向忽略个人价值的中国文化来说，是难能可贵的。在某种程度上，正是魏晋风骨以及"竹林七贤"，阴差阳错地唤醒了中国人心中的那一点天真和纯朴，也使得中国文化有了自己最大的特色——空灵。

到了五代时期，亳州出了"高人"陈抟。陈抟同样集酒与药于一身。在酒方面，传说陈抟曾经在淮河支流名河边上，用水和粘谷等，制造出一种活血化瘀、通筋活络之酒，不仅能饮，也能药用，陈抟用这种酒治好了不少人的病。传说陈抟还是一个醉仙，特别善饮，有时一饮之后，竟"大睡500年"。

对于陈抟，正统的史书评价一般都不太高，事迹也很潦草。

但在亳州民间,陈抟却家喻户晓,有着很高的地位。这样的结果,还是与我们的文化传统及国民性有关。中国的民间文化热衷于有强烈戏剧意味的传奇,热衷于"怪力乱神"。这一点,跟正统的儒学一直相悖。陈抟的故事还充分暴露了中国文化的双重性和矛盾性:凡是正统看不上的,老百姓往往格外喜欢;凡是老百姓喜欢的,正统往往又会视而不见。

亳州,就这样,不可避免地跟药与酒联系在一起了。

四

转回来再说药。

亳州成为中药材之都,跟华佗是很有关系的,因为华佗在民间的名气太大,人们对于华佗老家亳州的制药当然会另眼相看。现在,在亳州,有一个华祖庵,也就是华佗纪念馆,坐落在市中心,里面存放着一些出土的药用器械。出人意料的是,华佗如此一个神医,给后人留下的资料却非常少。虽然史载华佗发明了"麻沸散""五禽戏"等,但由于种种原因都失传了,现在遗留的,都是后人的开发和附会。即使是华佗的身世,也显得莫衷一是。据说,华佗年轻时即开始行医,走遍徐、豫、青、兖等州县,后来又曾拜治化道长为师,学得医学绝技。

华佗的名声,依我看,大半是由《三国演义》而来。四大名著对中国文化和中国人的影响,在我看来,怎么想象都不为过。在

《三国演义》中,华佗替关羽"刮骨疗伤"的故事,读起来惊心动魄,这个故事至少起到两点作用:一方面充分渲染了关羽的英雄气概,另一方面充分渲染了华佗医术的高超。

华佗是被他的同乡曹操杀死的。至于原因,罗贯中在小说《三国演义》中叙述得很清楚,后人在交代华佗身世时,也采取了类似的说法——曹操青年时代留下的"头风症"常常发作,发作时,头部如裂开一样疼痛。诸多方医郎中都束手无策。谋士华歆向曹操举荐了曹操的同乡华佗,曹操立马差人星夜将华佗请来。华佗望闻问切一番后,认为曹操头痛是因中风引起的,病根在脑袋中,靠服一般汤药无法医治,需要先饮"麻肺汤"(也就是"麻沸散"),然后用利斧砍开脑袋,取出"风涎"。按照罗贯中的说法,华佗的这一番话,引起了毫无医学知识的曹操的疑心,曹操怀疑华佗可能是孙权或刘备派来的奸细,下令拘捕华佗,将他杀害。

曹操杀华佗遭到历史的一致指责。不过细细拷问这个故事,会发现曹操这样做并非没有理由——问题的关键在于,华佗是不是有真本领能将曹操的头颅打开施行手术。深入地思考一下,会发现华佗的医方有很多破绽——首先,华佗用什么工具来打开曹操的头颅?按照《三国演义》中的说法,用"利斧"打开头颅,显然不可能!再说,利斧即使劈开头颅,又如何缝合?我们都知道,以现代医学的要求,打开头颅,必须在极端精密的仪器的导引之下,方能小心翼翼地做此事。其他的不说,以当时医疗器械的制作水准,华佗根本不可能制造出这样的工具。第二,华佗用什么来进行麻醉？虽然华佗发明了"麻沸散"，但这个麻沸散，只是一种汤剂，是麻醉药的最初阶段，并且是全身麻醉。以这种麻醉剂，不可能支撑曹操动头颅部手术。所以，按照我的看法，曹操对于华佗的这一番言论明显是信不过的。在曹操看来，华佗的这一套东西完全是"江湖郎中"的吹大牛，别有他求。因此，曹操一气之下将华佗打入大牢，也就不足为怪了。

在陈寿的《三国志》当中，对于华佗，有另外一种说法——《三国志·魏书·方技传》交代了华佗的身份：华佗年少时曾经在徐州一带游学，是个"兼通数经"的读书人。同当时大多数读书人一样，入仕做官是华佗的人生目标，至于从医，只是他的业余爱好。华佗一开始是对医学有浓厚兴趣的，当时，有很多人推荐他去当官，华佗都没有去。但等到华佗真正地走上从医道路后，深感医生地位的低下，心理一下子失衡，性格也变得乖戾了。这一点，范晔在《后汉书·方术列传》中也毫不客气地说他"为人性恶，难得意"。

可能正是在这样的情况下，曹操请华佗为他治疗"头风"顽症。一开始，华佗采用针扎的方法，效果还不错。后来，随着政务和军务的日益繁忙，曹操的"头风"病加重。曹操很想让华佗留下来专门为他治疗。华佗婉拒说："此近难济，恒事攻治，可延岁月。"意思是说，你的病在短期内很难彻底治好，即使长期治疗，也只能苟延岁月。有人推测华佗这是要挟曹操，让曹操封他一个官做。不过曹操一直没有松口。过了不久，华佗便以收到家书为借口,请假回家,到家后又托词妻子有病,一直不回。曹操一气之下,依照汉律,以"欺骗罪"和"不从征召罪"判处华佗死刑。

传说华佗入狱后,十分痛苦,在有限的时间里,将自己几十年行医的经验总结成书稿,临死前交给狱吏,告诉他说:"此可活人也。"狱吏害怕受到连累,拒绝了华佗的要求。华佗极度悲愤,将书稿付之一炬。

对于华佗是神医的传说,我一直半信半疑。中国文化总是习惯将真实故事化,将故事传奇化,而到了传奇阶段,早就丧失了真实的痕迹,离本来很远了。平心而论,以当时的认知水平和操作水平,是不可能出现什么神医的。毕竟一个时代的医学水平不可能单骑突进超越整体科技水平。关于这一点,一个最明显的佐证就是,古代中医学一直不太清楚人体本身,对于人的生理结构、人的各个系统,还停滞在模糊的感性判断阶段。如果对生理结构都不太清楚,又如何谈得上"对症下药"呢?这不是"不知己不知彼"吗?从理论上说,中医在很长时间里,只有空泛的《黄帝内经》之类的理论,大而无当,又极难以付诸实践。它在整体上,并没有脱离中华传统文化的思维模式,仍处于一种"写意状态":有主张,少严谨;有想法,少理论;有观念,少方法;有直觉,少精确;有目标,少路径。因此,在这样的理论基础之上,光靠一些经验范畴的东西,是很难有持久作用的。

也正是因为这一点,实事求是地说,我们对于华佗,知之甚少,也缺乏科学所必备的怀疑精神,我们所满足和津津乐道的,只是他一个又一个"治病救人"的传奇故事,对于他医术的真实内容和实质,却有意无意地加以忽略。其实,不仅仅对于华佗,我们对扁鹊、孙思邈,对李时珍,同样也知之甚少。我们甚至连孙思邈的年龄有多大都搞不清……在这种情况下,我们对中医和中药又会有多少深入的了解呢?剩下的,只是人云亦云,就是死记那几个药方,照本宣科,或者满足于玄妙无比的"五行说":水克火,火克金,金克木,木克土,土克水……

这种文化沉淀的结果就是,传说在结果上获得了大胜,华佗也终于在民间的口口相传中,变成一个神。亳州也在继酒都之后,成为"药都"。

五

药与酒,让这座城市显得更加世俗、更加浮躁,也更加喧嚣了。

在阅读亳州历史的过程中,我有一种感觉,这座城市在长长的中国历史当中,只是兵荒马乱走廊上的一处,甚至可以说,这个地方,一直是一个战场。来自东西南北的各路兵马,以及各个阶层的武装力量,总是在这里相会驰骋,呼啸着杀来杀去,像无数把钢锯在森林中肆虐:从春秋战国,一直到三国,这里遍地狼烟;唐代安史之乱的硝烟刚刚熄灭,辽和金的马蹄就再次踏来,然后又是蒙古铁骑,又是韩林儿和刘福通的起义……到了明末,李自成和张献忠的大队人马几次如狂风扫落叶般掠过,所到之处,又是寸草不留……此后,又是白莲教,又是捻军……兵燹之后,硝烟散尽,尘埃落定,亳州重新归零。地表的一切都难以留下来,留下的只有药与酒,给身心以治疗和抚慰。

从"格物致知"的角度来说,任何事物都是有"理"的,那么,什么是酒的"理",什么又是药的"理"呢?药与酒所代表的"理",具有某种模糊性,甚至,有某种恍惚的意味。如果说药具有抚慰作用的话,那么,酒则更多地象征解脱。在我看来,药与酒,是人类觉醒的一个重要标记。有了它,才算有了与生命与自然的某种对抗。药与酒的力量如此强大,强大到人类不得不在某种程度上对它进行依赖,以至于无法摆脱。每当人们的追求和愿望得不到满足之时,人们总是习惯性地从这两种"武器"中寻找安慰,寻求解脱,也寻找自由。对于中国传统文化来说,自由的概念一直很淡薄也很模糊,甚至,在某种程度上,自由只是跟药与酒纠缠在一起,混合在一起,散发着一种淡淡的酒香和药香。这一点,的确是中国文化的软肋和悲哀。这种先天性的不足,使得中华民族在自我解放的道路上,一直行走得摇摇晃晃,甚至出现巨大的偏差。"道"变成了迷信,"德"变成了迂腐,自由变成了猖狂,变成了色厉内荏……自由的不确定性,使得我们很难找到一条好的路径去通向它。在很多时候,一种叛逆的精神只能在原地打转转,直至进入一条死胡同。

我曾经试探着问一个我尊敬的学者:按照你的理解,包括亳州在内,中原文化最大的弱点是什么?他沉吟了半晌,然后说:其实中国文化最大的弱点,就是虚伪,就是不实事求是,就是不知道真正的自由是什么。我同意他的说法,按照我的理解,中国文化最大的薄弱之处,一是人道主义精神的薄弱,自由愿望表现得不清晰;二是虚伪不实际,缺乏理性和实事求是的精神。此外,对真实性的漠视,对实证意识的淡薄,使得中国文化在辨伪机制上显得孱弱无比,几乎所有的问题都缺乏仔细明辨,大而化之。在这种意识之下,传说代替了真实,玄虚代替了实证,文学代替了科学,戏曲代替了现实……黄仁宇曾经把中国文化在思维方式上的弱点归结于缺少数字化管理。很明显,黄仁宇看到了中国文化的模糊性所带来的负面效应。

中国文化的很多东西,就是这样模糊,就像是一团飘浮的云岚,一种空泛的企盼。它似是而非,如药也如酒;谁也说不清楚,或者越说越不清楚。而我们一直就在这种云蒸雾绕之中迷失,热衷沉湎于酒与药,那是一种得意扬扬,也是一种自我麻醉。

如果明白了这一点,我们就会知道。我们的药与酒,其实是非常孱弱的,我们缺少的,是真正的"药神精神",以及真正的"酒神精神"。

永不消逝的悲歌

一

离开涡阳县城,颠颠簸簸地向东行驶数十公里,就是为了看嵇山,一个据说是嵇康埋葬于此的地方。

嵇山是山吗?在我看来,这座位于涡阳县和淮北市之间的小山至多只能算是一个丘,它的海拔只有数十米,就像一个大土堆似的。嵇山离附近的省级公路还有一段距离,路十分不好走,我们的小车开不进去,只好从当地找了一部破旧不堪的面包车。没想到的是,司机很轻松地从村庄里七绕八绕,一下竟把车径直开到山脚下。由于近年大量在此采石,这一座本来就很矮的山丘现在支离破碎,面目全非,山体早已变得不成样子。向导告诉我们,嵇康的墓并不在山顶,而在山腰之中。我们这才注意到,在山腰中,的确有一个洞穴,当地人介绍说,嵇康在被杀之后,即被运回老家,埋葬在山腰中。现在,这里不仅尸身不存,连棺椁,也早已没有踪影了。

这哪里是我们感觉中的嵇康墓地呢!那样一个神仙似的人物,就这样从这里彻底消失,留下的,是一片狼藉。带着失望的心情,我们很轻松地登上了山顶。极目环顾,我们这才发现这个地方的神奇——虽然这只是一座小山,但在方圆数百公里处,这里是唯一的制高点。当年,嵇康的家人和朋友之所以把他葬在这里,很明显是看中了这一点。他们是要以洞为墓,以山为坟。

二

嵇康和"竹林七贤"的故事,很多人已经耳熟能详了。

在魏晋"竹林七贤"之中,最有才气,也最风流倜傥的,就数嵇康了。嵇康出生在现在的淮河边濉溪县的嵇山一带,父亲叫嵇昭。曹丕当权时,嵇昭曾经当过一个管理军队粮饷的六品官,在此之后,嵇昭把家迁到了洛阳。嵇康应该是在老家度过自己童年的,然后,在洛阳长大。因为自小很聪明,他在一群孩子中鹤立鸡群,家里人一直对他很宠爱。这样的成长经历,使得嵇康一直有一种优越感。成年之后,嵇康相貌英俊,身体修长,唇红齿白,才华横溢。曹操的儿子沛王曹林看中了这个小伙子,将自己的女儿许配给了嵇康。这个曹林,应该是曹操的妃嫔所生。嵇康就这样又成了曹操的孙女婿。按照规定,凡是与公主结婚的人,都可以加官晋爵,所以,嵇康年纪轻轻就被授为郎中,管理车马、宫殿门户。后来,嵇康又被提拔为中散大夫,也因此,后人称嵇康为"嵇中散"。

可能是上天对嵇康过于垂青吧,在一片赞扬声当中长大的嵇康很自负。他养成了散淡、幽远的性格,不仅目中无人,而且还经常言语伤人,"非汤武而薄周孔","越名教而任自然",不理会种种传世久远、名目堂皇的教条礼法。他的一些怪诞行为,总是让周围人大惊失色。在很长一段时间里,嵇康不辞而别离开了洛阳,来到了河南焦作山阳一带隐居。在那里,嵇康一直跟阮籍在《大人先生传》当中描述的那个民间高人、音乐家孙登在一起,度过了一段愉快的日子。跟很多民间高士一样,嵇康喜欢喝酒,服自己调和的"五服散"之类的丹丸,然后与朋友们谈虚弄玄,抚琴吟诗。生命就这样在与自然的直接对话中,变得富有诗意。当然,嵇康并不是一个像刘伶之类的酒徒,对于世界,他有着系统的高妙思想。在养生上,嵇康颇有一套经验,专门撰写了一系列心得,对一些事情谈得头头是道。

值得一提的是嵇康与音乐的关系。可以说,嵇康是中国历史上少有的一位音乐家。音乐为嵇康打开了一扇神秘的大门。在嵇康看来,音乐是连接天与地的一座桥梁,音乐的客观性以及它所表现的不确定性,跟这个世界的真谛存在着某种相似之处。正因如此,嵇康疯狂地迷上了音乐,他不仅把古琴弹得如梦如幻,对于音乐所表现出的"道",嵇康同样如醉如痴。嵇康还专门写了一本音乐论著——《声无哀乐论》,涉及音乐的主题、规律等等,堪称奇文。

在隐居的那段时间,嵇康曾写作了一篇《琴赋》,谈论琴材,从中亦可以看出嵇康的为人与处世理想:

>惟椅梧之所生兮,托峻岳之崇冈。
>披重壤以诞载兮,参辰极而高骧。
>含天地之醇和兮,吸日月之休光。
>郁纷纭以独茂兮,飞英蕤于昊苍。
>夕纳景于虞渊兮,旦晞干于九阳。
>经千载以待价兮,寂神跱而永康。

这段韵文之后,嵇康还用了大段文字描述了琴之良材所具备的条件、得到良材的不易以及制琴者应该具备的品质。嵇康在赞颂那些制琴之古木时,更像是在写作一首赞美诗。在嵇康看来,琴之良材,不能生长在凡俗之地,它应生长在盘迂隐深的山川,生长在人迹罕至、重岩叠起、绝壁万寻的地方。它吸纳的是天地之灵气,在它的身边,春兰滋蔓,清泉涌动,祥云萦缭,美丽的飞鸟来来去去,清澈的露水润泽它的肌肤。只有用这种地方生长的树木所制造的琴,才是最广大的、最神秘的天地状态,才能传达出天地的浑然真气,表达出人在天地之间的惊惧和浩然。当乐器发出声

风掠过淮河长江

响的时候,就不单单是发泄日常的悲喜之心,娱己娱人,而是与天地精神相往来,达到物我如一的境界。

听起来,嵇康的说法真是玄之又玄——嵇康这是在说制琴之良材吗?这分明是在说人。

可以想象,达到如此境界的嵇康,对于现实的世界,已明显有了很大隔膜了。一个立志于与丘壑林泽对话,一直幻想聆听天地之音的人,当他回到尘世之时,那一片伤感和失落,是可想而知的。

嵇康应该是在隐居一段时间之后,又回到了洛阳。洛阳在他离开的那段时间,发生了很大变化。不仅仅是司马氏取代了曹氏,整个社会的风气,也让他觉得越来越陌生了。嵇康明显不习惯这种混乱的局面,也不适应那种蝇营狗苟的生活方式。嵇康在郊外开了一家铁匠铺,每天就在大树下打铁。他抡着大锤,朋友向秀敲着小锤,叮叮当当的声音传得很远。嵇康给别人打铁从不收钱,如果有人以酒肴作为酬劳的话,他也会非常高兴。嵇康会就着酒肴大碗吃肉,也大碗喝酒。

有一天,嵇康正在打铁,忽然看到一支华贵的车队从洛阳城驶来,为首的正是洛阳一个非常有名的权贵钟会。钟会也是名门之后,他是当时大书法家钟繇的儿子,很是博学多才。钟会听说嵇康在洛阳城外打铁,决定去看一看。钟会把拜访的排场搞得这么大,自然引起嵇康的反感。嵇康看见钟会来了,一言不发,只顾自己抡着大锤,压根懒得去理钟会。钟会见无人理他,只好尴尬地站在那里,默默地看着嵇康。看了很久,嵇康还没有理睬他的意思。钟会只得向宾从扬扬手,上车驱马,打道回府。

钟会刚上车,嵇康开口了:"何所闻而来?何所见而去?"

钟会一惊,立即回答说:"闻所闻而来,见所见而去。"

一问一答中,天衣无缝,很见机锋。彼此之间,已全然明白了。这一次见面,在钟会心中,嵇康并没有给他留下了什么好印象,在钟会看来,那个无事时抡着锤、热衷于打铁的人,是一个十足的酒徒和狂徒。

三

当一个人以一颗透明之心携着自由愿望兀立于这个世界上时,那些蝇营狗苟的人肯定会将他视为异类。这个人,已然是潜在的众矢之的了。

必须要提及的,是嵇康所写的一篇文章,也即《与山巨源绝交书》。这一封流传很广的信函,给嵇康带来了灾难。山涛是当时一个名气很大的高士,与阮籍、嵇康不一样的是,山涛做事不那么偏激,他对朝廷、对礼教、对前后左右的各色人等,都能维持较好的平衡。与此同时,山涛并不庸俗,既忠于友谊,也颇有长者风范。当时,山涛正就任一个很大的官职:尚书吏部郎。由于个人原因,山涛不想再干了。他细细地考虑了一番后,决定推荐嵇康来接替他。

本来,这应该算是一件好事。没想到的是,嵇康在知晓之后,非常生气,立即写了一封绝交书给山涛。山涛字巨源,因此这封信名为《与山巨源绝交书》。写完这封信后,嵇康并没有直接交给山涛,而是在社会上广为散发。一时间,人们竟相传抄。现在看起来,嵇康所做的一切,就像是在有意"炒作"——

听说您想让我去接替您的官职,这事虽没有办成,从中却可知道您很不了解我。也许您这个厨子不好意思一个人屠宰下去了,便去拉一个祭师来做垫背的……

阮籍比我醇厚贤良,从不多嘴多舌,也还有礼法之士恨他,我这个人比不上他,惯于懒散,不懂人情物理,又喜欢快人快语,一旦做官,每天会招来很多麻烦事!……我如何立身处世,自己早已明确,即便是在走一条死路也是咎由自取,您如果来勉强我,则非把我推入沟壑不可!

……

平心而论,嵇康的这一番言语,与他数百年前的老乡庄子非常相像。当时的情况极可能是,嵇康在畅饮一番之后,提笔酣畅淋漓地写了这一封信,然后,借着酒意,让手下人抄写几份,分送几个好友一哂。可能他连自己也没想到,这一篇"奇文",竟然在社会上广泛流传。当是时,司马氏受魏禅让,整个政局非常微妙。完全可以想象出司马昭看到这篇文章时的心情,对于嵇康目空一切的口吻和随意臧否的态度,司马昭深感震怒。并且,不仅仅是司马昭,整个利益集团都对嵇康横眉冷对。可以说,正是这篇文章,为他埋下了灾难的伏笔。

很快，一件事情直接导致了嵇康的毁灭。嵇康有一对兄弟好友，哥哥叫吕巽，弟弟叫吕安，他们几个经常在一起长谈。吕安的妻子很漂亮，哥哥吕巽一直对她图谋不轨。有一次，吕安不在家，吕巽便跟弟媳推杯换盏喝酒，酒酣耳热之际，两人发生了关系。吕安知道之后，非常生气，准备去官府告发，但想着这件事闹大了，自己的颜面也很难看，于是把这些事忍了。没想到吕巽为了占据弟媳，以"不孝殴母"的名义，将吕安告发了。结果，吕安蒙冤下狱。当吕安在狱中将此事的前因后果告知好友嵇康之后，嵇康拍案而起。

嵇康还是太天真了。他又想着要写文章，与上一次写信跟山涛绝交一样，嵇康写的是《与吕巽绝交书》。这一次，跟与山涛的绝交信的"指桑骂槐"不一样，嵇康是真的要跟吕巽绝交了。让嵇康没有想到的是，吕巽把他也告了。朝廷很快以"不孝者同党"的罪名，将嵇康也抓了起来。

一直到东窗事发之后，懵懂不清的嵇康思前想后，还浑然不觉自己入狱的真正原因。即使是"不孝者的同党"，也不至于有杀头之罪啊。

四

嵇康死时的情景，就像是一首交响曲的高潮。

对于嵇康的死，以及最后弹奏的《广陵散》，在历史上，一直颇多褒扬。在某种程度上,这样的死亡方式富有诗意,也接近中国文化的幻想。一种文化最缺乏的,往往是最渴望的。

那是一个炎热的上午,阳光灿烂,蝉声如雨。嵇康被绑在牛车之上,押往刑场。在监狱通往东市的路上,围观者人山人海。绑在牛车上的嵇康神色自若,面带微笑。这样的浩然之气感染了路边的人群,尤其是那些女性,一个个忍不住流下了悲伤的眼泪。嵇康曾经教过书的洛阳太学也来了很多人,加起来,有接近三千太学生。他们一边跟随着牛车,一边高声呼喊,请求朝廷赦免嵇康,因为嵇康曾是他们最有魅力的老师。这样的情景很快传到宫中,司马昭听过之后,沉默不语。对于这个狂徒,司马昭没有任何好感。这样的人存在于世,即使不发一言,也是一种危险的信号。一个如水桶般密不透风的制度,当然不允许任何松动的因子生长。

时间指向午时,这是杀人的时间。人们翘首以盼,通向洛阳的道路上,没有任何使者的影子。嵇康绝望地转过头来,对身边的官员说:时间还没到,我弹一支曲子吧。没等官员反应过来,嵇康就向边上的兄弟嵇喜要来一副琴,然后一声长叹:

请让我弹一遍《广陵散》,过去袁孝尼他们多次要学,都被我拒绝。《广陵散》于今绝矣!

嵇康从容自若地抚着琴。座下,鸦雀无声,《广陵散》悲悯而博大的旋律在洛阳的上空响起,瞬间就覆盖了云之下的河流与山川。

嵇康是从杜夔的儿子杜猛那里学得《广陵散》的。杜夔也是一位出色的琴家,他是三国时期的人,先后担任了曹操和曹丕的乐官,所传的旧雅乐四曲《鹿鸣》《驺虞》《伐檀》《文王》至晋犹存。与嵇康相同的是,这位音乐前辈同样命运多舛,在得罪了曹丕之后,被曹丕贬官放逐至死。也许是《广陵散》具有灵魂的悲音吧,第一次听到这一首乐曲,嵇康的眼泪不由自主地喷涌而出。在音乐之中,嵇康感觉到人类共同的悲伤。学会之后,嵇康经常弹奏这首曲子,每一个听到这首乐曲的人,都会呈现出哀恸之色。许多人向嵇康请求,要嵇康教他们弹奏,嵇康总是毫无表情地加以拒绝。在嵇康看来,一般的人,是消受不起这种曲子的。嵇康一直有一种预感,这一首曲子,是不属于这个世界的,它只是暂时栖身于此,很快,它就会从这个世界逃离,重归自己的故乡。

嵇康死了。这首一直被认为是中国历史上最动听的乐曲,随之神秘地消失了,一如它神秘地到来。虽然后来曾一度传说江湖再现,但人们再也不肯正眼凝视,也不愿相信它的还魂。在众人眼中,只有嵇康最后演奏的乐曲才是真正的《广陵散》,在这首曲子中,应该有的,是仙道的精神、自由的精神,以及掺杂着酒和药的精神,它们一起飞舞,就如同蝴蝶在阴阳两界穿梭一样。

五

嵇康虽然被戴上了破坏道德教化的罪名,但以这样的罪名,怎么也不至于掉脑袋。为什么司马昭不放过嵇康,非得将这个书生置于死地呢？

表面看来，当然是司马氏与曹氏之间的矛盾。司马氏在篡位之后，首要的，就是消灭一切危险因素，嵇康，又正好是曹家人。所以当吕巽告发嵇康之后，司马氏正好乘机对嵇康痛下杀手。不过，以司马昭的判断力，他当然知道嵇康根本不足以对自己形成威胁。这狂徒根本就没有政治斗争所需要的毅力、心机和手段，甚至，连基本的兴趣也没有。犹豫之中，钟会的一番言语打动了司马昭的心：

嵇康，卧龙也，千万不能让他起来。陛下统治天下已经没有什么担忧的了，我只想提醒您稍稍提防嵇康这样傲世的名士。您知道他为什么给他的好朋友山涛写那样一封绝交信吗？据我所知，他是想帮助别人谋反，山涛反对，因此没有成功，他恼羞成怒而与山涛绝交。陛下，过去姜太公、孔夫子都诛杀过那些危害时尚、扰乱礼教的所谓名人，现在嵇康、吕安这些人言论放荡，诽谤圣人经典，任何统治天下的君主都是容不了的。陛下如果大仁慈，不除掉嵇康，可能无以淳正风俗、清洁王道。

话说到这个份上，嵇康已经铁定成为砧板上的肉，那是非砍上一刀不可的了。钟会的一番言论已经将嵇康摆在了与道统相对立的标靶上，并且，最能打动司马昭的是引用了孔子杀少正卯的典故。平时里温文敦厚的孔子，之所以对少正卯痛下杀手，也是为了统一道德的教化。既然孔圣人都可以对伤风败俗者毫无怜悯地举起手中的屠刀，那么，司马昭有什么下不了决心的呢？

也许,就是在那一刻,司马昭毅然决然地决定对嵇康痛下杀手了。在司马昭看来,杀掉嵇康,不仅仅可以让一个不稳定因素消失,同时,还可以旗帜鲜明地表明某种姿态。那就是,自己建立的这个制度与传统是一脉相承的,它紧密而刚健,绝不允许一些异端来腐蚀穿透。这样,在司马昭与嵇康之间,就不单单是个人的恩怨,而且是主义和思想的对抗——当一个人的思想和主张,成为共同的威胁时,那么,扬起屠刀的,就不仅仅是某个人,而是整个制度了。

一个人,喜爱音乐,喜欢喝酒,狂狷而说一点怪话,本来,并不是什么大不了的。问题的关键在于,这样的姿态,如果形成了对于权力的挑战和藐视,那就一定会激起众怒。一个脆弱的政权,无论如何,是不能容忍那种轻蔑的目光的,那样的目光,会让他们恼羞成怒,顿失颜面。他们会大发雷霆举起手中的屠刀。这时候,以张扬个性为手段的自由愿望,在肃杀的道统面前,显得那样的孱弱而纤细。身材高大的嵇康,此时此刻,竟如一根弱不禁风的豆芽一般;那种气壮如牛的狂狷,也因此气若游丝——当一个人只是依靠生命的元气来表明某种主张时,它能够倚仗的毕竟太弱了。在锋利冰冷的刀剑面前,什么都不足以支撑他的虚弱。

一直到临死,嵇康才意识到自己的无力,也意识到自己死亡的根本原因。这个自以为异常懂得养生的才子,在生命的最后一刹那,恍然明白自己在一些至理上的懵懂。一个连基本的规避危险都不懂的人,哪里谈得上养生呢!在狱中,嵇康写信谆谆告诫他的儿子嵇绍,让他在以后的生活中,要恪守传统的伦理道德,要"慎言语、慎取予、慎交往、慎饮酒"——这样的肺腑之言,是通过血的教训得来的。也许只有在最后时刻,嵇康才明白,一个文人表面看似的清高是那样的无力,他们就像淮河边上的芦苇一样,脆弱而轻飘,只能发出微不足道的声响。

39岁的嵇康死去了。中国文化的祭坛上,又多了一个微不足道的殉难者。虽然他死得如此富有传奇性,但丝毫没能激起文化的醒悟。人们仍没有意识到个体的价值,没有意识到个性的光华。也许,在如此盘根错杂的文化背景之中,嵇康的命运就应是如此吧。

六

庆幸的是,嵇康在死后,回到了自己的老家。

这的确是可以称得上"快乐老家"的:嵇山一带山高皇帝远,权力的魔爪尚不足以够到;栖身于这座突兀的小山丘上,可以极目远眺,在它的不远处,有淮水的支流汤汤地流淌,而更近一点的,是大片大片的杨树林。每天,蝉声如雨,鸟声啁啾。自然之中是有音律的,只要安静地聆听,就一定能听到一首博大的交响曲……在这里,还有什么放不下的呢?嵇康完全可以安枕于这一片山水中看日月星辰,享受着自然的天籁。

现在,在嵇山附近,有一个非常有名的古镇,叫临涣。临涣的有名,是因为这个镇有一个奇特的现象,那就是,在数万人的镇上,竟然布满了大大小小数十家茶馆。每天,来自镇上及四邻八荒的百姓们,齐聚在茶馆之内,他们喝着很便宜的棒棒茶,在茶馆里一泡就是一整天:聊天,下棋,打牌,发呆……这几乎成为一种民俗现象了。任何文化现象背后总是暗藏着一些道理的。在我看来,涡河岸边的临涣的茶馆之所以如此繁荣,跟当地的民风传统有关,对那些茶客而言,"茶客之意不在茶",更在意的是茶馆中轻松的氛围,以及自由的状态——这个地方的人,是如此喜欢自由,喜欢懒散,对生活从不奢望,只是自由地抒发——生命对于他们,已变成充分地享受穿过树叶的阳光,细细地观看灰尘的跳舞,在茶馆之中谈笑风生……这样的民风,分明与当年的老子、庄子、嵇康、刘伶以及陈抟一脉相承——小小的涡河,跟道教的传承竟有如此紧密的联系。但,现在的临涣镇,已明显没有老庄,也没有嵇康了——当一个人不能够志存高远的时候,那么,他的精神追求必定从"大"走向"小",剩下的,就只能是浮游于生活之上,毕竟,像嵇康一样冒着巨大的风险,追求清流激湍、幽兰竹篁的至雅是危险的。而这种与生活的彻底的水乳交融,当然是一种最安全的转移。

在临涣,我充分地感受到了这一点。

儒 与 道

一

一直以为,中国人是靠思想的双桨来获取平衡并前行的,这两把桨,就是道家和儒家。儒家是进取的,有为的,是前行的;而道家呢,则是静观的,无为的,清醒的。每一个中国人都是不同程度的"双面人"——当他心怀理想争取成功的时候,就是一个好儒家;当他艰难生存或者被失败所围困的时候,就会摇身一变成为一个道家,一个颇能自我安慰的乐观主义者。

林语堂在谈论中国文化时曾经说:"中国古代的官员像孔子,作家及诗人像老子和庄子;而当那些作家及诗人成为官员时,他们表面上像孔子,骨子里则仍是老子及庄子。"

林语堂的话语总是说得高妙而到位。这样的判断,又一次让人会心一笑。在阜阳,当我游历于一代文豪欧阳修钟情的西湖遗址,徜徉于欧阳修"故居"的时候,这样的感觉又一次得到了证实。一代文豪欧阳修,就是在颍州这个地方度过了他最后的时光,也找到了他人生终结的最佳方式。欧阳修的人生道路,似乎很完整地验证了一个中国人完美的文化轨迹,那是从孔孟到老庄的一弯优雅的弧线。

二

欧阳修一开始的道路,几乎同中国其他所有读书人所经历的一样,年轻时都是如孔子和孟子般的进取。欧阳修是随州人,随州也就是现在的江西吉安。自小欧阳修就是一个用功的孩子,特别爱读书,由于家境贫寒,没有藏书,母亲郑氏经常带着他到附近藏书多的人家去借书。这个瘦弱且很早就有少白头的少年,一见到书便如获至宝。十几岁的时候,欧阳修从一个李姓家的废书堆里,发现一本《韩昌黎文集》,一读之下如痴如醉。这是北宋初年,文坛仍沿袭唐末五代绮丽空浮的文风,韩愈清新自然、厚重深邃的文字一下子吸引住了欧阳修。自此之后,韩愈便成了欧阳修一生中的偶像,欧阳修也一直努力达到韩愈的高度。在后人看来,在世界观、性格、文风以及成就上,欧阳修都与韩愈有诸多相似之处。欧阳修就是一个典型的"宋代韩愈"。

欧阳修的科举之路算是一帆风顺。由于学问扎实,一年之间,欧阳修便由监元、解元而至省元,三登榜首,所向披靡、意气风发。第二年的殿试,欧阳修得到了第十四名。人生的开局如此顺畅,这让年轻的欧阳修早早立下了"鸿鹄之志",一方面在仕途上积极进取,在更高的位置上报效国家;另一方面,争取在文化上独树一帜,成为文化传承的"一代宗师"。

自此之后,欧阳修跟中国其他所有传统仕人兼文人一样,开始自己的修身齐家治国平天下之路了。这个品质端正、略显迂腐的文人特别注意培养自己雷厉风行、坚忍不拔的性格和品行,他时时提醒自己,不可沉溺于怀旧的伤感和自怜的忧思中,要"文以载道",振兴文化传统,拯救世道人心。这样的方式,就是当年孔孟一直身体力行的。在政治上,欧阳修倾向于新政,要求对北宋软弱无力的体制和奢侈的社会风气进行改革。与当时众多臣子一样,欧阳修报效国家最直接的手段就是不断向朝廷上书,提出自己的主张和建议,以引起皇帝的注意。不过这些主张,在当时的权贵看来,既没有救国的手段,提出的措施也难以实施,最终大都石沉大海。虽然欧阳修一度担任皇帝的机要秘书等官职,但在尸位素餐因循守旧的官场中,欧阳修一腔报国热情,一直没有找到通畅的出口。

与仕途的略显平庸不一样,欧阳修的学问精进得很深入,很快以自己的文章和为人,成为北宋文坛的一代宗师。欧阳修没有想到的是,就在他人生轨迹不断攀升的时候,人生的风云变幻降临了——与所有专制制度下的官吏一样,欧阳修不由自主地卷入了政治的旋涡与帮派的斗争中。由开始的主义之争、道义之争,迅速地蜕化为权力之争。伴随着权力的争夺,政治空气迅速恶化,政治道德不断堕落,对抗的双方慢慢抛弃了理性和伦理的约束,一起向着黑暗的深渊坠落,然后,在肮脏的沼泽地里,像野兽一样互相撕咬。这当中的过程和陷阱,过于阴晦和复杂,无法说得清楚。反正,老实迂腐的欧阳修成了这场斗争的攻击软肋,也自然而然成为牺牲品——一场莫名其妙的官司,牵扯出欧阳修与他抚养的外甥女张氏通奸。这样的把柄,是最好的杀伤武器——朝廷宣布了对欧阳修的处分结果:落龙图阁直学士,罢都转运按察使,贬为滁州知州。

晴天霹雳之下,欧阳修只好收拾行囊,带着家人渡黄河、过汴水赶赴滁州,一路上,欧阳修目睹道路两旁的落叶惊秋、野岸萧瑟,心情落寞得如天上的飞雁一般:

阳城淀里新来雁,趁伴南飞逐越船。
野岸柳黄霜正白,五更惊破客愁眠。

这一次人生半道上的突然被贬,对于兴致勃勃的欧阳修来说,无疑当头一棒。落寞的心境之中,欧阳修的人生目标,也开始变得模糊不清了。

三

写作《醉翁亭记》时,四十岁的欧阳修已是半个孔孟,半个老庄了。

由于出身贫寒,用功过度,欧阳修的身体一直不是太好。当年参加进士考试时,时任主考官的晏殊对欧阳修的第一印象是:一白发瘦弱少年。三十五岁之后,欧阳修更是未老先衰,他的须发皆白、眼目昏暗,并且患有糖尿病等症。欧阳修的一头银发曾引起宋仁宗的"恻然"。此番遭受如此打击,欧阳修精神抑郁,更像是一个老人了。

当时的滁州还是淮河南岸一座群山环抱的偏僻小城,荒凉闭塞。来到滁州后不久,欧阳修八岁的长女又不幸去世。接二连三的打击,让欧阳修悲恸欲绝。很长一段时间,欧阳修一直对自己的被贬耿耿于怀,他写了好几首诗,将陷害自己的小人比喻为吸血的蚊虫,来发泄心中的愤懑。

人的一生会不可避免地遭遇到各种起伏。各人的进退维谷,一直是人生很重要的游戏。这样的游戏,与其说是多一份经历,还不如说是在内心上多一分修为。对于欧阳修来说,这个时候,儒家的进取可以放在一边了,道家的逍遥正好可以拿来用一用,并且,这还是一个很不错的法宝,一个能让他变得快乐的法宝。

一段时间之后,欧阳修的内心慢慢变得平静,对滁州的印象也有所改变。在他看来,滁州就像一块未被世人染指的美玉一样藏在山水的深处。公务之暇,欧阳修开始寄情山水,借以排遣内心的郁闷了。去的最多的地方,当然是城边上的琅琊山了,那里草木繁茂,幽深秀丽,尤其是树木,别有深意,像一个个千年精灵似的。欧阳修经常带着随从,一路游玩,逢到风景优美之地,便席地而坐,饮酒赋诗欢歌。当年孔夫子曾梦想在沂水上沐浴春风洗澡,在舞雩台上高歌,欧阳修在滁州都享受到了,这让熟读《论语》的欧阳修很是欣慰。冬去春来,欧阳修的心绪渐渐得到平复,也喜爱上这带有几分禅味的山居生活。还是此处幽静安谧啊,生活在这里,就像一株花一棵树一样自然旷达。这块位于淮河南岸天高皇帝远的地方,正可以濯除心头的烦恼,释放出无拘无束的本性。除了琅琊山外,欧阳修还喜欢去庄子当年与惠子论辩的所在地濠水,漫淌的水流之中,欧阳修似乎能感触到庄子的散淡和智慧。宁静就像一个通道,只有心静了,那种自然和生命的禅意,才会源源不断地传来,一个人,只要在这种情况下,才能聆听到天籁般的音乐之声。

从那篇脍炙人口的《醉翁亭记》中可以看出,四十岁的滁州太守欧阳修已完全浸淫于山水之中,愉快地消受这种无事之趣了:

  环滁皆山也。其西南诸峰,林壑尤美。望之蔚然而深秀者,琅琊也。山行六七里,渐闻水声潺潺而泻出于两峰之间

风掠过淮河长江 | 187

者,酿泉也。峰回路转,有亭翼然临于泉上者,醉翁亭也。作亭者谁?山之僧智仙也。名之者谁?太守自谓也。太守与客来饮于此,饮少辄醉,而年又最高,故自号曰醉翁也。醉翁之意不在酒,在乎山水之间也。山水之乐,得之心而寓之酒也。

若夫日出而林霏开,云归而岩穴暝,晦明变化者,山间之朝暮也。野芳发而幽香,佳木秀而繁阴,风霜高洁,水落而石出者,山间之四时也。朝而往,暮而归,四时之景不同,而乐亦无穷也。

至于负者歌于途,行者休于树,前者呼,后者应,伛偻提携,往来而不绝者,滁人游也。临溪而渔,溪深而鱼肥。酿泉为酒,泉香而酒洌;山肴野蔌,杂然而前陈者,太守宴也。宴酣之乐,非丝非竹,射者中,弈者胜,觥筹交错,起坐而喧哗者,众宾欢也。苍颜白发,颓然乎其间者,太守醉也。

已而夕阳在山,人影散乱,太守归而宾客从也。树林阴翳,鸣声上下,游人去而禽鸟乐也。然而禽鸟知山林之乐,而不知人之乐;人知从太守游而乐,而不知太守之乐其乐也。醉能同其乐,醒能述以文者,太守也。太守谓谁?庐陵欧阳修也。

由于文章不长,干脆就全文引用了。从容,散淡,无拘无束……洒脱高逸的态度,以及自然流畅的语言,已经能说明一切了。

欧阳修就这样成了一个高妙之人,一个庄子。可以看出的是,此时的欧阳修,无论是身体还是思绪,都像被清水濯洗过的清明和敏感,仿佛有自然之气咝咝外冒——有一天,新茶上市了,欧阳修邀请僚属前来品尝,又吩咐衙吏前往琅琊山醴泉汲水。等水取回烧好泡上,欧阳修舌尖的反应明显不对——这不是醴泉的水!与醴泉相比,这水味道不同,是另一种鲜美!一番盘问后,衙吏说了实话,他本是取了醴泉水的,不想回衙途中,一个趔趄,汲来的泉水泼洒了一地,衙吏不想再辛劳,看旁边正好有一泓泉水,赶忙灌上作为弥补。欧阳修听说后,连忙让衙吏带领去找这一处水源——他又算是找到了一处好水。

现在看来,这一段在滁州的日子,不仅校正了欧阳修人生的坐标,同时也给予了他不可预计的养分。这段恰到好处的冷却,正好让中年欧阳修变得宁静,在孤独的自省下,灵魂中那些纤细的草木得以长成。这种放逐还激发了一个人的创造力,以及对于天命的怀疑,让人意识到自然的不可控而变得崇高,一种向后退却的潜力被开发了,转化为一种博大的内在力量。在滁州的欧阳修,正是因为陷入前途的茫然,反而品尝到了自由的快乐以及人生的真谛。

在琅琊山下待了三年之后,朝廷调欧阳修任扬州太守。扬州在当时算是一个大城市,远比滁州繁华热闹。在扬州,欧阳修建了平山堂,开辟了瘦西湖,做了很多事情。但不知什么原因,或许是欧阳修对扬州忙乱繁杂的行政事务以及应接不暇的交际来往感到厌烦了,一年后欧阳修几次上表朝廷,请求改知别郡。于是,在1049年,也就是欧阳修四十三岁这一年,欧阳修来到了淮河之畔的颍州,从此与颍州结下了不解之缘。

四

一个人与一个地方,就如同人与人一样,真是要投缘的。颍州离开封不远,交通方便,也相对僻静;地处平原,物产丰富,土地肥沃;风景秀丽,清澈的颍水穿城而过,在城郊,有一片浩大的水面,叫西湖,更显妖娆多姿。这里既不像滁州那般闭塞,也不似扬州那样繁乱。由于辖区较小,民风淳朴,政务清简,欧阳修很快就喜欢上这个地方。刚到颍州的欧阳修在新写的诗中赞叹:

平湖十顷碧琉璃,四面清阴乍合时。柳絮已将春去远,海棠应恨我来迟。啼禽似与游人语,明月闲撑野艇随。每到最佳堪乐处,却思君共把芳卮。

因为诗中藏有某种意蕴,后来曾有人猜测,欧阳修之所以钟情颍州,是因为欧阳修早年曾去过颍州,并在那里有过一段风流债,就像姜夔与合肥一样。二十多年后,颍州签判赵德麟在其所撰的《侯鲭录》中,如此叙述这一段情缘:欧阳修早年去颍州游玩,在一次宴会中,曾结识了一位貌美聪慧的歌女,这个女子正是欧阳修的粉丝,能背诵欧阳修每一首诗。女子的崇拜和殷勤,让欧阳修心花怒放。欧阳修跟她相约,以后一定要来这里做太守。等到欧阳修由扬州太守转任颍州太守后,遍访颍州,丽人已杳无音讯,于是欧阳修便在诗中流露出无限惆怅。

这首诗是否确实隐藏某种情缘?后来,自认对欧阳修非常了解的弟子苏轼解释道:这两句只不过是欧阳修化用了晚唐杜枚《怅别》中的诗句,至于情爱一事,实在是子虚乌有。作为学生,苏东坡当然会竭力维护老师的形象。不过,在很多人看来,欧阳修即使有这样一段情缘,也丝毫不影响他的形象;况且,作为文人的欧阳修,虽然性情不够浪漫,但心有芳草,也是人之常情。人们更愿意以美好的情愫,来臆度欧阳修这首诗后面的风花雪月。

不过对于颍州,欧阳修的确表现出某种偏爱,他似乎一直把颍州当作桑梓之地来对待的。在任颍州太守时,欧阳修做了三件大事:一是兴修水利,疏浚西湖。奏免黄河夫役万人,用以疏浚颍州境内河道和西湖,使"焦陂下与长淮通";在西湖上新建了三座拱桥,将湖中的岛屿与岛屿,岛屿与岸连接在一起,颍州西湖有了层次感和整体感。后来人们这样描述颍州西湖的景色:"菱荷飘香,绿柳盈岸;芳菲夹道,林苑烂漫;曲径通幽,斜桥泽畔;画舫朱艇,碧波潋滟;楼阁台榭,错落其间。"二是大办教育,扩建书院。在西湖之畔大规模扩建书院,使西湖书院远近闻名。三是重师兴教,传道授业,亲自为书院学生讲学。由于欧阳修的缘故,一时间颍州文风大盛,欧阳修在当地有了很多知音,也有了很多"粉丝"。后来的苏辙有诗赞曰:"公居颍水上,德与颍水清。"

欧阳修知颍州时,位居淮河岸边的这一片地域,风调雨顺,民心安定。欧阳修也体会到了"造福一方"的乐趣和成就感。由于心情大好,欧阳修文思泉涌,不仅写了很多诗文,也将手头的《新五代史》告一段落。并且,欧阳修的夫人在颍州时还生了一个儿子。这也算是上天赐给欧阳修的一个礼物。

五

虽然对颍州极度钟爱,欧阳修知颍州的时间却并不长,一年后,欧阳修改知应天府兼南京留守司事,离开了颍州,去了河南商丘。

欧阳修是舍不得离开颍州的,在此前后,除了和友人梅圣俞相约共居颍州外,欧阳修还约在朝的颍州人常秩退休后归颍为邻。说来也怪,到了商丘之后,欧阳修立即变得颓唐起来,他的诗文又不断流露出对仕途的倦怠,对朋辈凋零、自身疾病的感慨,并且,顿生对生命的质疑。皇祐四年(1052)三月,也就是欧阳修离开颍州两年后,他七十二岁的老母郑氏在商丘病逝。按照当时的规定,欧阳修必须立即回老家丁忧,但欧阳修没有选择回老家江西随州,而是护送母柩来到颍州守丧。在颍州,欧阳修又住了好几个月。由此可见,欧阳修已把颍州当作自己家了。

短暂地归于老庄之后,欧阳修又抖擞精神,昂扬启程了。自离开颍州后,他的仕途出人意料呈现出强劲的势头:知应天府后,又作为宋朝的使者,出使契丹;担任科举的主考官,取苏轼、苏辙高第;加龙图阁学士,知开封府;调任京城,任户部侍郎、兵部尚书,最终担任了参政知事,相当于副宰相、宰相助理或者现在的国务委员一职。不过,在这一段"重归孔孟"的生涯中,欧阳修的诗文写得少了,即使写了一些,无非是流连光景、感恩戴德,内容空乏而苍白。并且,布满陷阱的官场永远带有不祥的戾气,不断伤害别人的同时,也伤害了自己。由于陷入俗务和争斗中,得意的同时,欧阳修的苦恼也与日增多。这个时候,儒与道就像来自不同方向的绳索一样,分别牵引着他。欧阳修每到情绪低沉时,便开始缅怀旧事,缅怀颍州,想念那些过世的老友。他的内心充满感伤,也充斥着苦闷。就这样十多年过去了,年届六十的欧阳修已感到自己遍体鳞伤,就像一尾在脏水里游弋的鱼一样,已变得奄奄一息了。

　　不能不提及的是,在欧阳修担任参知政事期间,朝廷发生了一个重大事件——"濮议之争":宋仁宗赵受益逝世,无子嗣,侄子赵宗实(赵曙)继位,为宋英宗。英宗该如何称呼自己的亲生父亲濮安懿王赵允让,成为一个很大的问题。宰相韩琦和欧阳修都认为,英宗仍应该称其为父亲;司马光为首的诸大臣则认为,应该按儒家的宗法制度称其为伯父。这个围绕着英宗对其生父的称谓问题,竟引得众多朝廷臣僚爆发了一场激烈而持久的争论,双方在相争中表现出的意气用事,甚至"争之不得,则发愤而诬人私德"的行为,使得很多人都成了这场混战的牺牲品。最终的结果是,欧阳修这一派由于有皇帝撑腰,在争论中取得了全面胜利,对手中有很多人被赶出京城,只有司马光幸免,继续留在京城,写作他的《资治通鉴》。

不过好景不长,司马光这一派开始反戈一击了——1067年,在朝廷举行的英宗大丧仪式上,百官皆缟服素袍,以示哀悼。花甲之年的欧阳修由于匆忙,没有将里面穿的一件紫色内衣脱掉,朝拜时隐隐约约现出了紫色。这一番"大逆不道"的行为被监察御史发现后,立即扣上罪名上书弹劾。与此同时,有人向皇帝告发,欧阳修与自己的大儿媳有染。迟暮之年,再一次卷入污秽事件中,欧阳修欲辩无言,欲哭无泪,无限的疲倦如铅一样灌满了他的全身。欧阳修心中想做老庄的欲望又抬头了——还是颍州好啊!那一片老庄钟情的淮河岸边,不仅成为他思念的对象,也成了他的精神家园。

对欧阳修的诽谤很快不了了之。不过遭受这一番劫难的欧阳修去意已决,对于这个风烛残年的老人来说,显赫的地位和名声已变得不重要了,他只想远离风暴眼,归于平淡和自由。在向皇帝提交的报告中,欧阳修悲愤地说:

> 臣拙直多忤于物,而在位已久,积怨已多。……且使臣复居于位,只如前日所为,则臣恐冤家仇人,以臣不去,必须

更为朝廷生事。臣亦终不能安。

这时候的欧阳修已不再做"孔孟"了,只是想回到淮河边上,做个村夫野老,看尽春华秋月,以一种自由的方式,度过余生。

在这个过程当中,并不是没有诱惑,并且,诱惑还如此强烈。几年后,欧阳修在青州,神宗皇帝一度想让欧阳修出任宰相。对于此事,神宗皇帝曾经与当时如日中天的王安石有一段谈话——

> 神宗皇帝问王安石:"欧阳修与邵亢相比较怎么样?"
> 王安石实事求是地回答说:"邵亢比不上欧阳修。"
> 神宗又问:"和赵抃相比较呢?"
> "胜过赵抃。"
> 过了几天,神宗又问王安石:
> "欧阳修与吕公弼相比较呢?"
> 吕公弼字宝臣,是已故宰相吕夷简的儿子,时任枢密使。
> 王安石回答说:"胜过吕公弼。"
> "那么,和司马光相比又如何呢?"
> 王安石想了一想,说:"和司马光相比也要强。"

由此可以想象王安石对欧阳修的推崇了。不过此时的欧阳修,对于王安石一厢情愿的变法很不感冒。王安石的政策制定,都是从国家角度进行的,至于民生,一直是他忽略的。"道不同,不相与谋。"欧阳修在给朝廷的上书中,论及了王安石变法给地方带来的种种弊端。欧阳修的这种态度,让王安石态度发生转变,竭力阻挠起用欧阳修。好在这个时候的欧阳修,已经对政治毫无兴趣了,他只是想回到颍州西湖边,做一个快乐的淮河"老叟"。

六

等到举家迁至颍州,此时的欧阳修,已成为完全的"老庄"了。

治平四年(1067),欧阳修离开京城,踏上了南归之路。京师在回望中越来越远,想起当年蝇营狗苟的官僚生活,欧阳修越发觉得荒谬。在此后,欧阳修先后在亳州、青州、蔡州任地方官员。人在他处,欧阳修总是惦记着颍州。其间他两次抽空来颍州,安排人将旧居修缮一新,种上花木,并且将家眷迁到颍州。一切安排妥当之后,欧阳修就静静在任上,等待朝廷的批准。他不断地写诗,抒发自己对颍州的思念。在亳州、青州任上,欧阳修所写的与颍州有关的诗篇竟达十七首之多,加上以前曾写的有关颍州的诗作十三首,总共竟有三十篇之多。一个人对一个地方的钟爱就是如此死心塌地,欧阳修自己也不禁感叹道:

> 盖自南都至在中书十有八年而得十三篇,在亳及青三年而得十有七篇,以见余之年益加老,病益加衰,其日渐短,其心渐迫,故其言愈多也。

在此期间,欧阳修还颇为得意地撰写了一篇《六一居士传》,这篇谐文,明显有当年陶渊明《五柳先生传》的风格,显然,欧阳修是想通过这篇文章对自己三年前自封"六一居士"名号做一个清楚的诠释:

六一居士初谪滁山,自号醉翁。既老而衰且病,将退休于颍水之下,则又更号六一居士。

客有问曰:"六一何谓也?"

居士曰:"吾家藏书一万卷,集录三代以来金石遗文一千卷,有琴一张,有棋一局,而常置酒一壶。"

客曰:"是为五一尔,奈何?"

居士曰:"以吾一翁老于此五物之间,是岂不为六一乎?"

熙宁四年,也就是1071年,六十五岁的欧阳修终于从蔡州知府任上告老还乡了。这一年,距他离开颍州,屈指一算,已近二十年了。此番再回到颍州,欧阳修就像一尾鱼一样,又游回了自己的家园。面对风景秀美的颍州,欧阳修心绪复杂,感慨良多。在诗中,他这样写道:

悠悠身世比浮云,白首归来颍水濆。曾看元臣调鼎鼐,却寻田叟问耕耘。无穷兴味闲中得,强半光阴醉里销。静爱竹时来野寺,独寻春偶过溪桥。犹须五物称居士,不及颜回饮一瓢。

看得出来,年迈的欧阳修已尽情拥抱这一片山水了,他的狂放劲头,比当年的"醉翁"又进了一步,仿佛急切地要把逝去的时光挽回。在《答资政邵谏议见寄》诗里,欧阳修这样阐述自己的心境:"豪横当年气吐虹,萧条晚节鬓如蓬。欲知颍水新居士,即是滁山旧醉翁。"

在颍州,欧阳修将二十年前所作的一些歌词加以整理和补充,命人用笙箫伴奏演唱,这就是著名的《采桑子》十首。这组《采桑子》词,均以"西湖好"起句,为连章鼓子词。欧阳修满腔都是西湖水,俨然一弱冠少年,含情脉脉地歌颂心目中的女神:

轻舟短棹西湖好,绿水逶迤,芳草长堤,隐隐笙歌处处随。

无风水在琉璃滑,不觉船移,微动涟漪,惊起沙禽掠岸飞。

春深雨过西湖好,百卉争妍,蝶乱蜂喧,晴日催花暖欲然。

兰桡画舸悠悠去,疑是神仙,返照波间,水阔风高扬管弦。

在颍州的最后时光,欧阳修还亲自审定了平生所著五十卷《居士集》的编撰。后人评论说,欧阳修一生为文,"唯《居士集》五十卷,公所亲定";汇编了所撰《六一诗话》,开创了我国诗歌理论创作的先河。

这一年秋天,六十五岁的欧阳修迎来了他的两位得意门生——苏轼和苏辙。此时的苏轼和苏辙,因为与王安石政见不同遭放逐。苏轼被贬为杭州通判。赴任途中,苏轼带着一家人先到陈州,与苏辙相聚;随后,兄弟俩又结伴来颍州,探望恩师欧阳修。

当苏氏兄弟见到欧阳修时,几乎是大吃一惊,此时的欧阳修须发全白,步履蹒跚更像是一耄耋老人;但他的精神状态却出奇地好,声音洪亮,谈吐豁达,不时爆发出爽朗的笑声。苏氏兄弟的到来,让欧阳修高兴异常。老人带着兄弟俩兴致勃勃地游西湖,在船舟之上饮酒,在小径上漫步。秋天的西湖似乎格外漂亮,湖面上碧波荡漾,风起涟漪;路边黄蝴蝶一样的落叶,飞舞在空中;跨湖桥上,只有几个影子,或闲庭信步,或行色匆匆。湖畔最美的地方是宝塔夕阳,宝塔的影子落在金黄色的涟漪之中,像破碎的梦一样散开。一群不知名的水鸟在湖面上飞来飞去,啼鸣从半空中跌落,给空寥的湖面平添了几分生动和趣味。

在西湖边,三个儒雅男子心智的真情碰撞,使得那一段时间成为彼此一生中最美好的时光之一。苏轼不禁提笔写道:

谓公方壮须似雪,谓公已老光浮颊。揭来湖上饮美酒,醉后剧谈犹激烈。湖边草木新着霜,芙蓉晚菊争煌煌。插花起舞为公寿,公言百岁如风狂。赤松共游也不恶,谁能忍饥啖仙药。已将寿夭付天公,彼徒辛苦吾差乐。城上乌栖暮霭上,银潢画烛照湖明。不辞歌诗劝公饮,坐无桓伊能抚筝。

——《陪欧阳燕西湖》

苏东坡的诗显然涵盖了欧阳修当时的状态。这时候的六一老人志得意满,已全然到达天地境界了。在他的心中,没有生命和死亡,只有满世界的平淡恬适,还有深邃幽微。一个人,只有到了"行到水穷处,坐看云起时"的境界,卸下所有的包袱时,才能算得上彻底了解生活和世界,也算有了真正的自我。

师徒之间,总有说不完的话。闲谈之际,三人的话题还闲扯到了长生不老和医学方面,欧阳修似乎对"医者,意也"有几分赞同,欧阳修说:"从前,有人乘船遇风,因受惊吓而得病,医生取来多年船舵,从舵工手汗浸染之处刮下一些碎末,与丹砂、茯苓等一同煎成汤药,病人服用之后,竟然药到病除。"欧阳修进一步阐述,"医生以意用药,多如此类。看似儿戏,却也有见效的。这种事情,很难盘根究底,作为合理的解释。"

苏轼则不太同意老师的观点,他幽默地说:"用笔墨烧成灰给人喝,可以治昏庸懒惰之病。以此类推,喝伯夷的洗脸水可以治贪;吃比干的剩饭可以治佞;舔樊哙的盾牌可以治怯;嗅西施的耳坠可以治丑……"

话没说完,欧阳修早已笑得银须乱颤了。

七

熙宁五年七月二十三日,也就是归颍后的第二年,欧阳修病逝于颍州。朝廷给出的谥号为"文忠"。据记载,欧阳修卒后,初谥号为"文",颍州人常秩提议说:"修有定策之功,请加以'忠',于是乃谥'文忠'"。

值得一提的是,欧阳修临终前最后一首《绝句》诗依然与颍州有关。诗曰:"冷雨涨焦陂,人去陂寂寞。唯有霜前花,鲜鲜对高阁。"诗中的焦陂,是颍水下游的古镇。欧阳修生前一直喜爱焦陂的美景和美酒,曾多次从颍州西湖乘舟沿清河南下到焦陂游玩,并作诗:"焦陂荷花照水光,未到十里闻花香。焦陂八月新酒熟,秋水鱼肥脍如玉。清河两岸柳鸣蝉,直到焦陂不下船。"这一首《绝句》表面写的是花与地方的关系。其实,每一个人都明白,那冷雨中的霜前花,就是欧阳修自己啊!

二十年后,苏轼以龙图阁学士出知颍州,在欧阳修故居前潸然泪下。感伤之余,苏东坡坦然陈言,告慰老师:

凡二十年,再升公堂。深衣庙门,垂涕失声。
白发苍颜,复见颍人。颍人思公,曰此门生。
虽无以的,不辱其门。清颍洋洋,东注于淮。

——苏轼《祭欧阳文忠公及夫人文》

苏轼还有什么可说的,除了悲伤,只能是祝愿吧!罗马哲人西塞罗曾经说过,人类全部的哲学,就是学会如何面对死亡。对于欧阳修来说,一生的道路,同样验证了这样的说法。一代文豪欧阳修,就在这清澈的颍水之边,最终落得了大自在。清澈的颍水啊,归于淮河;而欧阳修的灵魂呢,最终归于自由。

八

现在的颍州已称为阜阳。欧阳修在时烟波浩渺的西湖,自1938年国民党炸开黄河花园口,引得黄河决堤之后,连续九年处于黄泛之中,最终淤为平地。当年西湖的原址上,是阜阳近几年新建的生态公园,林木葱茏,芳草萋萋,鸟语花香。在公园里,还有一座据说是明代重建的"会老堂"——当年,八十多岁的退休宰相赵概单骑从开封来颍州拜访欧阳修,二人与时任郡守的吕公著一起,在这里饮酒相会。欧阳修吟诗道:"金马玉堂三学士,清风明月两闲人。红芳已尽莺犹啭,青杏初尝酒正醇。美景难并良会少,承欢举白莫辞频。"由此可见欧阳修当时的快乐。在生态公园旁,还有一个"亭子村",当地人介绍说,这个村一直居住着欧阳修的后人,他们是欧阳修的大儿子和四儿子那一脉的。从欧阳修逝世之后,他们就一直生活在这里,并且很完整地保存和传承着欧氏家谱。

虽然颍州西湖不在了,但欧阳修所写的《采桑子》一直流传,不过很多时候,人们已将这组诗称颂的西湖误认为是杭州西湖。此西湖与彼西湖,是有很多相似之处的,除了同为美景之外,还承载了很多文化意义。杭州西湖在更多程度上,成为中国知识分子的审美象征;而阜阳西湖呢,同样也有承载,它承载的,是欧阳修个人的精神家园。

一个人,为什么由入世的孔孟,慢慢地转变为出世的庄子或老子?这样的转变方式,似乎是中国知识分子一个共同的轨迹,有太多的深意可究。现实对于人的摧残,以及理想与现实的脱节,自然是原因之一;人类与自然的关系,艺术由现实向空灵的转换,也是不可否认的。当然,不可否认的,还有人的困惑——关于人的终极困惑,是谁也无法解决的。无垠的星空之下,渺小的人类就如同一头被蒙了眼的驴子一样,围着一个辘轳,一圈一圈地转,从蒙昧转成儒家,从儒家转成道家,从道家转成佛家……那么多的思想和主义,就是人类在转圈的过程中,留下的串串脚印。

一个文化的巨擘,与一个地方,就这样结下了不解之缘,这样的缘分,最主要是历史的放逐,文化的受用,人类的困惑,以及自然显示出的神秘力量。

一首歌与一座城

一

去凤阳的路上,首先想到的,是很有名气的凤阳花鼓。

凤阳花鼓看过很多次了。当然,是经过改良的,热热闹闹,一派莺歌燕舞的感觉。这样的宣传方式,我自然再熟悉不过。熟悉之外,想想也觉得惊奇:这一首"讨饭歌",辗转了数百年之后,已变得面目全非,保留的,只是那个脍炙人口的开头:"说凤阳,唱凤阳,凤阳本是个好地方,自从出了个朱皇帝,十年倒有九年荒。"

浅显易懂的歌词,那是谁都可以看得懂的。如此"反动"的歌词,明显就是一种攻击啊!矛头,直指凤阳所出的皇帝朱元璋。并且,因此形成的现象很奇怪:那些来自凤阳的乞丐成群结队,敲锣打鼓载歌载舞沿途乞讨,即使是丰收之年,冬天来临,凤阳人也把家门一锁,仍旧出门要饭。这是怎样一种民俗啊——讨饭本是一件丢人现眼的事,但在凤阳,你看不出凄楚,看到的,却是满怀的欢乐,还有幽默和玩世不恭。这样的方式看起来,怎么都有一点不合常理人情。

这个奇怪民俗的背后,应该隐藏着一个别样的故事吧?除了故事,还应有一种大众心理,一种集体无意识悄然长成的过程。

相比较朱洪武的故事,凤阳花鼓的产生过程,是我此行更感兴趣的。

二

最初的凤阳花鼓,并不是"讨饭歌",它是凤阳一带流传的民歌。

有关资料显示:宋朝时,在淮河两岸,就有花鼓灯这一民间艺术形式了。明末画家顾见龙在家乡太仓看过凤阳花鼓的表演后,曾经画过一幅《花鼓子》图。这是至今为止记录凤阳花鼓最早的一幅画,收藏在美国波士顿美术馆中。也就是说,在明代,凤阳花鼓这种艺术形式已经很成熟了。

凤阳人唱着《凤阳歌》乞讨开始于什么时候呢?资料显示,至少在明代中叶,凤阳人已开始打着花鼓走四方了。也就是说,凤阳人唱着《凤阳歌》进行乞讨,至少是明中期以前的事了。关于这一情景,清人赵翼曾在《陔余丛考》中记述道:

江苏诸郡,每岁冬必有凤阳人来,老幼男妇,成行逐队,散入村落乞食。至明春二三月间始回。其唱歌则曰:"家住庐州并凤阳,凤阳原是个好地方。自从出了朱皇帝,十年倒有九年荒。"以为被荒而逐食也,然年不荒亦来乞食如故。

赵翼这一段文字,至少可说明两点:一是清初之时,凤阳花鼓中,就有这一段歌词;二是凤阳人的乞讨并不是因为饥荒,而是风俗,是一种社会习惯和传统。

根据史料来看,这首《凤阳歌》最早见于戏曲选本《缀白裘》六集卷一的《梆子腔·花鼓》,这应该是晚明,或者清初的事了。可以肯定的是,这首《凤阳歌》产生于明代,在明代中期的时候就已经出现,甚至更早。如果想要一个确切时间的话,那么不妨大胆追溯,这首脍炙人口的《凤阳歌》极可能产生于洪武年间。

编纂于晚明时的地方志——《凤阳新书》中,有一份洪武十六年(1383)三月十六日朱元璋颁发的圣旨:

凤阳实朕乡里陵寝焉。……朕起自临濠,以全乡曲凤阳府:有福的来做父母官,那老的们生在我的这块土地上,永不课征,每日间雍雍熙熙吃酒,买炷好香烧,献天地,结成义社,遵奉乡饮酒礼。……一年(皇陵)祭祀,止轮一遭。将了猪来祭了,吃了猪去;将了羊来祭了,吃了羊去。钦此。

这一道圣旨,有典型的朱元璋风格,半文半白,粗鲁爽朗,无所顾忌。关于这一道圣旨,据说还有一段来历——

朱元璋打下江山之后,定都应天府也就是金陵。金陵离凤阳不远,乡里乡亲们经常去皇城看望他。朱元璋平日里没什么其他爱好,只是对家乡的花鼓灯情有独钟。朱元璋登基的时候,家乡人特意组织选拔了一支花鼓队伍前去祝贺。队伍到达金陵后,登基大典已结束,正是大宴宾客的时间。花鼓队伍一下子愣住了,不知道该不该演出。朱元璋看见家乡来人了,非常高兴,就说:"先唱先唱,唱完再吃。"于是,锣鼓敲起来了,花鼓手们载歌载舞,极尽颂扬之事,直唱得朱元璋心花怒放。于是朱元璋就降下圣旨:我来自凤阳,你们都是我的老乡,以后,你们有福气的去做父母官,无福气的就给我看守陵墓,对于家乡人,我不征收你们的税费了,你们就快快乐乐地过日子吧,每天只管热热闹闹地聚在一起喝酒。每年你们只要祭奉一次皇陵就行了,祭过了,猪啊羊啊的,你们分了吃了……

朱元璋的这一番言辞,颇有点有福同享的意思,的确,过了"有难同当"的时候,也该轮到和乡亲们有福同享了。

洪武爷许下如此诺言,凤阳的花鼓手们兴高采烈地回家了。这一下,凤阳的百姓真的奉旨行事了,一个个撒着欢儿地大吃、大喝、大唱,哪里有心思去耕田种地,全都指望去当官,最不济,也有一个看守陵园的活,温饱问题也会解决的。果然,第二年,朱元璋下令在凤阳营建中都,洪武爷果然说话算话啊,全凤阳的人都盼着这块地方成为国都,一旦成了国都,朱元璋总得兑现他的诺言吧。

建中都,的确是朱元璋的想法。定都金陵之后,朱元璋心里一直不很踏实,觉得金陵虽然多次为帝王之都,虎踞龙盘,但这里偏隅江南,对控制全国政局,尤其是对征抚北方不利。朱元璋一直想把都城安在稍北一点的地方,比如黄河之滨的开封,以及大都燕京(北京)等。经过反复比较,朱元璋认为开封虽多次做过帝都,但那里四面受敌,无险可守,于是打消了在那建都的念头。很多大臣提议,不如在皇帝的家乡凤阳建中都,这里濒临濠水,位于长江和淮河之间,运输和交通很方便,能很好地利用淮河和长江的优势进行防守。如果把金陵作为南都,凤阳作为中都,然后在北方再选一都,这样,北部、中部、南部都有都城,对稳定局势,将会有很好的作用。

朱元璋采纳了大臣们的意见。虽然小时候在凤阳受到太多的凌辱和迫害,朱元璋对家乡的感情还是很深的。毕竟,衣锦还乡是人之常情。历经十六年之久,踏着无数白骨坐上龙椅之后,朱元璋肯定希望在他的家乡,设置一个超级豪华的凤阳府,给家乡的父老乡亲看看。在朱元璋的规划中,这个辖区包括现在安徽、江苏、河南、湖北4省中的12府23个县,差不多将整个淮河流域都划了进去。

营建中都是经过深思熟虑后决定的,负责营建的官员,也经过慎重选拔,由左丞相李善长具体负责。李善长一直是朱元璋最信任的人,文臣第一,功比萧何。李善长洪武四年正月来到凤阳,到洪武九年才离开,一共在这里待了整整五年。营建中都的官员还有汤和,他是朱元璋起义时的小兄弟,也是朱元璋的心腹爱将。汤和是洪武五年来的,在这里待了一年之久。除了他们,还有单安仁、孙克义、薛祥等一大批官员。

中都开始建设了。凤阳变成了一个大工地,大批人马开赴这个淮河边上的小城,据说,修建中都城时,整个工程动用了工匠9万人,军士14万人,民夫50万人,罪犯数百人,移民近20万人,加上南方各省、州、府、县和外地卫、所负责烧制城砖的工匠,各地采运木料、石材、供应粮草的役夫,总数达100多万。除了中都城之外,朱元璋还同时在凤阳开建皇陵,主要建筑有皇城、砖城、土城三道。皇陵同样也是气势宏伟的浩大工程,它包括正殿、金门、廊庑、碑亭、御桥、华表和位于神道两侧长达250多米的石雕群像。砖城、土城的周长分别达3公里和14公里。这样的工程,同样也是浩大无比的。

小小的凤阳,一下子拥入了上百万人,这使得凤阳顿感压力,物价被哄抬得老高,有时候根本买不到东西。不仅如此,政府还用很少的钱来征用当地人的土地,凤阳人不愿意卖,他们就强行征收。那些土地,不仅仅是用来建设中都的,还有很多是那些王公贵族大臣强买的。皇帝要在这里造一个都城,并且,极有可能将都城搬迁到凤阳,于是,那些王公大臣们自然在这里买地成风。当地的百姓纷纷流离失所了。

在这种情况下,眼见土地减少了,人口增加了,种田的人少了,吃皇粮的多了。一年一年过去了,情况没有改善,局势变得越来越严重——慢慢地,凤阳的仓库空了,粮断了,人们开始挨饿了。洪武爷送粮的队伍一直没到,人们等得心焦,也没能跟洪武爷联系上。慢慢地,有人实在饿得不行了,开始盘算着走出凤阳,盘算着去讨饭……终于,有人走出去了,一个人刚开头,身后立即就有一支长长的队伍。于是,在这个皇帝的家乡,开出了无数支队伍,向四周发散。

凤阳人开始了乞讨的历史,除了碗和棍之外,他们还把花鼓和鼓槌别在身上。

三

从凤阳走出去乞讨的不完全是本地人,杂混在中间的,还有那些来自江南的移民们。

跟所有取得政权的人一样,朱元璋登上历史舞台之后,面临的重要问题就是:如何对待一个由世俗地主、豪门富户、读书人、各级官吏所组成的重要社会力量?这股社会力量既拥有强大的民间资本,又拥有很强的话语权,他们是社会的中坚,也是基层的骨干。面对这样的势力,朱元璋心情复杂无比。从出身上说,朱元璋对这当中很大一部分为富不仁者恨之入骨,也对任何可能形成分庭抗礼,对朱家天下形成威胁或潜在威胁的力量保持高度警惕。按朱元璋的想法和性格来说,他肯定要对这些人下手。

"沈万三事件"就是一个范例:沈万三是元末明初的江南大户,富甲天下。元末时南京城的城墙、官府衙门、街道等,有很多是沈万三捐钱兴建的。朱元璋定都南京,沈万三想"破财消灾",

向朱元璋提出自己愿捐出很大一笔钱,作为朱元璋军队的军饷。没想到的是,沈万三这一回马屁拍到了马蹄上,朱元璋气不打一处来:一个平民百姓,竟依仗自己有点臭钱,就想收买皇家军队,这也太狂妄了。朱元璋立即命令手下人杀了沈万三!这时马皇后出面求情,说人家拿钱慰劳你的军队,你怎么能杀人家,怕冷落了众人心。于是皇帝开恩,免其一死,改判沈万三流放云南边陲。

沈万三事件暴露了朱元璋对于天下富户的态度。在朱元璋当政的三十一年中,至少发起过六次大规模整肃帝国官吏与豪门富户运动,在这样有计划的"大清洗"中,全国总共有十万到十五万帝国官吏和豪门富户被杀死。除了打压和杀害,朱元璋还有计划地将江南乃至全国各地的大户,分批迁移流放。朱元璋的这一招是受刘邦的启发,当年,汉朝定都长安之后,也曾经把十万天下大户强制迁离本土,填实关中,是所谓"强本弱末"之术。朱元璋迁徙的规模,要比汉朝大得多。明初的强制迁徙与性质类似的移民,一直持续到永乐年间,涉及人口至少达百万人。朱元璋首先将大批江南富户移至南京,其次,就是老家凤阳了——1367年,朱元璋在消灭了张士诚部后,立即将一大批苏州富民迁徙至凤阳。八年后,即洪武七年,朱元璋又下令将十四万江南富户强行迁至凤阳。这两次迁徙的人数共达二十万之多。这些人被强制迁徙时,只能带走金银细软,土地和房屋要交给原地的官府,或落入他人之手,到了凤阳之后,不许随便离开迁移之地。可以想象的是,当二十多万被"劳动改造"的异乡人来到淮河岸边的凤阳时,应该

风掠过淮河长江 | 211

是怎样一个心情！风萧萧兮淮水寒,背井离乡不复还。这些被没收了土地的地主们只能待在皇帝的老家,被严加看管,不敢踏上回家之路,更无法横渡长江。整日以泪洗面,唉声叹气,不知何时是尽头。

终于,开始有第一个人伪装成乞丐,成功地逃脱了封锁,回到了自己久违的家乡。当然,在江南故里,他也不敢久留,户籍被取消了,房屋也归了别人,他只是撕心裂肺地看了一眼昔日的老屋,乘着夜色,踅摸进亲戚家,探听一些情况,然后,又重新潜回凤阳。回到家乡的滋味毕竟是温暖啊,哪怕只远远地看上一眼。于是,又有人扮成了凤阳乞丐的模样,回乡扫墓探亲。渐渐地,这样的方式形成了习惯,有一股悄悄的人流,从凤阳,像水一样流回江南水乡。他们依旧是敲着花鼓,载歌载舞,他们唱的,是并不熟练的凤阳腔,跳的,也是笨拙无比的舞步。

四

真正的凤阳人,以及迁徙到凤阳的外地人,就这样开始了各自的乞讨。慢慢地,这两路人马汇合了,不分彼此了。有一天,也不知是谁起了个头,从某一个人的嗓子里,开始吼出一首新编的《凤阳花鼓词》:说凤阳,唱凤阳,凤阳原是好地方,自从出了个朱皇帝,十年倒有九年荒……第一个人唱过之后,第二个人立即跟着唱起来,然后,便是第三个人、第四个人……

说凤阳,唱凤阳,

凤阳原是好地方。

自从出了朱皇帝,

十年倒有九年荒。

大户人家卖田地,

小户人家卖儿郎,

唯有我家没有得卖,

肩背锣鼓走四方。

……

凤阳人才不管你是什么皇帝呢!对于朱元璋,他们再熟悉不过了。在他们眼中,朱元璋只是一个脸上带有麻点、奇丑无比的"小和尚"。他们认的,就是谁当上皇帝谁给他们带来的实惠——如果既没有实惠,又新增奴役的话,那么,即使是家乡的皇帝,又有什么用呢!这时候,他们当然会心怀不满,会想到"大曝家丑",这也是他们唯一解气的地方。

不仅仅是《凤阳歌》,家乡的人似乎铆足了劲要臭一臭朱皇帝了。他们运用各种手段,比如,以小和尚的秃和亮来讥笑曾经出家为僧的朱元璋;以隐语相猜为戏,将朱元璋的名字夹在谜语中;在元宵马灯上画上一个大脚妇人怀抱西瓜而坐,以此来臭"大脚"的马皇后……当民间只剩下这一种情绪发泄出口时,人们无不趋

风掠过淮河长江 | 213

之若鹜用之以极。可以想象朱元璋为此所遭到的奚落——传说有一天,朱元璋在元宵夜看见一灯上画着一位大脚妇人怀抱西瓜而坐,许多围观者"哗然而笑"。朱元璋大怒,认定此画肯定是影射他和老婆马皇后。第二天,便将悬挂此灯的一家九族三百余口统统杀掉。低贱出身的朱元璋,对于这等讽刺和讥笑,显得格外敏感。一个脆弱的人,最不允许的,是人们拿他的尊严开玩笑。

奇怪的是,这首《凤阳花鼓》还是流传开来了。尽管唱着它,要冒很大的风险,甚至是杀头的风险,但人们还是无畏地唱着它。"凤阳妇女唱秧歌,年年正月渡黄河",等到歌唱者呈一字长蛇阵,从凤阳络绎不绝地开出来时,这一首歌,已经在大江南北流传开来了。凤阳成了人人都知道的天下最贫穷的地方。这样的歌,唱得无头又无尾,唱歌的人,也是神龙见首不见尾。当痛苦和真实不能被表现时,人们往往会转入一种黑色幽默的表达,这样的幽默,是一种解脱,更是一种反讽,是人们在痛苦中无奈的自我嘲笑。没有一首歌,能像这首歌一样,让人们唱得如此痛快了。这首歌就这样口口相传,从凤阳唱到大江南北,黄河内外,慢慢变得家喻户晓了。环境宽松时,就肆无忌惮地唱;风声紧时,就会含糊其词地唱;兴奋开怀时,就肆无忌惮地唱……最恐怖时,就独自一人在内心唱,唱那种无声的歌,以一种最贴身、最艰巨的方式,表达自己的愤懑之心。

可以想象的是,一开始,人们是流着眼泪唱的,在歌里,有愤恨,有不平,有悲伤的情绪。慢慢地,时间将一切都过滤掉了,愤懑变得平和,悲伤变得幽默,人们忘却了歌中的仇恨,重新笑逐颜开,击着鼓唱啊跳啊,尽显欢颜。这时候,谁也没再想到跟谁过不去,人们就喜欢这首歌里的幽默,也喜欢这首歌的朗朗上口。人们听着这样的歌,不再觉得悲伤,就觉得好听、亲切。

于是,14世纪以后,在中国的城市乡村里,每到夏天洪水来临,或者秋天收割之后,处处都可以见到"咚咚搭鼓上长街,引动风流浪子来"的凤阳花鼓女。她们穿着蓝花布上衣,大红或者大绿裤子,汗巾缠头,腰背花鼓,占得场子后,将手中的细棒玩得如杂耍一样,交互击鼓,甚至用三根棒子击鼓,将其中一根抛向空中……打过一阵后,鼓棒收回手中,再徐徐击鼓开始唱词……伴随着那一首著名的《凤阳歌》,花鼓艺术慢慢地演变成一种绝技,变成当地彰显特色的民俗。

五

依照我的想法,凤阳中都古城的罢建,也应该与《凤阳歌》有关。

从1369年九月癸卯朱元璋下诏以临濠为中都,从大兴土木开始,一直到1375年四月丁巳,朱元璋下诏罢中都为止,一共有六年时间。在这六年中,朱元璋动用了全国的巨量物资,调集了百万匠役,耗尽了难以计算的钱财。大功告成之际,朱元璋突然下令罢建中都,这无论从政治、经济及其他角度来说,在当时,都是一件巨大的变故。究竟是什么原因使得朱元璋下如此大决心罢建,历史学家们一直众说纷纭,莫衷一是。但可以肯定的一点是,当年朱元璋回凤阳的所闻所见,促使朱元璋做了这一决定。

朱元璋回到故乡到底看见了什么呢?

自洪武二年九月诏建中都后,朱元璋先后两次从南京去凤阳。第一次是洪武四年(1371)二月,这一次来凤阳,朱元璋待了九天,主要是视察中都的兴建情况。也就是这一次视察后,朱元璋做出了移民中都,充实中部人口的决定。朱元璋第二次来凤阳是四年后,也就是洪武八年四月,史书翔实地记载了朱元璋在凤阳的行踪——朱元璋首先来到滁州,畅游了琅琊山,并乘着酒兴,写下了《感旧记有序》,文中说:"予因督功中都,道经滁阳,乘春之景,踏青西郊。细目河山,城雉如旧……"看得出来,朱元璋的心情不错,也看不出有罢建中都的丝毫痕迹。这一次朱元璋的凤阳之行,前后用了二十六天,在凤阳期间,主要做了两件事:一是细细检查了中都的建设情况,二是在皇陵进行了祭祀。当然,朱元璋祭祀的时间很短,大部分时间,都用于"验功"了。并且,《凤阳新书》卷五记载,朱元璋在凤阳时,住在"皇城内兴福宫"中。既然可以入住了,由此推断,当时的中都,已建设得差不多,只剩下一些扫尾工作了。

事情进展得一如既往的顺利,没有想到的是,当朱元璋回到金陵的当天,突然圣旨降临,停建庞大的中都。朱元璋为什么会突然下令停建即将完工的都城呢?《明太祖实录》卷九十九只是轻描淡写地记载:"诏罢中都役作,上欲如周、汉之制,营建两京,至是以劳资罢之。"最可能的原因就是,朱元璋在视察中都兴建时,看到家乡人民因为大兴土木所遭受的痛苦。朱元璋无法面对,只好选择了停建。

或许,正是在凤阳的这一段日子里,朱元璋于某一个早晨或者傍晚,微服漫步在凤阳的街头小巷。在街角的某一处,听到了隐约传来的歌声。起初,让朱元璋感到亲切的,是这首歌的曲调。朱元璋走上前去,想听得更清楚一点。后来,当他听清楚歌词之后,脸色大变,心若死灰。朱元璋怎么也接受不了这样的事实,凤阳的父老乡亲们,为什么如此无情地唾弃他呢?

朱元璋在凤阳期间,还发生了一件事,扰乱了的心绪,也让他徒生郁闷。这件事,史书上是有记载的。有人报告,中都城有工匠居然用"压镇法"来谋害他。所谓"压镇法",实际上就是通过风水上的一些刻意措施,进行施法,比如说在宫殿殿脊上制作一些木制的鬼怪,上面刻有一些符号和咒语,等人住进去之后,就会听见有人"持兵斗殿脊",就会惶惶然不可终日。朱元璋没有料到的是,在自己的家乡,也会发生这样的事情。案件破获之后,朱元璋勃然大怒,立即下令将这批工匠正法,并且,扬言要把工匠全部杀完。联想到凤阳大街小巷传唱的《凤阳歌》,朱元璋的心理防线崩溃了——朱元璋原想自己做了皇帝,家乡的人民会富裕,会有酒有肉,会一人得道,鸡犬升天,也会无限感激他。没想到的是,家乡变得更为贫穷,乡亲流离失所,并且,当地百姓对他已失望……人,总是有一个软肋的,即使最坚强最残暴的人也如此。朱元璋的软肋,是他的家乡情结,也是他的面子和尊严。当朱元璋无颜以对家乡父老,感觉自己就像当年的项羽一样,身陷一片"楚歌"之中,那种绝望和伤心是可想而知的——既然家乡人民如此不喜欢自己,那么,自己还待在这个地方干吗呢?一切是那样索然无趣,朱元璋只好无可奈何地放弃了在凤阳建中都的愿望,选择了离开。他要离开这块生他养他的土地,逃遁到一个相对陌生的地方——也许,身处异地他乡,反而会觉得心安理得。

不可一世的中都城就这样被一首歌给击倒了——当朱元璋意识到,即使用最残忍的暴力,也无法阻止人们唱这首《凤阳歌》的时候,他只好一声叹息,无可奈何地撤回兴建中都的人马。当一首歌能代表民心走向的时候,它就会如雨水弥漫,然后积蓄成大海;而后,就能摧毁和淹没一切东西,包括杀戮、暴力等等。不可一世的朱元璋,以及他的朱家王朝,只好在这样的歌声中,败下阵来。

六

这一回,我算是彻底明白凤阳花鼓的来历和精神了,谁说中国文化缺乏幽默,中国人从来就是有幽默精神的——当人们意识到反抗的无力和危险时,往往会选择幽默,选择诙谐。虽然这种幽默和诙谐从来就是扭曲的。

历史上的中都古城就这样莫名其妙地呈现,也莫名其妙地消失了,就如同一个传说一样。只不过对一个地方来说,恢复是极其缓慢的。凤阳在经过明王朝的一番折腾之后,大伤元气,就像一个人生了一场大病一样,从此一蹶不振。那个曾经人声嘈杂的中都古城,也慢慢变成一种自由的状态,一开始,没有人敢住在这里,空荡荡的中都城,就像一件僵死的庞然大物一样;再后来,它就变成一件古董了,就像古窑里废弃的陶瓷……时间过去很久之后,有些人无畏地迁徙到这里,耕田,播种,养猪,养鸡,宫殿成了菜地,护城河成了水塘;砖瓦的隙缝长满了萋萋青草;城垛坍塌了,无人去维修;人们习以为常地看着田地的边上,零星散落着皇城城砖和宫廷的汉白玉雕件……一阙绮丽的风华,一个残暴无比的政权,就这样消失得无影无踪,在时间和民心走向面前,一切权力都是那样的色厉内荏。

现在,古中都废弃的城墙,在秋天的苍穹下寂寞地延伸着。高高的古城墙上,长满了青草,也成了人们的休闲之地。走得累了,我躺在城墙之上的草地里,仰望蓝天,享受着习习清风的吹拂。我的脚上,是大片的田地,炊烟袅娜,没有叶子的柿子树上高悬着金黄的果实。迷迷糊糊之中,从地层之下,从青草的根茎中,从那些遗落在猪圈旁、草垛下的宫中石雕里,隐隐地传来那一首《凤阳歌》:

咚咚咚锵,咚咚咚锵,咚锵,咚锵,咚咚咚锵……

灵 与 爱

一

去宿州,只想看的,是有关赛珍珠的一些东西。

前一段时间,省内外的一些新闻媒体曾对于宿州拆除赛珍珠旧址一事,炒得沸沸扬扬,报道说,在宿州市医院的边上,有一排旧屋,是赛珍珠在宿州时住过的,拆除这一处遗址,是对历史文化的不尊重,呼吁要保护……后来又传出消息,那一排旧屋并不是赛珍珠当年的居住地,赛珍珠所住的,早就荡然无存了。这个新闻让我想起,噢,赛珍珠还曾经在宿州待过。

一直以来,我对这个曾旅居中国的美国女作家就很感兴趣。兴趣点在于,这个在中国度过了大半辈子时光的美国人,在她的文章中,一直有中国作家以及中国文化不具备的一些东西,赛珍珠的特点在于：一是她有着浓厚的宗教情怀，有俯视人生的悲悯；二是她在看待中国社会以及中国文化上，有一种因距离而呈现的清醒，是真正的"第三只眼"。

赛珍珠绝对是一个被低估了的人物，虽然她曾获得诺贝尔文学奖，但在中国，她的价值一直被小觑。人们理解不了她的视角，也无法接受她作品中对于芸芸众生寒冰一般的冷静。很多人不喜欢她的作品，不喜欢她笔下的北方农村，不喜欢她笔下的北方农民，甚至将她作品中的冷静和悲悯归结于麻木，归结于误解甚至别有用心。表现最典型的，是江亢虎博士对其小说细节的质疑；甚至，还有鲁迅对她小说的批评……这种抵触自然是东西方文化的隔膜造成的；还有一点就是，在那个时代里，处于全面落后的国家，会不由自主地过度自卑和自尊。这一点，就像一个有缺陷的人，当一面镜子真实反映自己的丑陋影像时，肯定会恼羞成怒，大发雷霆；或者，指责镜子是哈哈镜。这样的情景，已随着历史的进程有所改观。慢慢变得强大的中国，逐渐理性平和，呈现出大度和淡然。谦逊平和往往是博大和自信的体现，一个脆弱的个人或集体，总是表现出过度亢奋或者过度沮丧，这是很容易理解的。

尽管赛珍珠的文章让我们如坐针毡，但她的意义在于：她以她的视角和思想，挑战我们自以为是的传统。什么是传统？传统就是一种源远流长的习惯。习惯并不是不能改变的。清晰地明白自己的传统，敢于正视自己的传统，寻找积极改变，才是一种正确的态度。一个勇于改变自己不良习惯的人,才算是一个优秀的人;一个敢于正视自己的不良传统,并且勇于改变的民族,才算是一个优秀的民族。而在我的印象中,似乎很少有人认真读过赛珍珠的《大地》以及其他文章,并由此心平气和地反省民族的习性和弱点。这样的方式,就如同面对淮河,总是习惯赞美她的博大隽永、源远流长,不习惯正视她的灾难和无情,更不要说反思以及谋求改变了。平心而论,这不是一种清醒的态度,温柔、博大、丰富是一条河流的特质;麻木、拙劣、混沌,同样也是这条河流的特质。

不管怎么说,在宿州,在淮河两岸,赛珍珠毕竟留下了她的影子——这不是一个貌美如花的绝色佳人,也不是一个有传奇经历的风华女子,她有轮廓分明的脸,有高耸尖顶的鼻子,有深陷眼眶的蓝色眼睛,还有一如既往的淡淡哀伤……对于赛珍珠来说,她一生中最重要也最值得庆幸的事情,就是用自己的笔,真实地描绘了这片土地上的苍生影像,也真实地表达出自己对于这个世界的质疑和拯救。

二

在淮河岸边的宿县(现为宿州市),赛珍珠生活了五年。

1916年夏天,从美国大学毕业的赛珍珠回到了中国。一个偶然的机会,在庐山牯岭,赛珍珠与同为美国人的约翰·洛辛·布克不期而遇。这时候的约翰·洛辛·布克,于康奈尔大学毕业后,申请了一个"农业传教士"的身份,到安徽宿州市从事农业扶助和调查工作。双方一见钟情,彼此倾倒于对方的聪明、真诚和理想。第二年的5月30日,他们举行了婚礼。婚后不久,赛珍珠即随她的丈夫来到了宿州。

去宿州的那一年,赛珍珠二十五岁。来到中国中部一个偏僻的小城镇生活,赛珍珠无疑紧张又兴奋。虽然赛珍珠生长在江苏镇江,但对中国的北方农村,赛珍珠并不熟悉。宿州隶属淮河平原,自古以来,就是一个多灾多难的地方,水、旱、蝗、雹等灾害不断,尤其是淮河水灾频繁。也因此,当地人的抗争能力和生存能力都很强,尤其是那些北方农民,仿佛跟乡野里无处不在的杨树一样,只要给一点空间,就能茁壮成长。赛珍珠和丈夫,并不算是第一批来宿州的外国人,在他们之前,还有好几批传教士来这里授业布道,在宿州还建了一座"福音堂"。赛珍珠去的时候,教堂原先的两位白人女子已离开,这样,在这片偌大的平原上,仅赛珍珠一个白人女子时隐时现。赛珍珠先是在"福音堂"住了一阵子,然后,又辗转了几个地方。在当地,年轻漂亮的赛珍珠很快吸引了众人的视线,她经常陪丈夫下乡布道。布克一方面传授基督教义,另外一方面,教授当地农民一些农业种植技术。大部分时间里,布克骑着自行车在前面开道,赛珍珠就坐在两个人抬的轿子上,跟在丈夫的后面。说是轿子,其实是最简单的那种,在两边,有两根长长的竹竿,三面用布遮蔽,前面挂一面厚布帘,简陋得更像是滑竿。赛珍珠的轿子只要一停下,立即会围上一大圈当地

风掠过淮河长江 | 223

人,他们衣衫褴褛,直勾勾地看着这个金发碧眼的外国美女,一面咬着长长的烟杆,吞云吐雾,一面对她指指点点,说一些赛珍珠起初一点也不懂的北方话。布克有时候会转过身来解围,跟当地农民解释些什么;有时候,则干脆点上一支烟,在远处静静地微笑观望。赛珍珠一开始时还很紧张,她不知道看热闹的中国北方农民会有些什么举动,但慢慢地,她感到他们并没有敌意,只是戏谑和好奇。性格开朗的赛珍珠便试探着对他们微笑,跟他们攀谈,询问一些她不太懂的问题。到了后来,她的语言能力明显要比丈夫好许多,能听懂很多当地话了。甚至,当丈夫遇到语言上的难题时,赛珍珠也会主动走过来,充当他的翻译。

在宿县生活一段时间之后,赛珍珠也有了自己的生活,她在一所名叫"启秀"的小学教书,教当地人最简单的汉语。春天的时候,赛珍珠喜欢对孩子们进行家访,在豆棚瓜架或大叶杨树的浓荫之下,赛珍珠跟当地农妇们谈家常,谈她们的男人和孩子,谈粮食的收成和土地。宿县的冬天很冷,天寥地阔,朔风呼啸,每到这个季节,赛珍珠都窝在家里读书,读各种各样的小说,也读一些福音书。有时候,赛珍珠还尝试着自己写一点,不过,这些,都是瞒着布克的。逢到天气晴好,赛珍珠会跟当地的妇女一样,穿着一种称为"牛毛窝子"的棉鞋,走出屋子串串门。这种"牛毛窝子"鞋是当地人用牛毛编织而成的,穿这种鞋暖和又防滑并且不生冻疮。冬日的时候,男人们是不干活的,他们全都扎堆窝在土墙朝南的方向晒太阳,打着麻将或纸牌。赛珍珠会跟他们熟稔地打着招呼,径直走进屋子,和当地的农妇们聊家常。对于当地所说的婆媳、溺婴、自杀等话题,她也听得津津有味。

赛珍珠在宿县最感兴趣的事,就是了解当地的民情民俗了。淮河两岸的风情,让赛珍珠心驰神往。当地人宰杀活羊的吃法,曾经让赛珍珠惊心动魄——客人直接走到羊圈边,点中某只羊,之后,客人们排开麻将,也只是几局工夫,以那只羊为原料,烧、烤、炖等方式的菜肴就上席了,然后,便是一通胡吃海喝。虽然一直生活在江南,赛珍珠对以面食为主的宿州饭菜,也能适应,她尤其喜欢吃一种称作"糁汤"的,那是用面粉、海带、花生米和鸡蛋混合煮成的糊状物,喝起来别有风味。另外,撒有芝麻的烙饼和放有韭菜粉丝的蒸面卷,也是她喜爱的。宿县的水果品种不多,但当地产的梨、柿子、枣和山楂,却是赛珍珠喜欢的,尤其是宿县附近砀山的梨,个大皮薄,水汁多,吃起来很过瘾;柿子也是这样,初秋之后,那些柿子挂在树上,红彤彤的,非常漂亮,摘下来吃不掉,就用炭火慢慢烘焙成柿饼,放到过年吃;还有大枣和山楂,可以做成果酱、果冻……生活,因为有着这样的点缀,变得有些诗意了。赛珍珠就是这样,苦中作乐,尽情享受淮河两岸的风情。

赛珍珠在宿县的那几年,军阀混战,在皖北农村,土匪到处抢劫,时常有官兵和土匪交火的事发生。有一次,当地的土匪攻打宿县,与官兵遭遇,发生枪战,子弹呼啸着从他们头顶掠过,布克只好拉着赛珍珠跑进里屋,躲在墙角边。这一段生活,让赛珍珠提心吊胆。

由于近距离的接触,赛珍珠对中国人及中国传统文化有了越来越深入的了解。一种悲悯和同情心不由自主地涌出,在赛珍珠看来,这些底层的中国人"承担着生活的重负,做得最多,挣得最少。他们与大地最亲近,无论是生是死,是哭是笑,都是最真实的"。在宿县,赛珍珠与当地居民结下了深厚的友谊:她与当地请的帮手王景合、张妈妈及她的儿子厨师张开明等,都相处得很好。赛珍珠离开宿县后,还把厨师张开明带到南京。到南京后,赛珍珠还收留了一位曾在宿县给她当过园丁的卢姓农民的妻子,当时,这个宿县女子因灾荒逃到南京,身怀六甲,无依无靠,只好去找赛珍珠;后来,卢妈的丈夫也逃到南京,赛珍珠介绍他到金陵大学农场做工,让他一家生活都有了着落。

在宿州期间,赛珍珠还在家中的院落种了许多花。种花是赛珍珠小时跟母亲养成的习惯。宿州的冬天气温比较低,名贵的花草很难存活,赛珍珠只好种一些月季、玫瑰和秋菊。每当春天来临,赛珍珠的庭院总是姹紫嫣红。打理花草,也是赛珍珠跟花草交流的过程。那些花花草草,无论是独特高贵的,还是普普通通的,都有属于自己的生命,也有属于自己的个性。她们都渴望绽放,也渴望交流,就同人本身一样。在这样的花香和书香之中,赛珍珠一不留神,就不由自主地沉潜于皖北大地的芬芳,一种温馨、幽静的感觉开始游荡于她的思绪中。

灵魂总是因为洁净而得到升华,在宿州的那些年,赛珍珠的内心改变了。因为内心的变化,她的目光也随之改变。在她看来,即使是那些普通的中国北方人身上,也充分体现着"神"的灵性。在她看来,这些有着黑眼睛、黄皮肤的异教徒,同样也是上帝的作品,他们勤劳、善良、真实而麻木,跟这个世界上其他地方的人们一样。在这个地球上,人类都是平等的,他们都是上帝的子民,都应该得到爱,得到赞美,得到永生。

当然,有很多时候,赛珍珠也会徒生烦恼,甚至会表现出某种怪戾。烦恼的基点在于,人们对于她所从事的事业的不理解甚至嘲讽,那些底层的中国北方农民看起来如此地不可救药,他们只怕皇帝、只爱钱财,对于永恒的主题无动于衷、充耳不闻;对于他人漠不关心……在赛珍珠看来,一个人,如果不具备某种柔和、某种温厚、某种坚忍不拔的品质,简直令人难以忍受,而在很多时候,她所见到的听到的,都让她灰心沮丧,她时常坠入一种莫名的失望之中,是对这块土地的失望,也是对人类的失望。

一直到1921年秋,因为母亲去世,赛珍珠全家又迁至南京,夫妻双方同时应聘于金陵大学。在金陵大学,校方分配给他们一幢两层楼的别墅。上课之余,赛珍珠时常会想起宿州的生活,那个地方的人与事,就如经常荡漾在她眼前的淮河水一样。于是,赛珍珠便在二楼的窗户前摆放了一架打字机,面对着窗外葱茏的紫金山,开始了自己的写作生涯。

三

一般来说,每一个有大成就的人,在人生境界的上升过程中,都有一段关键的时光。在这段时光里,会经历信仰上的探险、怀疑及困惑,有跟世上其他哲学及宗教的磋磨和斗争,以及对过去圣哲所言、所教最珍贵宝藏的品咂。这样的心路历程,一般来说是秘不告人的,也是很难示人的。从赛珍珠的经历和成就来说,可以推测出,赛珍珠在宿州的这五年,可以说是她有效盘整自己思想、哲学以及世界观的很重要的一段时光。

赛珍珠出生在美国西弗吉尼亚州,父母都是传教士。赛珍珠三个月大的时候,这一对虔诚的基督徒就带着对一块陌生土地的美好愿望,历经千辛万苦来到了中国。他们视自己为无国界的人,是上帝的子民。到了中国之后,他们一直在镇江、南京、上海一带传教。打自小起,他们就在赛珍珠的籍贯一栏,填写了江苏镇江。赛珍珠从很小开始,就跟中国孩子生长在一起,中国孩子叫她"洋鬼子",她则称他们为"龟孙子"。有时候,她甚至会忘记自己是个美国人。一直到了十八岁那一年,赛珍珠才回到美国读大学,取得硕士学位后又回到了中国。赛珍珠的成长背景,决定了她是敏感的,也是敏锐的,她一直沉湎于自己所知晓的、自觉并可靠的拯救,也自然而然地成为一个没有任何怀疑的自满、自足的基督徒。这种思想形成,似乎太容易,也太让人自满自足。但,一个人的觉醒,从来就是内心的自我生发,就像田野里自然长成的花朵。

在宿州的生活,让赛珍珠对人的艰辛、顽强、执着有了更深切的感受,她看到了苍生的艰难,看到了苍生的麻木,更看到了苍生的坠落。她感动于苍生,又悲怆于苍生。这个一直在书本和家教中游离于宗教世界的女子算是在心中有了真正的宗教情感,那种以个人的探讨,以个人瞬间的怀疑、领悟,以及所获得启示为基础的综合性的悟彻出现了——可以断定,这绝非一次平易无奇的发现之旅,而是一次灵性上充满震惊与遇险的旅程——她原先一直是把她所信奉的上帝当作一个实体、一个神的,而现在,这种感觉没有了,一种近乎热情的泛神论,取代了《圣经》中上帝的地位——的确有这么一位上帝,主宰着人类的命运,没有他,生命就变得没有意义,不堪忍受。在赛珍珠看来,上帝应该是大自然的灵魂,是世界的灵魂。既然大自然和世界如此美丽,那么,人性就应该是美丽的,也是善良的,人们在这个世界的挣扎和坠落,是需要拯救的。

这一点,从《大地》这一本书中,可以看出——

《大地》讲述的是一个有关芸芸众生的故事:一个北方的中国农民王龙,贫穷、勤劳、乐观,自幼丧母,在一间茅草屋里与父亲相依为命,生活极其困苦。王龙认识了一个勤劳、坚韧的女子阿兰,他们结合了,依靠着这一片土地,一边繁衍子孙,一边奋斗不止,艰难地由贫穷转为富裕。在财富的簇拥之中,王龙过上了腐化与堕落的生活。不久,一场天灾降临了,王龙辛苦积下的家业岌岌可危,王龙自己也在家业的衰落中死亡。王龙死后,王氏家业继续没落,大儿子沉溺于声色,二儿子成了一个放高利贷者,三儿子成为一名军阀。他们麻木而肮脏地生活着,生命就像一个轮回,也像浮萍漂在水面。而在他们的脚下,一个泱泱帝国同样在撞击中丧失了所有的荣光和尊严。

这个故事,不只是一个北方农民王龙的故事,也是每一个中国农民的故事,每一个中国村庄的故事,甚至可以说,是一个国家的故事。按照赛珍珠的看法,在这个世界上,人就像植物一样——是一棵野草,或者一根竹子,一棵树,它们都是大地的子民。只要生长在大地上,大地就让它们生根、开花、结果、发芽,然后,让它死亡。大地是无是无非的。她只是爱,只是奉献。爱所有的人,奉献所有的人;并且爱所有的结局,也奉献所有的结局。这样的过程,循环往复,生生不息。什么是上帝?上帝就是大地。

赛珍珠《大地》中暗藏的意蕴,引起了人们的共鸣。很快,这本以中国北方农民为题材的书,在20世纪30年代的美国广为流传,然后,又被介绍到全世界。古老的东方古国一向被美国人视为神秘的土地,正是通过这本书,让世界得以窥视这块土地。在西方读者看来,《大地》不仅仅呈现的是东方的面貌,东方的心灵,同时,也是照亮西方的镜子。美国人不仅仅从书中看到了新奇的中国,新奇的中国人,还从中看到了自己,看到了人类的成功和毁灭。

现在可以说,正是淮河水的浸淫,让一个美国人得以冶炼,也得以收获。在我看来,这个生长于中国的美国人,就像是打通了任督两脉的武林高手一样,对世界,有一种别样的看法和转化。正是在这种脱胎换骨的情境下,赛珍珠努力尝试着打破时空的隔膜、文化的隔膜,将自己所看到的、所想到的,告诉全世界的人们。让人们看到一块土地上的真实影像,认识一个古老民族的历史和图腾。她说:"我不喜欢那些把中国人写得奇异而怪诞的著作,我最大的愿望就是要使这个民族在我的书中如同他们自己原来一样的真实正确地出现。"在赛珍珠笔下的人物中,我们确实看到了这片土地的灵魂。

四

现在的宿州,除了宿州学院有一个赛珍珠研究会,偶尔召集一些坐而论道的会议之外,已很少有人知道赛珍珠曾在宿州待过了。对于宿州来说,这位金发碧眼的高个子美国女子只是一个匆匆过客,背影模糊,已无法追忆她当时的面容了。

宿州只是赛珍珠的一个驿站,而她的终点,是美国的宾夕法尼亚州费城附近的青山农场。在一大片浓密的榕荫之下,有一块洁白的大理石墓碑格外引人瞩目。其外形与其他墓碑没有什么太大不同,只是碑上的铭文刻的不是英文,而是三个大大的篆体中文字——赛珍珠。之所以没有英文名,是因为在墓碑主人的心中,自己不再是 Pearl S. Buck,而只是"赛珍珠"。

1973年,赛珍珠怀着落寞的心情在美国逝世,在此之前,她想重访中国的愿望没有实现,当时中国政府拒绝了她。临死前,赛珍珠唯一的遗憾,就是没有活到能够与中国"相互理解的年纪"。在她的墓碑旁,还有一座雕塑——笑逐颜开的赛珍珠与孩子们在一起,嬉戏玩耍,那一刻就像是在天堂。生前,赛珍珠一共捐献了七百多万美元给专门扶助世界儿童的慈善机构,这一笔费用,可以帮助超过五千名无助的儿童。

1938年,当决定授予赛珍珠诺贝尔文学奖的时候,瑞典文学院这样评价《大地》:他(王龙)的生活方式与他的先人在数不清的世纪里所过的生活并无二致,而且他有着同样素朴的灵魂。他的美德来自一个唯一的根源:与土地的密切关系,正是土地生产出庄稼来回报人的劳动。将王龙创造出来的材料,与田野里的黄褐色泥土一般无二,他带着一种虔诚的喜悦把他的一点一滴的精力都给予了这黄褐色泥土。他和大地属于同一个起源,随着死亡的来临二者将合二为一,那时他将会得到安宁。他的工作也是一项完成了的责任,因而他的良心得以安宁……

这一段授奖词证明,还是有人理解赛珍珠的灵魂高度的;也曾经理解,她在中国北方农村所做的灵与爱的超度。

现在,应该是跟赛珍珠"相互理解"的时代了吧?

石 与 鬼

一

赤日炎炎的盛夏去灵璧，是因为灵璧石太有魅力了。

灵璧石的确很独特——一眼看过去，觉得这种石头很奇怪，它千姿百态，有的如山峦起伏，有的似珍禽异兽，有的像人形兀立；如果说"世界上没有一片树叶是相似的"，那么，这个说法同样适合灵璧石。曾有人总结出灵璧石有四大美学特点：一是天然成形，千姿万态，具备"皱、瘦、漏、透"诸要素，意境悠远；二是巉岩嶙峋、沟壑交错、粗犷雄浑、气韵苍古、纹理漂亮；三是多姿多彩，色泽以黑、褐黄、灰为主，间有白色、暗红、五彩、黑质白章等等；四是有"玉振金声"的音质，轻击微扣，都可发出铮铮之声，余韵悠长。

正因为灵璧石有观看和赏玩的美学价值，而且，它的"瘦、皱、透、漏"四形,以及"清、奇、古、丑、朴、拙、顽、怪"等特点,符合中国文化的美学精神,所以自古到今,灵璧石一直为官家和文人墨客所喜爱。尤其是近年来,由于社会稳定、经济繁荣,收藏成了时尚,灵璧石一下子跃升为"中国四大奇石之首"。灵璧石一下子变成了"疯狂的石头"——在淮河两岸,已形成以宿州市区、灵璧县城以及灵璧渔沟镇为中心的专业市场十余个,园林展馆百余个,展销馆、店三千余家。每年灵璧石的采掘量在十万吨以上,交易额达好几亿元,奇石赏玩者人数达二十余万人。

没到灵璧,还不能想象出灵璧石的红火与疯狂,到了灵璧,耳闻目睹有关灵璧石的事例,这才有了瞠目结舌的感觉,也有了浓厚的兴趣。我最感兴趣的一点就是:为什么在没有高山深潭的淮河边,在方圆不到一百公里的地方,竟然深埋着如此奇特的石头?

这样的现象,不能不说是一个谜。

二

为解开我的疑问,得去灵璧石的出产地走走。

灵璧石的产地在渔沟镇,这是位居灵璧县东北部的一个乡镇,跟江苏省交界,离县城只有半个小时的路程。到了渔沟镇之后,我们径直去了磐石山,这是一座不高的石头山,高不过数十米。一靠近山脚,便看见一块块很大的灵璧石随处矗立,最高的,能赶上两层楼高了。陪同我们去的灵璧石玩家王金山告诉我们,这些大灵璧石,都是当地人在这里开采后存放在这里的。因为石头太大,不方便拉走,就暂存在这里,然后找个人看管。待找到买主后,再找吊车等运输工具运走。在当地,有很多以挖灵璧石为生的公司或个人,他们一般都是先在磐石山一带探测"风水",看中了哪一块地方后,便向政府部门申请购买这个地域的开挖权。然后再组织人进行开挖。这样的方式,就如同企业和个人向政府求购矿山开采权一样。由于磐石山一带开挖得比较勤,整座山体已支离破碎,看起来千疮百孔。不过磐石山一带,远瞧近观,静谧深邃,气象万千,还真是一片鸿蒙之地。站在磐石山顶,四周一片寥廓,远近处都是迎风摇曳的杨树,还有田野里的玉米苗,绿得遮天蔽日。

在磐石山靠山顶的地方,有一块长十数米、高二米的原石,上面雕有观音菩萨及弟子一百多尊石像,中部刻有"宋代至和三年雕刻"八个字。宋代至和三年也就是 1056 年,距今已有九百多年了。当年那些虔诚的信徒之所以将佛像刻在石头上,是他们相信石头比人的生命更能长久。他们的目的达到了——现在,他们的尸骨早已风化,而这些石雕依旧那样清晰,向人昭示着,纵使海枯石烂,他们的信仰和精神依旧不动摇。

关于灵璧石的形成,专业说法是很多亿年之前,灵璧所在是一片大海,后来,地壳上升,这里发生各种各样的地质运动,因而形成了独特无比的灵璧石。当地人将这种专业说法加上了自己的想象,说灵璧石的形成,是地壳上升,灵璧这一带形成了大片地下河,由于地下河水的长期冲刷,地下河中的石头就形成了很多孔洞,后来由于地壳上抬,这种嶙峋奇怪的石头便露出了地面。这就是灵璧石。

让人感到匪夷所思的是,为什么灵璧石竟集中在这方圆不过数十公里的地方呢?灵璧石似乎只产在渔沟乡,哪怕是附近的县或者乡,都没有一星灵璧石。一种石头,竟然以此独步天下,这个地方,可以说是多大的造化和机缘啊!

有着这样的天造地设,也难怪这一块地方靠山吃山,靠石头吃石头了。在渔沟镇,可以说是家家都卖石头,户户都在挖石头。整个镇上到处都是卖石头的小店,当地人的屋里屋外到处堆满了石头。石头挖得好的,家里会围起一个院子,堆着如假山一样的大石头。一般的人家,也是从院子到卧室,能放的地方,会放满各种各样的石头。很多人都挖石头卖石头发了大财。据介绍,仅渔沟镇年销售石头的交易额就超过一亿元,从业人员有三万余人。

既然来渔沟镇,当然就要看镇里最大的灵璧石博物馆——天一园。这座博物馆也是一座私家花园,占地四五十亩,建筑面积共有一千多平方米。当地人告诉我,这样大规模的灵璧石馆,在渔沟镇还有几家。一走进园中,我们不由得目瞪口呆,但见数百座小山似的灵璧石矗立在园中,如群峰矗立,壮观无比。其中,有一座近四米高的灵璧石,雄奇地屹立在园内,主人将之冠名为"亚洲雄风"。这座石头气势非凡,大气磅礴,冠之以这个名称,还真是名副其实。天一园室外是假山似的灵璧石,室内,则摆放了一些精致无比的观赏灵璧石,各具姿态,绝不相同。这些,无疑都是灵璧石中的精品。

只要谈起灵璧石,天一园主人李富贵的言语便如滔滔江水一样奔流不息。20世纪80年代初,二十来岁的李富贵在渔沟镇开了一家小旅馆。有一天,一位中年上海人来住店。这个上海人看起来非常奇怪,他整天带着绳索和锹镐,在乡野里东挖西挖的。李富贵一开始当作没看见。有一天,上海人神秘地问李富贵:你们附近有那种带孔的石头吗?李富贵实话实说:有啊,到处都是。上海人很兴奋,让李富贵第二天带着他去找。第二天,李富贵就带着上海人去了磐石山。上海人见到满山的灵璧石,大喜过望。就在当地请了很多农民替他挖石头。然后,包了一辆车,装满石头去了上海。上海人走后,李富贵见这些石头的确很好看,也就挖了一些石头,堆在家中的院子里。没过多久,上海人又来了,见李富贵院子里有很多石头,就提出要买。李富贵想,石头还能卖钱啊?就卖给了上海人,不过提出个条件,就是想搭车去趟上海看朋友。上海人答应了。几天之后,上海人又租了辆卡车,装满了石头,也带着李富贵去了上海。李富贵想到该送朋友一点礼物,觉得没有什么好送的,于是带了一块漂亮的灵璧石,用报纸包着,也许上海人会喜欢这种漂亮的石头吧。

天还蒙蒙亮的时候,卡车驶进了上海城隍庙。上海人将石头全卸了下来,放在马路上卖。李富贵见来买石头的人很多,只一会,一车子石头就卖完了。有人看一旁闲坐的李富贵身边还有一块石头,就试探着说:你把这块石头打开看看。李富贵就把石头打开了。这一打开不要紧,人群顿时炸开了锅,很多人见到他这尊有上百个孔的灵璧石,眼睛都红了。有人让李富贵开个价卖给他们。李富贵哪里卖过石头呢,也不知怎么开价,就说不卖,是送人的。那些人紧追不舍,一再让他开价。李富贵拗不过,心想,干脆就开个他们接受不了的价格,省得烦。咬咬牙后狮子大开口:九千元!心想不买就算了。哪知那些人一点也不含糊,立即应允道:我买了。当场掏出现金递给了李富贵。李富贵只好懵里懵懂地接过钱。在当时的灵璧渔沟,万元户都是件稀罕的事情。没想到,一块石头就卖了九千元。激动的李富贵也不去看朋友了,当天即在上海买了一台彩色电视机赶回家。第二天,也开始到处挖石头了,然后,也开始包车装石头到上海去卖。这样,仅仅几年之后,丢掉旅馆玩石头的李富贵不仅扒了旧房盖新房,还还清了当时开旅馆所欠下的二十多万元的贷款。李富贵的举动,自然也引起了很多渔沟人的效仿,灵璧石就这样慢慢地开始变为商品了。

渔沟镇最大的传奇,就是"天下第一灵璧石"的出土:2001年,渔沟镇出土了一块巨大的灵璧石,取名叫"庆云峰"。这座石头高约9.1米,长2.9米,重达136吨,整块石头上有1600多个孔,几乎孔孔相连。据说从"庆云峰"顶上浇水,每个孔都会有水涌出;在"庆云峰"下焚香,每个孔都会有轻烟袅袅。这块灵璧石是由江苏苏州市"静思园"园主陈金根出资挖掘的。陈金根也是一个灵璧石发烧友,他曾八赴灵璧勘探,终于找到了这样一块石头。在发现了这块石头之后,陈金根总共花了两年左右的时间,动用上千人,修桥三座,铺路十数公里,才把这座小山似的灵璧石"请"出了深山老林。后来,为了将这块灵璧石运往苏州,陈金根又花了30万元人民币,专门从俄罗斯引进了苏联时期的一辆导弹发射专用车来运石头。为此,央视的名栏目《财富故事会》专门录制了一期节目。灵璧石的经历如此"可歌可泣",的确令人瞠目结舌。

好石好到如此程度,真不知道是石头疯狂,还是人疯狂了。

三

在灵璧,除了石头之外,还有一样东西,在我看来,同样也是奇奇怪怪的,那就是"钟馗画"。

灵璧的钟馗画自古以来一直独树一帜,画中的钟馗,剑眉虎眼,阔额虬髯,粗陋中不乏妩媚,英武中略带儒雅。《灵璧县志》中记载,明清之际,灵璧的钟馗画每年都要外销数万张,在全国首屈一指。即使是现在,灵璧街上也有许多专门卖钟馗画的店面,不仅仅是当地人,外地人来到灵璧,也喜欢买一些回去避灾佑福,据说每年外销近万张钟馗画像。当地从事钟馗画创作的画家也有很多,经济效益也颇丰。为了让我们见识灵璧钟馗画的魅力,当地特意为我们一行安排了钟馗画的现场创作表演。七十八岁的钟馗画大师孙淮滨老先生也来了,孙先生是钟馗画泰斗级人物,而且据说最正宗的灵璧钟馗画的官印"灵璧县印"也在他手上,也因此,孙老一直被称为"钟馗画第一人",他所画的钟馗,在海内外有非常好的销路。不仅如此,孙淮滨老先生对灵璧石也有很深入的研究。画家们铺开宣纸之后,便开始挥毫泼墨了,朱笔起落之时,一会就见各式各样的钟馗栩栩如生,跃然纸上。

依照传说,钟馗是长安附近的终南山人,唐玄宗时,参加科举得了第一名。由于钟馗人长得奇丑,殿试时唐玄宗没有点他为状元,甚至没有给他名次。钟馗又气又恼,撞石柱而亡。不久,唐玄宗身患重病,深夜梦见一小鬼偷偷潜入宫中,盗走自己心爱的乐器,还在宫中狂呼乱叫。这时候,一魁梧蓝衣人从天而降,一把抓住小鬼,撕扯吃下。唐明皇惊醒过来,回想梦中蓝衣人,就是那位丑陋的书生钟馗。于是连忙请画家绘制钟馗神像,悬挂于皇宫内外,以求祛邪保平安。很快,唐玄宗的病不治而愈,自此钟馗名声大噪,成为名扬天下的捉鬼大神,挂钟馗画的风气也在全国传开了。

按理说,以钟馗画来镇邪消灾,这是全国各地的普遍习俗,但为什么在灵璧这个地方,钟馗画却异常兴旺红火呢?

灵璧当地有一个说法,说钟馗其实是灵璧人。这说法最初见于清朝某人的著作,并没有翔实的考证。钟馗既然是传说中的人物,为籍贯大动干戈其实大可不必。一切现象都蕴涵着某种"理"——按照我的看法,灵璧之所以钟馗画大热,那是因为灵璧是个比较特殊的地方——灵璧地处平原,自古以来,一直就是兵家必争之地。北方军队南下,或者南方军队北伐,灵璧附近的开阔地,就是双方一字排开的最好战场了。历史上这一带曾发生过无数战争,其中最著名的,莫过于西汉初年在这里发生的"垓下之战"了:公元前202年12月,刘邦、韩信、彭越、黥布会师,共约三十余万人,由韩信指挥,在垓下将十万楚军团团围住。韩信命大军布置了十面埋伏,项羽几次突围冲杀均被伏兵截杀,人数越来越少。夜间,韩信命手下士兵唱起楚地歌谣,项羽听到四面楚歌之声,以为楚地尽失,于是告别爱妻虞姬,率八百子弟兵突围南走,被汉军追至乌江,自刎身亡。

战争从来就是残酷的。每一场鏖战之后,土地上都是血流成河尸堆如山。然后,这些尸体被草草地埋进了土里,经过一段时间雨水冲刷,阳光暴晒,稍有风吹草动,累累白骨又会裸曝于光天化日之下,白天里反射着刺目的白光,而在夜晚,某一个闷热的天气里,原野里会游荡着火炬一样的荧光。按照传说,那就是大量无家可归的孤魂野鬼了。可以想象的是,在灵璧这一带生活的人,随处可见的,是荒地野坟;随耳听到的,都是与战争和死亡有关的传说。战争和死亡,就是这样不知不觉成了灵璧人生活中的一部分,也给灵璧当地人留下了心灵的魅影。一个人,生活在如此的文化和地域之中,心里的忐忑就可想而知了。

既然是鬼魂特别活跃的地方,就更需要钟馗了——在我看来,这,才是钟馗画在灵璧如此受欢迎,并且源远流长的重要原因。

四

是那些长眠地下的鬼魂,变成了奇形怪状的灵璧石?

那一天下午,在渔沟镇的灵璧石一条街闲逛,我的头脑里一阵电光,一个奇异的想法蹦了出来:这种奇形怪状的灵璧石,应该就是石中之"鬼"吧?无论是它们的模样,还是身形,都可以称得上是鬼的。那些埋伏于地底下的灵璧石,就如同无家可归的孤魂野鬼一样。为了一场莫名其妙的战争,那些来自四荒八合的年轻人,就在这里互相残杀,尸首分离,然后,灵魂落寞地在荒山野岭中飘荡。万念俱灰的情形下,他们只好变成石头,潜伏在地底之下。

这样的想法当属荒谬,也颇有"文学色彩"。不过,依我看来,灵璧石的确是有"鬼性"的,不仅有鬼斧神工的形状,而且,它的内在精神,似乎也是鬼斧神工,捉摸不定,暗合某种意旨。也正是这种模糊性和神秘性,暗合了中国文化的审美传统,这也是灵璧石受中国人喜欢的重要原因。

中国人一直是喜欢事物的神秘性的,也津津乐道于事物的宿命性和不确定因素。而淮河沿岸的灵璧这一带,似乎神秘的特性特别多。不仅是地方,也有石头;不仅是人多有鬼心眼,天也是有鬼心眼的。它无是无非,无道无德。"天地不仁,以万物为刍狗。"在老子眼中,是所谓"玄德"——"即古之善为道者,微妙玄通,深不可识"。因为信奉"道"的"深不可测",中国的权术很快在这一"总纲"下变得越来越讳莫如深,它一直提倡和强调"隐与匿",如鼠藏穴,如鬼潜伏,凡事从不公开,阴谋大行其道……如此这般地发展,整个政治基调变成了黑色,就像一方无法猜测的灵璧石一样,狰狞,凶狠,不动声色,无法捉摸。

灵璧石的颜色,以及它的模糊和深不可测的寓意,似乎暗合这样的"美学原则"。我想,这些,也可能是灵璧石"大行其道"的原因之一吧。

也难怪,这种鬼里鬼气的石头,就好像有那么多灵魂附体一样,把灵璧上上下下搞得神魂颠倒。

水 与 火

无处不在的江风之中，可以嗅出这个地方的真谛。

最初，与所有的地方一样，这里漫漶飘浮的，是金、木、水、火、土。这被称为"五行"的元素，以各种各样方程式的变化，制造了所有的一切，包括人的肉身和思想。谁说思想和意识不是物质呢？它就像光，也是可以用物质来定义的。当然，最能左右这个地方特质的，是蜿蜒流过的长江。当巨龙一般的长江行游到这个地方的时候，山门洞开，地势环抱，仿佛是雀跃着迎迓她的到来。在安徽境内，长江的两岸是别开生面的，在沿江的西北部，大别山的余脉向着江边绵延逶迤，像另一头俯身饮水的巨龙。那拱起来的背部，《史记》称之为天柱山，《尚书大传》称为霍山，《汉书·地理志》称为衡山。当然，更古老的名字，应该叫作皖山。山虽有五名，实为一山。而发源于大别山山脉的皖河，一花四叶，从潜山、太湖、怀宁、望江等地流过，奔腾入长江。"皖"的本义十分有趣，是指"屋子里有黑色,屋外已有白光",有着东方破晓的意思。这个字,似乎传达着人类社会初期早睡早起的生活习性;也意味深长地指出这就是人类早期的生存状态。那时候的人,更接近于太阳和月亮的习性,日出而作,月升而栖。皖给我们传达的另一个潜在信息就是,"皖"字造出的时候,人类已经有了简易的屋舍,他们不再像山顶洞人一样,住在阴暗潮湿的山洞里。这支早睡早起的部落留存的薛家岗遗址,地点就在现在的潜山脚下。现今考证,薛家岗部落是五帝时代名臣皋陶后裔的一个支族,是一个崇拜太阳相信神力的部族。他们的生活范围包括长江以北、淮河以南,濒临着巢湖周围的广大地区。关于古老的皖国,司马迁在《史记》中这样记载:"皖,偃姓,咎繇(即皋陶)之后也,春秋时楚灭之。"

日月当空,峰峦矗立,江河泻地,平原逶迤,这样的情景,是皖江一带的真实写照。在古人看来,大自然拥有的一切,都是神秘的、圣洁的、令人崇敬的,包括它们的形状、习性以及拥有的力量。日月星辰是这样,风雨雷电是这样,山川河流也是这样。一阴一阳之谓道:天为阳,地为阴;火为阳,水为阴;山为阳,水为阴;白色为阳,黑色为阴……这样的阴阳组合,神秘莫测,也就构成了世界的千变万化。有山有水的地方,必定有一种独特灵性——山之阳让人沉稳,水之阴给人灵性。山峦崇高挺拔,俊秀朗逸,生长一切——云出于岫,水出于谷,鸟兽出没山林中。伟岸的山峦,必然有力大无穷的山神主宰,人们因此路过大树、大石、山洞都会很虔

风掠过淮河长江 | 245

诚很恭敬,从不敢高声喧哗。古皖文化的核心,就是对山的敬重与崇拜。虽然半是平原半是山区,不过山一直起着一种威慑的作用,它就像男人,让人敬畏,也让人爱戴,有着定海神针的作用。山的坚强和有力,会不知不觉地渗入人们的内心之中,潜移默化地影响着一个地方的思维和性格。如果一个地方有山有水,那么,这个地方的人在内心之中,同样也是有山有水的。

水是这片土地上最重要的内容,她们柔美而秀丽,恣意而暴虐,同样也是神灵的体现。居于水边,水的特质同样会渗入人的习性之中。滔滔的江水边,通常都是这样的场景:太阳高悬,笔直的芦苇迎风摇曳,荷花绽放,浮萍如野草疯长;水汪汪的沼泽地里,水蛇在苔藓上悄无声息地游动,有野鸭没入水中,白鹤张开巨大的翅膀扑啦啦地飞向蓝天。生活在水边的人,最熟悉的,是氤氲的水汽,是秋天里凉爽湿润夏天里闷热难耐的气息;居于水边的土地,也有着某种潮湿的腥味,那种如水安定不急不躁的气质;同样有着潮湿气味的还有水边的村庄,往往由粗大的香椿树或者苦楝树起头,迤逦着废墟般破旧悠长的小街,一直延伸到水边,在某一个渡口画上了句号或者破折号。水面一切都是风景——习习谷风,睢鸠黄鸟,静女其姝,在水一方……在水面,一切物与人都有点如诗如画的意味了。当然,还有更生动的画面,那些见到水就兴奋的渔民,不管男男女女,逢到捕鱼之时,欢快、惊叹、兴奋和失落都写在脸上,表现在身体上。那样的生动就像水本身,那真是千姿百态万般变化的。

有什么样的地理、什么样的环境,就会产生什么样的文化,而文化沉潜于人的细胞和思维,就形成了集体人格特质。山性是什么,就是厚重,就是沉稳;水性是什么,就是轻灵,就是聪明。居于水边的人相对富有灵性,更富有智慧,也更热爱生活。这里的人,更喜欢江边流行的纯朴欢快的乡野小调,更喜欢识字和画画,更喜欢喃喃念佛满脸忧伤,甚至,更喜欢男欢女爱……比较起北方的粗砺和混沌,这里的人对欢乐,对失落,对年老体衰,对死亡将至,对情爱和痛苦更为敏感,对无限的追怀和亲情更为重视。尽管身处艰难困境,那种坚韧和不拔却始终如一,生活踏实,做事严谨而认真,很少能看到这一带有做事浮夸、如花花公子一样挥霍钱财和生活的人。很多人的一生无比艰难,但他们却一直坚韧地负重爬坡如履平地——他们始终拥有的,是一种平静的态度,可以说是认命,也可以说是坚韧。这一点就像水,虽然也有激情满怀的时候,但在大多数时间里,却是那样波澜不惊,那是因为他们能容纳很多东西。

不要简单地理解皖江一带人的"水性",水性是明摆的,不过明摆的水性之中,却暗藏着火性——那是"水中有火""水中生花"的特质。很少有人会想到,皖江这一块地方,竟是"火神"祝融最初的家呢——无极生太极,太极生阴阳,阴阳生五行;南方属于火,东方属于木,北方属于水,西方属于金,土掌管中,协助金木水火的平衡。很多年前,对应五行之说,在中原大地上,有五座山岳司掌金木水火土——西岳华山司金,东岳泰山司木,北岳恒山司

风掠过淮河长江 | 247

水,南岳衡山司火,中岳嵩山司土——那时的南岳不是现在湖南的衡山,中原文明的脚步尚没有跋涉到湘江之畔,南岳就是现在的潜山也即天柱山。湖南衡山被册封为南岳,是在隋文帝杨坚时代的事。潜山成了五岳之一,自然也有了相关的崇拜和祭奠。早年的《尚书》《周礼》《礼记》等典籍记载,从商周时起,帝王们即热衷于祭祀五岳,把这项盛大的仪式作为国家大典。当年汉武帝刘彻自江陵浮水长途东下,溯皖水而上,就是为了朝拜南岳衡山(天柱山)。汉武大帝是想从与山的内在沟通中,得到上苍的力量。也因此,南岳天柱山自然成了火神祝融的道场。按照传统的说法,祝融原名重黎,是黄帝手下掌管火的火正官,被黄帝派到天柱山(古衡山)担任司徒一职,死后也安葬在天柱山。《山海经》记载:"南方祝融,兽面人身,乘两龙。"据说当年的天柱山一直建有赤帝大庙、火神庙、南岳庙、祝融店等。正是由于这样的历史和文化渊源,也由于冥冥之中的认定,皖江一带生活的人,似乎不像下江人那样柔弱温顺,理性清明,而是暗藏着某种火的特质:剽悍、倔强、执拗,内敛中暗藏着极度的刚强。用一个通俗的比喻就是,皖江一带的男人,不完全是老实憨厚的董永,他们也可以是倔强执拗的陈独秀;或者说,表面上是董永,骨子里是陈独秀。这一块水汽漫漶的地方,就这样潜伏着某种"火气",明为水,暗为火,有不屈的灵魂和思想,像火一样星星点点。它们甚至会在某一时刻铺天盖地地燃烧起来。火中有水,水中有火,是皖江一带独特的底蕴。

给皖江一带注入另一种特质的,或者说,如雾霭和音乐一样渗入皖江骨血的,还有佛教与禅宗。追究起来,禅宗与佛教,在这一带流传久远,禅宗自北朝"灭佛运动",就转移南下,从二祖慧可起,禅宗就自北而南弘法,地处皖江北部的天柱山,正好承接了这个转移。也因此,风景华美的天柱山成了一座有佛缘的山,它先后接纳了禅宗的二祖慧可、三祖僧璨、四祖道信在这里弘扬佛法。佛教文化的注入,给了这块土地以极大的开智,也给皖江人的思维方式和人格特征以某种改造。这一片土地的人,往往有最贴近事物本身的思维,在温柔敦厚载道载物的同时,也能够放下观念,拈花一笑、妙悟真如。这当中最有代表性的,是被称为"中国中世纪百科全书"的方以智,方以智的渊博和深邃,与其说是他苦学敏思的结果,还不如说是寻找到了一种实事求是的思维方式,从而轻而易举完成了与这个世界的真正联结。这种着力于打通的思维方式,明显是来源于佛,那是一种"放下手指,直入人心"的思维方式——当然,这片土地的"物华天宝",它使得各种思潮和文化得以发扬光大:佛教在这里积薪传火,儒教在这里得到弘扬,道教同样也在这里潜伏夜行。各种各样的文化,在这一块来来往往的通途之地,像水滴一样渗入土地,像雾霭一样渗入空气中。这一块本来就人杰地灵的地方,在得到如此这般的内修外炼之后,成为儒、释、道集体起舞的道场,儒释道三教在这里如植物一样葳蕤生长。如此这般的交织,使得这个地方人的智力水平大大提升,丝毫不输于任何文化发达地区。这一点,从安庆一带自古到今的教育水平就可以看出,很少有读书读得过安庆人的,也很少有考试能考得过安庆人的。

当然,从社会发展和历史地理角度来说,移民文化对皖江造成的影响也是巨大的,它为皖江一带注入了另外一种气质,那是一种骨子里的漂泊精神,是那种四海为家的果敢、适应、积极和融入。从历史上说,皖江一带的人口流动一直跟水一样漫漶无常、来来往往。早期生活在皖江的,是有巢氏氏族公社的后裔。在此之后,南北交际的皖江一带无疑成了一个中转站,由北方南迁的中原居民,多在这里暂时落脚。频繁的战乱,又使得这里的居民像候鸟一样迁徙飞行漂泊四方。尤其是元末战乱频仍,红巾军在这里起义,以及朱元璋在这一带大战陈友谅,安庆乃至皖江成了兵燹之地,一个直接的结果,就是使得皖江两岸大批居民流离失所,土地荒芜,渺无人烟。这样,朱元璋称帝之后,从饶州和徽州迁徙了数十万户来到江北的这一块地方。那时候的饶州和徽州,生活相对富庶,文化相对发达,曾涌现出欧阳修、王安石、曾巩、陆九渊、朱熹、文天祥等一大批杰出人物。饶州和徽州移民的大量迁移,使得皖江一带的民风有了很大改变,这里更崇尚读书,也更崇尚文化了。虽然安庆一带在移民后的短时间内没有产生突出的文化人物,不过初来乍到的移民们一直试图与这片土地磨合,从日月星辰中汲取气韵,从土地和空气中吸取营养,同时注视着内部的变化,积蓄着身体和大脑的能量。这种气韵、营养和能量慢慢聚集,终于在二三百年后的明末清初修成了"正果",造就了安庆地区的"物华天宝",一批杰出的人才开始涌现,比如方维仪、方以智等。在此之后,这个地方的文气开始氤氲喷发了,出现了人才辈出的局面,最令人称道的,是清朝时以整体形象出现的"桐城派"——方苞、方东树、姚范、姚鼐、姚莹、张英、张廷玉、戴名世、马其昶、吴汝纶等。在这些人当中,除了方氏、姚氏出于明以前的安庆土著,其他人都是数百年前移民的子孙。这些,都应该看作是移民文化对这块土地的影响。

从气韵上说,这一片土地仍是南方。虽然她不是烟雨江南,但就氤氲的地气而言,她一直是混沌的,是曲折的,是细致的,是紊乱的,是飘忽不定的。她拥有某种不可觉察的南方精神,这种南方精神表现在人身上,使得他们往往带有入世和出世的双重基因:一方面是内向的、精明的、理性的、务实的;另外一方面也有着理想的倔强、超越现实的执拗,以及飘忽不定的浪漫。从历史和人文的角度来审视的话,这一块地方先后受到吴国、越国、楚国的统治,早期受吴文化、越文化、楚文化影响较大。秦统一以后,各地区间联系加强,中原文化,特别是儒学思想南下,皖江的上空,不可避免地被笼罩。南宋以后,相邻的江西、徽州地区经济、文化,以及人的流入,又使得这一带不知不觉渗入徽文化的因子。而到了近代,安庆位居长江中游的位置,由于较早的开放,又不自觉地受到西方文化的影响,让它拥有某种现代的城市精神。一直以桐城派弟子自居的曾国藩,居于安庆时创立了安庆军械所,研发了中国第一代小火轮,并下水。这一事件,似乎更有某种安庆人做事的风格,那就是文化上的保守与具体事务开放的矛盾,以及在此之上的和谐相处。同样可以佐证的,还有曾门弟子桐城人吴汝纶,一个老派的文人身上,却有着新锐的思想以及务实的追求,而他的生活方式,又是那样的传统。吴汝纶完全可以说是现代安庆人的代表,以至于我们能从很多安庆人身上,看到他的影子……这是一种矛盾,更是一种矛盾之上的和谐。这一块地域,以及这一块地域上的人,就是这样显示出他们的复杂性来,这种丰富性和复杂性说不清道不明,有时它并不和谐,矛盾着、冲突着、纠缠着,但从总体上来说,又是一个整体难以分割,其中蕴含的复杂程度,远远不是我们用语言或者文字表述得那样简单直观。文化一直是无形的,它就像高悬于天空的云彩,变化莫测神机难断,而它的影响,似乎又不是那种一一对应,而是模糊的、大而化之的,是无形的对照、影响和渗透。好在这一块地方是如此包容,也富有开放和务实的精神,这使得总体上这个地域,虽然背负着沉重的文化包袱,但在骨子里,仍然灵性十足、生机勃勃,具有一种潜在的力量,假以时日,必定如当年的"桐城派"一样爆发。

文气氤氲,漂泊精神,以及由土地里衍生出的倔强、努力、吃苦耐劳,构成了安庆一带的总体气质。这得益于火,也得益于水,得益于水与火的交融,更得益于无处不在的风。

凌家滩之玉

一

一直想去凌家滩,是想看看这个神秘的地方,到底藏着多少人类源头的秘密;同时想看的,是凌家滩的玉。那么多精美无比的玉,竟集体隐藏于某个荒田野地,一股脑地重见天日,简直让人匪夷所思!那些都是价值连城的宝贝啊,并且,不仅仅是因它们具有的考古价值和商业价值,更重要的,是因为它们的人文价值。我一直以为,中国文化的特性,虽然云腾雾绕般体现于很多领域,比如书画,比如中药,比如诗歌,但有一件东西,可以说,集中体现了中国人的情趣爱好、审美特征和生活习性,那就是玉。

玉是什么?就是石头,是"石之美者"——具体来说,就是漂亮精美的石头。石头与石头是不一样的,玉之所以为玉,在于它不是一般的石头,而是石头中的精品或者极品。当然,从严谨的科学角度来看,石头与玉之间,并没有一明确的标准。判断石头是否为玉,主要是视觉和感觉上的,它并不像钻石,有一个物理的定性。石头成为"玉"的过程,就如同中国文化诸多道路的延伸一样,具有某种不确定性、某种模糊性、某种诗性。从这一点来看,玉是中国特色的,它一直具有中国文化的专属性。

那一次,由省文物管理所安排,我们集中观看了凌家滩出土的古玉。我是第一次近距离地凝视和摩挲这些古玉——当那些价值连城的古玉被小心翼翼地呈上时,我捧着那些稀世宝贝,怦然心动,像捧着远古时代的婴儿。这就是玉吗?看起来,它们更像是一片片被磨得异常精美的石质工艺品,只不过泛着一些古意,陌生而悠远,似乎属于那个遥不可及的空蒙岁月。从特质上来说,这些被称为"古玉"的东西,可能只是材质相对细腻一些的石头吧?我左顾右看,实在看不出它有什么玄妙之处。那个被称为"中华第一玉猪"的巨型"古玉",乍一看就像一块石头,只是有着某种寓意的原始图腾而已。

"玉"是什么?那一刹那,这个问题油然涌上我的心头。很多东西,如果从表面来看,实在不算一个问题,一旦深入思考,还真是鸿蒙难解。玉也是这样,这个问题,就像是附在玉上的光晕一样,空蒙荡漾,让人无法捕捉。

也许,还真的应该去一下凌家滩,看一看这个地方,也看一看玉的由来。

二

没有想到,这个在我想象中神秘无比的地方,却显得如此破落,如此寂寥。凌家滩坐落在太湖山下,只是一座普通得不能再普通的山岗。山岗是黄土岗,从山岗上极目远眺,可以看到不远处的裕溪河。荒山野地当中,除了有几畦菜地之外,只稀稀拉拉地长着几株乌桕木。因为是早春,乌桕树叶还没有绽出,树枝一直在寒风中哆嗦发抖,远远地看过去,瘦硬得像是一幅《冬日寒山图》。一切都看不出遗址的迹象,只有山坡靠路的那一侧,安放了一个碑,上面镌刻着"全国重点文物保护单位——凌家滩遗址"的字样。仔细地观察一下山岗,会发现一些地方有挖掘的痕迹,显然,那就是凌家滩考古的发掘地了。

山岗的下面,靠近河流的地方,就是村庄了。我们在村子里转了一圈,几乎没有发现像样的房子,村里的青壮年大多出去打工了,只留下老人、孩子与狗,留守在破破烂烂的屋舍里。因为传言这里将大面积开发,村子也将整体迁移,这里也不让建新房了,一切都显得萧瑟没落,仿佛时光到了这里突然地静止了,又缓缓地倒流回去。

曾有人对凌家滩现象有过很多大胆的猜测——从纬度上说,凌家滩位于北纬 30 度左右,这个纬度,是所谓的人类文明活跃区。这一纬度的亚热带地区,从气候上说,最适宜古人类的生长和繁衍。从凌家滩所处的具体位置来看,已进行的地质遥感测试表明,一万年前的长江,更靠近太湖山,也就是说,凌家滩一带离长江的距离比现在要近。那时候的凌家滩一带,就像一尊仰身而睡的大佛,头枕太湖山,足抵裕溪河,在风水上是典型的"北玄武,南朱雀",地形、地势非常好。裕溪河发源于巢湖,古称濡须河,是连接巢湖到长江的唯一通道。凌家滩一带,恰好处于裕溪河的中段——从凌家滩到上游的巢湖以及下游的长江,分别只有30公里左右,也就是说,凌家滩恰好处在长江和巢湖的咽喉地带,上可进巢湖,下可入长江。人类落于此处,不仅能位居高地,避免水患,也能便利地捕鱼捉虾、采集野果、伐木狩猎,维持大规模的生存。

凌家滩的远古世界,曾被尘封了五千多年,很长时间里,没有人知道这里曾是一支繁盛的氏族公社的城市所在地。直到1985年的一天,凌家滩一位女性村民去世,村里人送葬到山岗,挖坟挖到一米深时,突然就挖到了许多精美的玉石器。村民们也没多想,将这些玉石器收罗好,各家分了一点儿,以示纪念。谁也不知道这些玉器来自哪个年代,有什么价值。等到这些玉石器零星流出,一切石破天惊,省考古小队开始进驻,凌家难神秘的面纱从此被揭开,一个精彩绝伦的文明遗址,呈现在人们面前。

根据考古发掘出的资料,专家们描绘了五千多年前的凌家滩:那时,凌家滩是一座繁华、热闹的中心城市,是一个大型氏族公社所在地,也是濒临巢湖的氏族部落的中心。在这座城市里,养殖业、畜牧业、手工业已初步形成规模,既有大型宫殿、神庙等标志性建筑,也有布局整齐的房屋、墓地,还有护城沟壕、手工作坊、集市和码头。从面积上说,这个区域很大,有160万平方米,上万人的规模。这个氏族公社有较为严格的组织架构,人们分属不同的小部落,又同属一个大部落。在凌家滩这个地方,人们濒水而居,日出而作,日落而息,边捕鱼边种植。这个时期,人们已初步懂得天象和气候,也初步掌握了一些农业知识,开始种植水稻和豆菽。人们以简单的春耕秋收,来维持自己的生活。

站在这块黄土岗上,迎迓着从巢湖吹拂过来的湿冷之风,也聆听着同行的凌家滩项目发掘负责人张敬国研究员的讲解,一些问题不断地在我的心中涌动:凌家滩文明,在同期的中华文明当中,究竟占据一个什么样的地位?它与同一时期的其他部落,比如说红山、大汶口、河姆渡、良渚、薛家岗等相比,有些什么特点和优劣势?如果说它稍稍领先于同时期的其他文明,那么,它到底将中华文明推进到一个什么样的层次?在中华文明的起承转接中,凌家滩文明起到了一个什么样的作用?它的具体贡献在什么地方?或者说,凌家滩文明给后世留下些什么遗存?这样的留存和延续,是怎样一种脉络方式?……任何一个对于人类发展有兴趣的人,站在这天茫地苍的黄土岗上,都会在心里油然涌动着无数问号——当然,让人困惑的,终究还是时间的意义,以及时间本身的不可捉摸。

凌家滩文化论证过程中的一个说法更激起了人们的兴

风掠过淮河长江 | 257

趣——有专家推测说,凌家滩部落的首领,很可能就是史书上赫赫有名的"有巢氏"。"有巢氏"生活在巢湖一带,巢湖也因而得名。从字面上来看,"巢"就是指有木头搭建的简易的住房,可以看出的是,跟其他部落以洞穴为家不一样,这个部落已经会建造房屋遮风避雨了。"有巢氏",可能是一个人,也可能是一个部落的象征。而凌家滩部落,是具备这些特征的。如果凌家滩部落真的是史书中记载的"有巢氏",那么,史书所昭示的,就与凌家滩所发掘论证的,合二为一了,这也使凌家滩文明更具有某种价值。

三

让我感兴趣的,还是凌家滩的玉。

玉是凌家滩的"神灵",也是凌家滩的"诗篇"。如果没有玉,凌家滩文明的魅力会逊色很多。凌家滩的玉,多来自墓葬之中。从玉器的种类来看,有玉人、玉虎、玉龙、玉璜、玉璧、玉龟背与腹甲、玉猪、玉勺、玉管、三角形玉片、玉钺、玉斧、玉管微雕、玉戈玉扣形饰、刻有原始八卦图的长方形玉片、玉鹰等等。品种之多,让人目不暇接。主持凌家滩发掘项目的张敬国研究员告诉我,从凌家滩遗址开始发掘那一天,他就震惊于各种各样的玉石不断"浮出水面"。那感觉,就像是妇产科的医师,感受着一个个有灵性的生命从自己手中来到世界,沐浴阳光的普照。张敬国研究员感叹地说,凌家滩的玉石真是有生命的,有一些情形,简直是"匪夷所思"——有一些玉,深埋在土中近万年,挖掘出来时,因为钙化,竟柔软得如同糨糊,如果一洗,就会在水中溶化,只能静静地让它躺在那里,慢慢地复原。这样的情况,就像对待生命脆弱的孩童一样。

凌家滩之玉的出土的确具有某种传奇性:2007 年,凌家滩遗址第五度发掘的时候,曾经开挖了一个偌大的墓穴,墓长 3.6 米,宽 2.1 米,发掘时,墓主的尸骨已风化不存,不过令人奇怪的是,墓穴里的玉器、石器和陶器却显示出"人"的形状;玉器摆放的位置也很奇怪——墓主人头部朝南,头顶放置了大量的玉环;稍微向东偏移,十几个玉璜放在他的胸部位置;胸部以下到脚部,排列着大量的石锛、石斧和石凿;他的左右双手,分别戴着十个玉镯;下腹部放置有三个玉龟,而脚部,则堆积着大量的玉环和石钺……整个墓穴的随葬品竟有 330 件之多!这是凌家滩单个墓穴出土最多的。

在这个墓穴中,还出土了一尊重 170 斤的超级玉猪!这也是中国考古史上迄今为止最大、最重、最古老的玉猪。这尊巨大的玉猪,浑厚雄健,从模样上看,更像是猪与龙的混合体,它的头是猪头,身体却是龙身。远古时代,猪与龙,在很多时候是同源的,被认为是水神,是祈雨求丰年的吉祥神兽。也许,这尊玉猪正具有如此的意义。

除了玉猪,人们还在墓穴主人的身体部位,发掘到一只玉龟和附件——这三件看似马蹄状的玉器,呈一字状排列在墓主人的腹部。玉龟的背甲和腹甲连在一起,合二为一,在玉龟被掏空的腹部,还发现了几根玉签。很明显,玉龟和附件,是用来占爻的工具。从图形上看,玉版的八方图形与中心象征太阳的图形相配,符合我国古代原始八卦理论,玉版四周的四、五、九、五之数,与洛书"太一下行八卦之宫每四乃还中央"相合。专家们推测,这个玉龟和玉版,极有可能就是远古洛书和八卦。如果真是这样,那么这也意味着五千年前的江淮,在那些先民当中,已有了河图、洛书和八卦的概念。也由此,专家们断定墓穴的主人应该是一个大祭司,是凌家滩部落的神权领袖。只有极有地位的人,才能拥有如此多的玉器;而且,拥有的玉器数量越多,质量越高,就越能说明主人身份的高贵。

  对于凌家滩氏族公社的整体状况,专家们曾作了总结:一是在经济方面,凌家滩氏族公社的生产力水平已达到很高程度,当时部落居民不仅会种植水稻,还出现了家禽饲养,并且形成了不少专业手工作坊,有了一定程度的社会分工。二是在政治方面,凌家滩部落已出现了阶级,酋长为第一阶层,富裕大户为第二阶层,普通民众为第三阶层,奴隶为第四阶层,形成了标准的金字塔形社会结构。三是在文化方面,凌家滩所出土的,除了玉器之外,还有陶器、房址、墓葬等,这些都表明凌家滩有着丰富的社会文化生活。四是从凌家滩玉器的精美程度来看,凌家滩人在很大程度上已有了艺术眼光和审美视角,这同样表明凌家滩文明的进程。五是在科技成就方面,凌家滩在玉器以及建筑上所取得的成绩,表明凌家滩人具备了丰富的数学和物理知识。六是在宗教方面，一些图腾标志和信息表明，凌家滩所处的时代，正处于人类文明的曙光时期，人类已有了某种天问意识，也意识到冥冥之中的神秘力量对世界的控制，并且试图连接神的意志，倾听自然的召唤。

就玉器本身来说，凌家滩的玉，也为凌家滩文明提供了诸多信息：首先，玉器代表当时凌家滩生产力的发展水平。凌家滩所出土的玉器中，有一个玉人，方脸、阔嘴、细长目，呈站立姿势，背面扁平，形态庄重神秘，极可能是当时人们崇拜的偶像。这个玉人，是迄今发现最早的新石器时代完整的人体玉雕像。且不说它的做工之细致，只是看这玉器中的一个小孔，就令人瞠目结舌——小孔只有0.17毫米的直径，比人的头发还细，这意味着制作者必须用小于此直径的钻管来穿透玉器。这是迄今为止发现的最早的微型管钻工艺技术。从凌家滩玉器的雕琢工艺的精美程度上，也可以看出当时生产力和科技的水平，这些玉器饰纹有兽面纹、人面纹、鸟纹等，雕刻繁华精细，抛光技术运用得十分熟稔，有的玉器甚至呈现玻璃般的光泽。而且，这一时期的玉器，不仅数量庞大，还朝着大型化的方向发展，尤其是礼仪器的制作，一般的玉璧直径达30厘米，玉琮有的高度可达50厘米。玉器的多样性和大众化，至少说明当时人们的富裕状态以及喜好。

二是从对玉器的占有可以看出，凌家滩已出现了社会分化和国家雏形。遗址内墓葬群有大、中、小之分，陪葬品特别是玉器的多少，距离祭坛的远近，都反映出当时的贫富分化和等级制度。

凌家滩出土的兵器玉钺,以及用于部落间军事调遣的兵符虎首璜,虽仅仅是礼器,却说明了当时战争频繁,各部落的紧密度越来越高,开始有国家的雏形了。

三是从玉器中,明显能看出凌家滩部落的原始哲学以及宗教意识。玉器中有祈祷状玉人、凌翅状玉鹰等,说明了当时已存在强烈的原始宗教意识。

在凌家滩玉器不断出土的过程中,最震撼人心的是"中华第一玉龙"的出现:那是1998年的秋天,此前一个多月时间里,一直没有下过雨。那一天早晨,天突然起雾,到了九点多钟,雾霭还没有散尽。一直在工地的张敬国研究员突然听到一声喊:"出龙了!"张敬国一惊,赶忙跑了过去,弯下身子,就看见那个玉龙,静静地躺在泥土中,洁净晶莹,就像是一个下凡的神灵一样。张敬国的眼泪情不自禁地流了出来,他跪倒在玉龙边上,仔仔细细细地打量着。这真是一只玉龙,跟红山出土的几乎一模一样。张教授抑制不住激动,赶忙用照相机对准它一通拍照。拍完之后,他屏住呼吸,郑重地将玉龙从泥土中起出,用绵纸把它包起来。张教授的心一直怦怦直跳,他知道,这是宝贝啊,不仅仅是凌家滩的宝贝,也是中华文明的宝贝!

让张研究员和全体人员感到惊异的是,玉龙一出土,雾霭立即烟消云散,阳光普照,晴空万里!

玉龙出土的那一天,成为全体凌家滩项目组的节日。晚上,凌家滩项目组全体工作人员和民工举办了庆功宴,菜端上桌面之后,张敬国和考古队人员全体起立,端起酒杯,肃穆地将三杯酒洒在地上,敬天敬地敬祖宗,以表达对人类文化源头的顶礼膜拜,也郑重地迎接古老图腾重返人间。

四

一个濒水而居的氏族公社,为什么会出现如此多的玉器?并且,为什么又如此重视玉、热爱玉并且痴迷于玉呢?玉,为什么会作为一种标志出现在中华文明同阶段的各个氏族公社中?这些问题,一旦深究起来,便会化为一个个振聋发聩的问号,一直游向人类文明的源头。

按照丹麦古人类学家汤普森阐述的观点,人类发展的时代以生产工具质料的发展变化为象征,可以分为石器时代、青铜时代和铁器时代。但对于中华文明来说,这样的划分显然简单粗暴。如果人类历史由此划分的话,那么,中国近古时代各部落普遍存在大量玉器的状态,应该如何归类呢?无论是辽河红山文化,还是黄河中下游的龙山文化,以及长江中下游的凌家滩、良渚文化,在这些地区,无一不显示出玉的作用。这些玉既是生产工具,又是重要的装饰品和礼仪器,具有更深层次的社会、政治以及宗教意义。玉已成为某种象征,而不是单纯的劳动工具,它所具有的内涵和外延,远远大于同时期的其他世界文明,并且,有着某种虚指的象征意义。因此,有人认为,就中华文明而言,应该在石器和青铜时代之间,还存在着一个玉器时代。中国文明的走向是从石器时代—玉器时代—青铜时代—铁器时代的,这样的说法,看起来似乎很大胆,但又是符合实际的。中国各氏族公社所拥有的大量玉器,本身就具有相当的说服力。

玉从一开始就与中华文明紧密相连。在世界范围内,没有哪一个民族能像中华民族这样对玉如此情有独钟,延续近万年,从未中断。当中华文明如太阳一般升腾起第一缕曙光,天边还是蒙蒙亮的时候,玉,就存在于那里了,散发着自然的光亮,也映照着对世界的神往;它不争功,不骄躁,与天地合一,与人神合一。在汉字中,"玉"就是"王","王"就是"玉"。它是首屈一指的,胜过金银,也胜过宝石——在玉面前,金银过于俗气,宝石过于俗艳。中国人爱玉,不仅因为它的美丽,还有着更深一层的理念:玉来自土地,象征着土地本身;玉石天长地久,意味着自己的祖先;玉是天地的精华,是人神心灵沟通的中介物,具有神一般的灵性——

玉是自然的象征。它等同于天、地、日、月、虹,中国人的宇宙观中,是少不了玉的。

玉是洁净的象征。中华文明一直倡导"宁为玉碎,不为瓦全"的气节。玉的美,以及它所具有的洁净精神,已与人的灵魂相依附。

玉有"仁、义、智、勇、洁"五德。这"五德",都是君子的象征。所以,有"君子比德于玉"之说。玉代表着中华文明对美好的认知,比如温文尔雅、宁静从容、纯净无瑕、坚贞正义、美丽富庶等。

"和氏之璧"何尝只是一块玉受冷落的故事,那是一种坚韧不拔的精神和不屈不挠的情怀。

"完璧归赵"何尝只是蔺相如出使秦国的故事,它颂扬的也是一种玉的精神,是"舍生取义"的坚贞和恪信守约的美德。

至于以玉喻人、以人喻玉之类的比喻,那就太多了——美女为玉人,玉郎则是年轻英俊的男子;至于玉容、玉面、玉貌、玉手、玉体、玉肩等,都是形容人的各个部位如玉一样洁净美好;此外,形容人的还有"亭亭玉立""玉树临风"等。玉有一种超尘脱俗的精神,有一股仙气,传说中的玉皇大帝、玉虚仙境、琼楼玉宇等,都离不开一个"玉"字。皎洁的月亮中有一团黑影,古人不知其奥秘,臆想出"月中何有,玉兔捣药"的故事。这只兔,不是一般的兔,而是玉兔,也就是神仙姐姐。玉在这里,表达的是富庶、堂皇、洁净以及神秘。玉当然还是权力与和平的象征:"金科玉律"是指不可变更的法律;"化干戈为玉帛"则是指从战争走向和平;玉还会被用来比喻贞操和节义,那些纯白素雅的花,常常被冠以"玉"字,如白玉兰花、玉茗(白山茶花)等。一个珍爱自己的女子,人们同样用玉来比喻她,说她"守身如玉"。汉语中凡是跟玉沾上边的,都是好词,着力展示的,也是一种由外到内的美。

玉就这样神秘地与中华文明一同成长,青枝绿叶,不分彼此,合而为一。以中华文明玉文化延续时间之长、内容之丰富、范围之广泛、影响之深远来看,这种自成体系的特质还真是独一无二的。中国玉文化的辉煌完全不亚于伟大的长城和秦代兵马俑的

风掠过淮河长江

奇迹,有人说甚至成就远远超过了丝绸文化、茶文化、瓷文化和酒文化。"对玉的爱好,可以说是中国文化特色之一。三千多年以来,玉的质地、形状和颜色一直启发着雕刻家、画家和诗人们的灵感。"——这是李约瑟的一段话,这个中华文明的旁观者对于玉对中国文化的影响,有着冷静的观察。

当然,玉启发的,又何止是画家和雕刻家,这种对美好石头的认识观几乎左右着中华文明的某种走势和质地,决定个体和整体的思维方式和审美走向。它的特性融入了中华民族整体性格之中,温润着中国人的品质和情怀,它是东方精神生动的物化体现,也是中华民族的集体无意识。中华文明的整体情怀,民众的思维方式,等等,似乎都与玉的特性,与玉文化,有很大相似之处。玉文化,以及与玉相联系的思维方式和审美情趣,从一开始决定了中华文明在质地上与西方文明所具有的不同特质:它一直具有仪式性,具有审美性,也具有某种不确定性和模糊性。而且,从玉器的诞生之日开始,中国文化宿命地进入了一种"写意状态":重想法,轻严谨;重实践,轻理论;重观念,少方法;重直觉,轻精确;重审美,轻实用……反正,判断中华文化的很多因素,都可以在美玉之中,睨见幢幢的影子。

五

考古解密了一部分疑惑,但另一部分疑惑,也随着发掘的不断深入,变得越来越浓重。

一个最基本的疑问就是:凌家滩大批量的玉材来自何地?依照地质状况来判断,凌家滩附近方圆数百公里的地方,都没有玉材。那么,这些精美异常的玉石,究竟来自何地?凌家滩部落的人们,为什么要千里迢迢地去采掘大量的玉石呢?

有一种说法是,凌家滩的玉材,大都来自不远处的大别山。大别山中段霍山那一段,有极佳的石材,从质地来看,多是透闪石、阳起石,跟凌家滩出土的玉器材质相似。不过另一个疑虑随之产生,如果凌家滩因为地理原因靠近这些玉石产地采掘方便的话,那么,像红山口,像良渚,为什么也有质地相同的玉呢?那些不同氏族公社的人,为什么会同时欣赏和喜欢这一类型的玉?还有,这些玉器在氏族公社中到底扮演一种什么样的角色?除了财富权力、社会、审美之外,是不是还寓意着某些其他东西?

另一个让人觉得难解的问题就是,无论是凌家滩,还是红山、良渚,它们各自拥有的玉器,无论是在形状上,还是在雕刻工艺上,都极其相像。比如说在凌家滩发掘的中华玉龙、玉龙猪、玉铲等玉器,在黄河下游的大汶口文化遗址以及太湖地区的良渚文化遗址,都有所发现。这样的现象,说明早期从黄河到太湖之间相差数千公里的氏族部落,文明程度相同,爱好也相同,这也意味着这些原始部落之间的交往比较密切,或者,这些部落存在着某种承前启后的关系。但根据有关资料记载,这些部落,在当时应该是相对独立的。一个随之产生的疑问是,为什么处于人类历史五

风掠过淮河长江 | 267

千多年的新石器时代的中华部落,像红山、大汶口、河姆渡、良渚、薛家岗等,会同时喜欢上这种叫"玉"的精美石头呢?这只是审美意识上的相同吗?会不会存在着某种必然性的,或者是情理之外的东西?

人类的问题,就是这样充满玄机。在某种程度上,它甚至与人类的根本有关系。譬如,人从哪里来,又到哪里去?顺着人类文明溯源而上,你会发现这些疑问纠缠交织,错综复杂,如夜晚的星空一样,闪烁着绚烂而深不可测的光芒。

有关凌家滩文明的最后一个疑问就是——在巢湖边上的这个颇具规模的氏族公社,为什么在凸显一段文明光华之后,突然地消失了,并且,消失得无影无踪?就现有的资料来看,似乎没有任何文字表达过这个氏族公社的来龙去脉。这一段在红土岗上所呈现的历史,就像一个断章,孤零零地落在那里;也像一棵死去的老树,在乱坟之中兀然独立。有流星从黑漆漆的夜空划过,人们恍惚茫然,星光消失,没有灰烬。

这个庞杂的部落人马,在凌家滩驻扎了很长一段时间之后,究竟去了哪里呢?那个据说潜伏在巢湖湖底的古城,跟凌家滩氏族公社有关联吗?或者,凌家滩部落与此前相隔不远的和县猿人,或者,跟生活在黄淮平原的东夷部落,也就是太皞与少皞,是否存在着某种前因后果?太皞就是传说中以蛇为图腾的部落。凌家滩出土的"中华第一玉龙"跟它有着某种联系吗?还有,凌家滩部落跟稍后活跃在长江流域的蚩尤部落有没有前后关系?……这些纷纭复杂的疑问,在面对空蒙的历史时,会云腾雾绕般一拥而上。无论是凌家滩、巢湖水底的古城,还是在此前后的红山、薛家岗、良渚,它们都像历史摔落在地上的碎瓷片,等待着某些内容去填补空白,将它们粘贴在一起。

张敬国教授曾经有一个大胆的推断,凌家滩氏族公社历史的突然中断,极可能是因为一场特大的洪水,水面位置上抬之后,淹没了凌家滩。居住在凌家滩一带的人,在迁往高地避难一段时间之后,惶恐于这一带的居住环境,于是在水位落下之后,集体乘筏由裕溪河导入长江,然后,进入江南,以致形成后来的良渚文化。

应该说,这种推测是有道理的。因为良渚文化与凌家滩文化如此相似,仿佛同根同源。或许,还真是因为一场大水,带来了凌家滩部落的迁居,也带来了文明的南下、转移和渗透。人类文明一直跟水有关,如河汊一样向四周延伸;也如水汽一样,向四周漫漶开来。

中华文明就像玉,它如玉本身一样隽永,也如玉本身一样神秘。

何处是归宿

一

公元 574 年,在大别山深处莽荒的小道上,匆匆行走着两位面色凝重的僧人。

这两位僧人,一位就是后来被尊为禅宗二祖的慧可,另一位则是慧可刚认识的僧人昙林。慧可的身上,携带着两件比他的生命更重要的东西,那就是菩提达摩作为衣钵传授的木棉袈裟以及四卷本的《楞伽经》。

慧可本姓姬,虎牢人,也就是现在的河南荥阳县人。出家之前,慧可是一个书生,受到的都是孔孟之道和老庄哲学的教育。读这些书时,慧可总感到这些知识没有涉及世界的本质,比如:人从哪里来?往哪里去?这个世界有主宰吗?人应该怎样寻找真理？……这些本能而自然的问题，在儒家的经典中从没有看到过。温柔敦厚的孔子在面对如此问题时，回答是"不知生，焉知死"，他的态度，是"敬鬼神而远之"；至于老庄呢，这两个无比聪明的智者，对于这一类大问题，采用的是一种"闪转腾挪"的方式，以一种轻灵和逃避的姿势来对待内心的恐慌。直到有一天慧可接触佛学经典，顿感晴空霹雳，有一束光直照他的头顶。慧可当即认定佛缘，于是出家精研三藏内典。

四十岁那一年，慧可在嵩山和洛阳一带遇到来自天竺的沙门菩提达摩。达摩的汉语虽不是太好，但慧可听了他两次演讲后，顿感醍醐灌顶。达摩大气而从容的态度与举止，让慧可觉察到达摩成竹在胸，这就是一个"过来人"啊！慧可当即拜在达摩的门下，跟他学佛。关于慧可拜达摩为师，传说中有"断臂求法"的故事——智炬《宝林传》卷八载唐法琳所撰《慧可碑》记载；慧可向达摩求法时，达摩说，求法之人，不以身为身，不以命为命。于是慧可立雪数宵，抽刀断臂，以示自己的决绝。以禅宗的角度来看，慧可就是在断臂那一刹那，大彻大悟，修得了正果。"雪中断臂"也成为一个相当有名的故事流传下来。

慧可随达摩学佛六年。达摩圆寂之后，慧可去了现在河南安阳一带，大弘禅法。当时，来自印度的佛教像一剂突如其来的猛药一样注入中国社会，因为众多百姓无法领略其精髓，以致消化不良走火入魔者比比皆是。佛学在当时也分为很多派别，各派之间经常论战，思想界和社会上一片混乱。在这种情况下，北周武帝决定废除佛教,改信道教,烧毁佛教经典,遣送出家僧尼。当无数的经卷被烧毁,三百万僧尼被迫还俗时,慧可无可奈何地选择了逃遁。有一天,慧可走着走着,一抬头,简直惊呆了,只见眼前一片山峦,山势逶迤,气势磅礴,掩映在蓝天白云之中,就像悬挂着的一幅巨大的山水图一样。山峦绿白相间,绿色的是植物,白色的是裸露的石头。如此秀美的山峦,突然呈现在面前,这不是佛祖的召唤又是什么?慧可心里一热,加快脚步,就直奔那层峦叠嶂中去了。

这就是潜山,当地人把它叫作天柱山。更早的时候,这里叫作衡山,也就是当年汉武帝跋涉祭奠的南岳。有关潜山的掌故,都是慧可到达潜山脚下之后知道的。到了天柱山之后,慧可几乎是迫不及待地爬上了山巅,极目远眺,远近景象,尽收眼底。慧可想的是,这山峦的气韵跟无边的佛法是如此相似,真可谓是天地造化,也许,人世间的一切,都是一种暗示吧?山川河流是这样,一花一叶也是这样。佛法所说的"一花一世界,一叶一菩提",真是说得好啊,实际上不仅仅是一花一草一树,这天柱山,以及天上飘忽不定的云彩,也是有菩提心的。

慧可在天柱山上待了一段时间,不断听到从北方传来不好的消息。为安全起见,慧可决定继续往西南方向行走。他依依不舍地离开了天柱山,来到了西部崇山峻岭中的司空山。相比于潜山,这里更加偏远,也更加寂静,慧可每天在这里安心修行,全然不顾山外的世界。当时,执着的慧可只有一个心愿,那就是在修行中等待奇迹降临——让"自我"化为空无,抛却一切渴望、欲念、梦想、快乐与悲伤,让心灵获得真正的安宁。

慧可就这样在司空山修行着,每日照旧做着念经和禅定的功课,日子就这样一天天地过去了,连慧可也懒得去理会那些春夏秋冬了,反正,就这样看花开花落,云起云伏。有一天,一个中年人登上了司空山,来到慧可的石屋前:

"长期以来,我一直觉得自己罪孽深重。大师,你能帮我把这罪孽消除吗?"

慧可说:"将你的罪孽拿给我看看吧,我来替你忏悔。"

那个人一怔,说:"我哪里拿得出来呢!"

慧可微笑地说:"那么,我来替你把这罪孽取出来吧。"慧可伸出手在来者的头上捞了一把,像是取出什么东西似的,然后,迎风一掷,像是将那沉甸甸的东西抛向了远方的山谷。

"好了,我已替你将这无量劫以来的罪业全取出并抛向山谷了——从现在起,你应该一身轻松了。"

来者一怔,继而豁然开朗,扑通一声跪倒在慧可面前,说:"直到现在,我才知道所谓的罪孽是由自己的内心造成的。大师,我请求你收我为徒。"这就是顿悟了,此刻,这个人全部的心思,就是希望有师父慧可一样的仪态、一样的微笑、一样的平静、一样的跌坐和行走,洒脱、庄严、文雅、坦诚、单纯、博大又如此神秘。一个人,只有深入自己的最深处,才有如此的神态和举止。

当下慧可为来者进行了剃度,并为这第一位弟子取法号"僧璨"。后来,在禅宗的历史上,达摩为始祖,慧可为二祖,僧璨为三祖。

两年之后,慧可离开了司空的山。没有人知道他将去哪,连僧璨也不知道。临行时,慧可把从达摩那得到的衣钵传给僧璨,慧可说:"国难当前,佛法式微,你可依你原先的方式隐于皖公山一带,不可急于行化。"然后传法偈一首付与僧璨:

本来缘有地,因地种花生。
本来无有种,花亦不曾生。

慧可说完之后就下山了,从此杳无音讯。无人知道他在哪里,他就像一颗落花生一样,消失在土中,然后长出新的花生。

二

慧可走了,留下僧璨与一帮僧人,依旧念经坐禅,谈玄论道。这些人当中,除了个别人系衣食困难出家之外,大部分人都是天生的怀疑者,他们出家,都是想探究生命的终极意义,想寻求的,是一种真正的解脱。僧人们很少外出化缘,他们在那间还称不上是寺院的屋边开垦出几畦土地,种植一些谷物、豆蓣、山药什么的,维持基本的生命状态。秋去冬来,春耕夏收,日子一如既往地宁静寂寞,只有那些空谷幽兰般的诵经声隐约地传得很远。

师父走了,僧璨有一段时间在精神上陷入了孤独。不是对慧可的思念,而是堕入了生命的缝隙,有一种找不到归宿的痛楚。既然人类不知从何处来,又向何处去,那么,哪里才是自己的家园呢?那种缥缈不定的虚无感,对于僧璨来说,就像山野里无处不在的岚气一样,无时无刻不在荡漾。当僧璨觉得一片茫然的时候,佛经教导他,世界是有谜底的,只要你寻找,你就会找到。佛给了僧璨一条道路,只是僧璨走在这条路上,战战兢兢,心怀对谜底的急切和恐惧。

花开花落,春去秋来,渐渐地,僧璨的内心平静下来了,有一颗如夜明珠般的东西开始绽放。僧璨开始对佛有了一种感悟,一种对超然的神圣和圣洁的敬畏之心,悄悄地在心中潜伏,就像种子潜入土地之中。他的内心变得平静了,也变得敏感了,更变得深情了,他有了规约自己的愿望,开始从虚无和恐慌中踏入一片芳草地。当下变得从未有过地重要,他甚至不去想过去,也不去想将来,每天就沉浸在空山绝响中。在他看来,当人平静喜悦的时候,草木皆喜,鸟兽皆喜。万物皆灵,灵于自在,灵于无我。

有一天,一个游行的高僧来到司空山,听说僧璨觉行圆满,特意来寺院拜访,非常诚恳地对僧璨说:"我自幼研习佛经,有一个问题却始终不能理解。"

僧璨接口说:"佛经博大精深,圆融无碍,问题应该很多,你竟然只有一个问题,不知是什么问题?"

高僧说:"《法华经》中说,'情与无情,同圆种智',意思是说树木花草皆能成佛。请问花草成佛真的有可能吗?"

僧璨微微一笑,反问道:"你一直关心花草树木是否能成佛,于你何益呢?你应该关心的是你自己如何能成佛才是。"

高僧先是惊异,然后说:"我的确没有想过,那么,请问我如何才能成佛呢?"

僧璨又是一笑,说:"你只说有一个问题要问的,这第二个问题,就由你自己去想吧。"

僧璨不想再说了。大地山河,花草树木,宇宙万物都是从自性中流露出来的。人与物,人与世界,其实都是同一个东西。只要人成佛了,一切草木也随之成佛。人变了,世界也会随之变化,就像这眼前的司空山,原先是那么高大巍峨,不可接近;而现在在里面生活得久了,看得多了,悟得也多了,却觉得司空山处处是暗示,处处是玄机,所有的一切都是天造地设。其中的禅意,又岂是能用语言表达出来的?让他慢慢地悟吧,悟出了,就是造化了。

在司空山的那段日子,僧璨写下了后来在禅宗史上非常有名的《信心铭》。这一篇经文,可看作是僧璨对佛教的理解,也可看作僧璨得道的标志。从经文看,僧璨已明心见性,摒除了世俗的比较心和是非心,以一种如如之心,悟得自己的"真如"。当然,以现代的观点来看,如此的信念中,也存有人文主义、宗教精神以及慈悲情怀:

至道无难,唯嫌拣择。但莫憎爱,洞然明白。

毫厘有差,天地悬隔。欲得现前,莫存顺逆。
违顺相争,是为心病。不识玄旨,徒劳念静。
圆同太虚,无欠无余。良由取舍,所以不如。
莫逐有缘,勿住空忍。一种平怀,泯然自尽。
止动归止,止更弥动。唯滞两边,宁知一种。
一种不通,两处失功。遣有没有,从空背空。
多言多虑,转不相应。绝言绝虑,无处不通。
归根得旨,随照失宗。须臾返照,胜却前空。
前空转变,皆由妄见。不用求真,唯须息见。
二见不住,慎莫追寻。才有是非,纷然失心。
二由一有,一亦莫守。一心不生,万法无咎。
无咎无法,不生不心。能由境灭,境逐能沉。
境由能境,能由境能。欲知两段,原是一空。
一空同两,齐含万象。不见精粗,宁有偏党。
大道体宽,无易无难。小见狐疑,转急转退。
执之失度,必入邪路。放之自然,体无去住。
任性合道,逍遥绝恼。系念乖真,昏沉不好。
不好劳神,何用疏亲。欲取一乘,勿恶六尘。
六尘不恶,还同正觉。智者无为,愚人自缚。
法无异法,妄自爱著。将心用心,岂非大错。
迷生寂乱,悟无好恶。一切二边,良由斟酌。
梦幻空花,何劳把捉。得失是非,一时放却。

风掠过淮河长江 | 277

眼若不寐,诸梦自除。心若不异,万法一如。
一如体玄,兀尔忘缘。万法齐观,归复自然。
泯其所以,不可方比。止动无动,动止无止。
两既不成,一何有尔。究竟穷极,不存轨则。
契心平等,所作俱息。狐疑尽净,正信调直。
一切不留,无可记忆。虚明自照,不劳心力。
非思量处,识情难测。真如法界,无他无自。
要急相应,唯言不二。不二皆同,无不包容。
十方智者,皆入此宗。宗非延促,一念万年。
无在不在,十方目前。极小同大,忘绝境界。
极大同小,不见边表。有即是无,无即是有。
若不如是,必不须守。一即一切,一切即一。
但能如是,何虑不毕。信心不二,不二信心。
言语道断,非去来今。

中国传统文化的大智者就是以这样一种至正至大的气魄,努力地拓展未知的空间,不断地挑战知识的极限,也尝试着探索生存的多样性和可能性。在拓展中,他们取得了思想和智慧的优势,也坠入形而上的思绪,宁静而自得,仿佛万物了然于心中。当然,以现在的观点来看,僧璨与这个世界的很多大智者一样,走的还是具有专属性的"秘密小径",他们一直没有将形而上的思索转移成社会操作的"形而中",成为社会的公用,而是如蚕一样,用自己的思想和体验编成了密密麻麻的丝，把自己裹在里面，建造了一个密不透风的蛹。也许，如此的"通天之途"就是秘不示人的，也是无法跟普通大众说明的。这是一种文化和生命的潜流吧，毕竟，在这个世界上，存有一种伟大而特立独行的智者，他们与一般的生命形式不一样。

三

日子就这样缓慢地向前移动着，北周武帝驾崩后，佛教又恢复了原有的地位，那些无所事事的僧尼又变得安全，也重新活跃起来。僧璨也像经历了一次冬眠般地醒来，决定离开偏僻的司空山，重返天柱山，在那里进行公开的弘化生活。毕竟，天柱山靠近江淮平原，四相勾连，八方呼应，虽幽深而无登高之苦，虽奇丽而无柴米之囿，算是一个绝佳的布道所在。

僧璨和一帮人来到了天柱山。他们大兴土木，建造新寺院，同时在寺院边开垦荒地，种上一些青菜和萝卜。待到寺院建得差不多了，他们这才发现，这所寺院还真是独特呢——它倚山而建，坐落在山脊之上；由于山势陡峭，寺院的阶梯也修得很陡峭，走在上面，竟有步上云端的感觉；并且，寺院内外，古木参天，宁静畅达，站在寺院边的空地上，可以极目远眺，看得很远很远。

自此之后，僧璨和一帮出家人，就以天柱山为家了。他们过着晨钟暮鼓的生活，除了念经坐禅之外，就是劳作和耕耘。从山坡下面把水挑上来,去田畦里收菜除草。天柱山的香火比司空山要旺很多,香客很多,寺院也不似司空山那样清冷。闲暇的时候,僧人们会围坐在一起,听僧璨关于人生的释疑解惑。僧璨的布道就像大殿里的烛火一样,隐隐约约闪闪烁烁。僧璨说,人生的痛苦就是自己的欲望太多,最大的困惑就是如何摆脱自己的肉身,人在这个世界上,只是一场短暂旅行,要抓紧这一段光阴,让自己的灵魂轻盈直上。僧人们听着僧璨的话,急切地频频颔首,他们恨不能立地成佛,也恨不得明心见性。当然,他们知道这样的机缘如此难得,他们唯一能做的,就是不断地苦修,以自己一生的光阴,来换取真正的解脱……日子一天天地过去了,在寺院里的树变得越来越粗大的同时,僧人们一个个老了,有的也悄悄地死去,不断有新人补充进来。这些新人的第一课就是用锋利的刀具剃去长发,然后跟在师父后面咿咿呀呀念着《心经》。他们当然不懂《心经》说的是什么。来的人,都是心思纷乱的,就像一盆浑浊的水一样,要经过好长一段时间,灰尘才会沉淀,水才会清下来,人的心思才能变得简单而安宁。

寺院里的人越来越多,寺院的规模也变得越来越大越来越壮观:先是有了大殿,然后又有了东佛堂、观音阁以及西禅房等。僧人们从山中移植来了很多株数百年的桂花树,每到初秋,整个寺院的桂花香夹杂着烟火的香味,如琴瑟交织,袅娜氤氲。每天清晨,浓浓淡淡的雾霭从山峰上飘下,携着僧人们的诵经之声远去,融入了山中的空气。雾霭,起于山中,也消逝在山中;人也一样,起于天宇,也消逝在天宇。一明一暗,一起一伏,一恍一惚,就是人生和这个世界吧?光就是永恒,光消逝在光中,生命,也消逝在光中。

到了隋大业年间,僧璨老了,腰也直不了了,说话也有气无力了。这一年,僧璨收留了一个十四岁的孩子,这孩子明慧异常,宁静安谧。僧璨为孩子剃度了,取名为"道信"。《五灯会元》是这样记载这一段公案的:

> 隋开皇十二年(公元592年),有位沙弥,名道信,十四岁,前来礼谒三祖僧璨大师。初礼三祖,道信禅师便问:"愿和尚慈悲,乞与解脱法门。"三祖反问道:"谁缚汝?"道信道:"无人缚。"三祖道:"何更求解脱乎(既然没有人捆绑你,那你还要求解脱干什么呢?不是多此一举吗)?"

道信禅师闻言,仿佛被一支神明的箭所深深刺入,伤中却带着巨大的喜悦,他内心像一只小动物一样战栗了一下,当下大悟。

僧璨是在说实话啊,束缚自己的,哪里是别的力量呢?身边的任何力量都不能干扰你、控制你,控制你的,只能是你自己的内心。魔障即心,内心不解脱,哪会有自在的状态呢?

道信轻而易举地就开悟了,别人需要修行一辈子才能排除的业障,他轻轻地就移除了。道信开悟了之后,并没有离开,而是继续留在僧璨祖身边,一边侍奉祖师,报法乳之恩;一边借祖师的加持,不断地修行精进。毕竟,悟道容易修行难啊。在之后的日子里,三祖僧璨不断地点拨道信,直到因缘成熟。就这样,又过了些年,僧璨知道自己世寿将尽,将道信唤到身边说:"我将于某月某日化去,现在,我就将衣钵传给你。这衣钵是自达摩祖师那里传来,至你已是第四代了,你即是禅宗四祖。记住,衣钵并不代表禅法,它只是信物,真正的禅法只在心中。"说着,僧璨拾起一根树枝,随手在地上写下了他的传法偈:

花种虽因地,从地种花生。若无人下种,花地尽无生。

又过了些日子,一早起来,人们发现远处山坡上立着一个身影,正是三祖僧璨。走近一看,僧璨已立化多时。他的脸上有一种平静安详的微笑,对一切因果,他都已经会意了吧?那一天,正是他此前交代弟子道信时所预知的日期。

四

僧璨去矣,接下来的弘法故事,就属于道信了。在接下来的时间里,道信一直在天柱山道场弘法。在这个过程当中,世事轮转,隋朝灭亡,唐朝建立。唐朝先是崇尚道教,然后又立佛教为国教。到了唐贞观年间,唐太宗开始设立丛林制度,各寺院都受封于朝廷,变得名正言顺,香火也更旺了。

香火旺了,俗世的氛围也重了。四祖道信离开天柱山,来到湖北黄梅县东山头,创立了中国禅宗史上的第一座寺院——双峰寺。双峰寺的创立,结束了自达摩以来禅僧们行无定处、居无定所的"头陀行"的历史,自此以后,中国禅宗的禅林化开始形成。

道信禅师寂于永徽二年(公元651年)闰九月初四日,春秋七十有二。临终前,道信将法衣交给了弘忍禅师,告诫手下人说:"一切诸法,悉皆解脱。汝等各自护念,流化未来。"说完之后,心中油然燃起最深切的爱和最谦卑的尊崇,然后安坐而逝。后谥"大医禅师"。

现在的三祖寺,仍坐落在天柱山的南大门,塔刹冲天,气逼云霄,八方塔铃,梵音微妙。三祖寺现在的住持,据说是南京大学的博士;副住持,据说是合肥工业大学的硕士。那一年秋天去三祖寺,我没有见到大住持,只见到了二住持,我们寒暄了几句,没有真正地切入正题。世事微妙,有些事情,还是不开门见山的好。

他们为什么会出家呢?还是因为人类永恒的困惑吗?——何处是我们的家?我们从哪里来,又到哪里去?他们找到答案了吗?

瓦屑坝之谜

一

"瓦屑坝"这三个字,对于众多安庆人,乃至很多"江北人"来说,就像是自己身世的一个重要密码。

对,是密码。一个迁徙史上的重要密码。这三个字所蕴藏的信息,以及由此生发的疑问和追溯,云腾雾绕一样笼罩在江淮之间的很多地方。忙乱和奔波的间歇,一旦提及这个词,人们便会情不自禁地静默下来,时间的河流便会隐约呈现在眼前。那三个字,便如河流的航标一样,闪着迷蒙的光亮,微弱,清晰,固执。时间之水汤汤,这模糊的光亮,会让人蓦然惊醒——那是一种"灯火阑珊"处的迷蒙和失落。

二

"瓦屑坝",应该跟数百年前那一次史无前例的大迁徙有关。

由于元末战乱,黄河、长江、淮河两岸的很多地方,大批百姓非亡即逃,尤其是江淮一带,原本肥沃的土地变得荒芜,稠密的人口变得稀少。明朝建立之后,君临天下的明太祖朱元璋大刀阔斧地组织了长达数十年的移民大行动,在位期间共移民1340万人,占帝国人口的五分之一。这一番声势浩大的行动,可谓世界瞩目。

就江淮一带的移民而言,根据《明史》《明太祖实录》以及大量谱牒,历史学家葛剑雄曾考证出,明初从人口稠密的江西向湖北、安徽、江苏移民两百多万人,具体如下:

洪武七年,迁江西饶州移民14万到凤阳。

洪武九年,迁江西饶州、九江移民0.5万人到凤阳西南。

洪武二十一年,迁江西饶州移民30万到湖北黄州;迁饶州、广信、九江移民12.2万到武汉,迁9.1万到安陆,迁10.7万到汉阳、沔阳,迁16万到荆州,迁1万人到襄阳。

洪武二十二年,迁饶州、九江移民27万到安庆,其中20万人来自瓦屑坝;迁饶州、九江移民6.5万到池州;迁饶州移民6.4万到庐州。

洪武二十五年,迁饶州、徽州移民23万到扬州各府县,淮安府各县。

洪武三十年,迁江西移民 65.6 万分别至长沙府常德各县、岳州府、安庆府及郴州、零陵、衡阳、靖县、辰州。

洪武年间,江西总计移民 214 万余人,其中饶州府移民近百万人。

这几次大规模的移民潮,以洪武二十二年的迁移规模最大,共从江西饶州、九江等府迁入安庆府 27 万人,从徽州府迁入安庆府 2 万人,从全国其他地区迁入安庆府 2 万人。此外,迁往池州府的江西饶州、九江等府籍移民约 6.5 万,徽州府籍移民约 0.3 万人。迁往庐州府的江西饶州等府籍移民约 6.4 万,徽州府籍的移民大致相同,宁国府(治今安徽宣城市)和应天府籍的移民各约 4 万,另有 5 万左右的移民从北方迁入。

与这一次大规模移民相对应的一个奇怪的现象是:在安庆乃至江北各移民的谱牒记载中,并没有标注自己原籍来自饶州或徽州的某乡某村,很多族谱记录的,都是来自鄱阳湖畔的"瓦屑坝";或者,是一个类似"瓦屑坝"读音的三个字,比如"瓦家坝""瓦硝坝""瓦集坝"等等。曾有人统计,在安庆市图书馆所藏 36 种族谱中,注明家族自瓦屑坝和鄱阳县迁入的姓氏达 18 个;注明自饶州和江西迁入的,达 26 个,占 72% 以上;很多姓氏族谱清晰地标明自己家族与瓦屑坝的密切关系,比如说肥西县金牛乡金牛村《陈氏宗谱》:"元末,裕公自江西瓦硝坝迁至合肥西乡大烟墩南印盒圩。"肥西县高刘镇花大塘《袁氏宗谱》:"元末,自江西饶州浮梁县瓦屑坝迁至舒合,祠堂在新仓。"肥西县南分路乡四房郢《童氏宗谱》:"元末明初,由江西南昌府瓦屑坝迁居肥西大潜山北。"肥西县金牛乡上圩村《郭氏宗谱》:"明初由江西瓦集坝迁至肥西郭家山洼。"令人奇怪的是,这些谱牒并没有注明"瓦屑坝"明确的方位,也没有具体描述"瓦屑坝"的有关事宜。在这些谱牒中,瓦屑坝更像是一个单纯的名词,一个有意忽略的地方。随着时间的推移,在有关家族故事的口口相传中,"瓦屑坝"更是慢慢破损,越来越像是一个单纯的符号,一具模糊的影像,一声无可奈何的喟叹;变得就像是天上的星星一样,遥不可及,闪烁着微弱的光芒。

瓦屑坝究竟在哪里?现在的安庆乃至江北居民,几乎是无人知晓了。人们只知道瓦屑坝在江西,在波光潋滟的鄱阳湖畔,在摇曳飞扬的芦苇荡旁,但具体位置在哪,人们已无法指认。上海复旦大学教授葛剑雄在考察明代移民史时,对于瓦屑坝的地点也曾有过涉及,初步认定现在江西鄱阳县之瓦燮岭,即为当年瓦屑坝故地。葛教授论证说,当年,瓦屑坝很可能是鄱阳湖边上的一个水陆码头,后来,由于鄱阳湖泥沙淤积,湖面在缩小,瓦屑坝离鄱阳湖越来越远,既然无水,就不成"坝",变成"瓦燮岭"了。

一个微不足道的小码头,为什么让很多安庆人乃至江北人如此难以忘怀?为什么这个中转站性质的地方,却在很多家族的记忆中留下深刻的烙印?为什么庞大的移民群,忘记了自己确切的家乡,却记住了这个小小的中转站?为什么又有那么多人,把瓦屑坝当作自己的家乡?……只要稍稍接触这一段历史,就会情不自禁浮出这样的疑问。并且,这样的现象并不孤立存在,它一直出现在中国移民史上——很多人不知道自己真正的家乡在哪里,却记住了一些微不足道的地名和符号,比如山西一带南迁的,只知道大槐树;从江西迁往安庆的,只知道瓦屑坝;从江南迁往凤阳的,只知道阊门;由中原南迁徽州的,只知道篁墩……至于具体的家乡位置,却飘荡于烟雨空蒙中。这些细小的现象当中,会潜藏着某种东西吗?有关家族,有关地域,有关民生;或者,以细小的现象,来说明一个时代的本质?

三

细细地思考这样不合情理的事情,还真能发现有一些东西隐藏在里面,如同历史众多的谜团和霉变。

诠释这样的疑问,还得从明初的历史,以及朱元璋的性格说起——

从某种程度上来说,一个国家或者朝代的性格,来自国民的群体性格,也来自朝代执政集团以及处于最顶端专制君主的个人性格。明王朝和朱元璋的关系,也是如此。对于朱元璋来说,终其一生,我们可以看出的是,他的思维方式,他对政治的理解,对社会的愿望,他的手段和策略,甚至他的一举一动,都是典型中国农民式的。如果说汉高祖刘邦在很大程度上带有乡野村夫的泼皮和流氓习惯的话,那么,朱元璋更像是一个精明、强悍、多疑、辛勤、狡猾的江淮老农,对于外部世界,他一直警惕、排斥、恐惧和不信任;只有相对封闭和熟悉的生活状态,才让他感觉安全和轻松。

取得政权之后,朱元璋不可避免地以他个人的喜好慢慢铸就国家性格,他一改大元帝国的粗犷和随意,既无意传承大唐的开放和豁达,也无意传承赵宋的精致和颓废,把那种来自乡村农民的保守和强悍表现得淋漓尽致。在朱元璋看来,治国与治家是一样的,国,就是一个大大的家,就是听命于自己的大家庭;皇帝,就是全社会的家长,因上天授权享有至高无上的宗主权,享有普天之下的一切,他必须严厉、勤勉、公正、说一不二,如大家长一样;他对人民所做的,都是恩赐;所有的社会成员,都是血亲关系的延伸,必须具有两条基本准则:对皇帝的"忠",对家长的"孝"。家有家规,国有国法,对于草民,必须有严厉的处罚措施,只有严厉,才具有威慑力;在这个大家庭生活的人,要严格遵守有关规定,思想和行为不能异端,社会等级要分明,贫富要相对平均;社会财产的分配权属于大家长;各成员要清正廉洁,善良守法,严厉打击不肖子孙和地痞流氓……出于这样的指导思想,明王朝初期给人的感觉就是,朱元璋不像是以一个国君的身份,而更像是一个严厉的大家长在管理着自己庞大的家族。

朱元璋像一个大家长的一个表现是,在与周围人的关系处理上,他最信任的,是自己的血亲,只有血脉关系,才是自家人,才不会背叛自己。他将自己的亲属一个个加官封王,对于外姓,即使是一起打江山出生入死的弟兄,也持怀疑态度,一旦找到机会,便对他们肆意杀戮。在朱元璋看来,只有将那些手握重兵桀骜不驯的大臣们杀尽了,朱姓子孙才会安全地生存。跟任何一个农民一样,朱元璋对于土地有着一往情深的情谊,对于商业流通,朱元璋根本不感兴趣,在他眼中,商人都是不劳而获者,农民们辛辛苦苦用汗水换来的粮食,商人们只是把货物交换一下,就赚取了更大利润,未免太投机取巧。对于不知深浅的海外贸易,朱元璋更是关起了大门,他禁止渔民下海捕鱼,甚至把海岛上的居民悉数内迁,让他们远离未知的水面。

朱元璋像一个大家长的另一个表现是,他一直把天下看成是自己的私有财产,在给打工的各级臣子发放薪水上,朱元璋也像一个老农一样,悭吝克扣,唯恐从自己腰包里多拿一点,以致明朝官员的薪酬水准是历史上最低的。对于社会中间阶层的官僚和豪门富户,朱元璋极度痛恨,总想削弱这一部分人的利益,甚至想把这一部分人赶尽杀绝。在朱元璋当政的三十一年中,至少发起过六次大规模整肃帝国官吏与豪门富户运动,在这些有计划的"大清洗"中,全国总共有十万到十五万官吏和豪门富户被杀死……总而言之,朱元璋就像一个乡村大家庭的长老一样,殚精竭虑,费尽心思,管理着自己偌大的家业。朱家兴则国家兴,朱家亡则国家亡。对于明朝的权力架构,黄仁宇曾经评价说:"很显然的,朱元璋的明朝带有不少乌托邦的色彩。它看起来好像一座大村庄,而不像一个国家。中央集权能够到达如此程度乃因全部组织与结构都已经简化,一个地跨百万英亩土地的国家已被整肃成为一个严密而又均匀的体制。"

明初的全国大移民,正是在朱元璋这种农民思维方式下所进行的。迁徙的目的,除了维系全国人口平衡之外,还有一个潜在的阴谋,那就是借移民之势,对各地富豪和大户进行打压,剥夺他们的财产,让他们离开熟悉的土地。在朱元璋看来,一个人或者一个家族的强大,就像树一样,与深深地插入的土地有关。如果离开故土,失去财产和势力,就失去了潜在的威胁力。朱元璋在位期间,共组织移民1340万人,占帝国总人口的五分之一,移民的重点是将江南乃至全国各地的富庶大户,分批迁移流放到各穷乡僻壤。心思缜密的朱元璋对于移民组织得很精细,居高临下,根据各地的人口密度,确定迁出地、迁入地;由各地的官员层层上报,确定迁出和迁入人员,迁徙过程中,各地官员直接组织护送,发给迁移人口一定量的种子、粮食和农具,分配好土地,规划好村庄,让移民在新地方迅速扎根下来。

由饶州迁往安庆的大规模移民,也正是这股全国性的移民潮中的一支。明洪武二十四年(公元1391年)的统计表明,安庆府约42万人中,有28万多人由江西迁入,其中约20万人来自饶州。可以想象的是,从饶州迁徙到安庆的移民工作,充满艰辛,工作量也无比巨大。对于当时相对富庶安宁的饶州农户来说,离开自己的故土,去一个陌生的地方,无疑要下很大决心的。在朱元璋的高压政策下,当时的官府和村镇长老们,全都参与到这一项巨大的工程中来了,一村一镇地组织,一家一户地动员,口干舌燥地做工作,伴随着高压、利诱、威胁,甚至刀枪棍棒的逼迫。压力之下,无奈的饶州人只好举家北迁,他们忐忑不安地跟随地方官员,沿乐安河(婺水)、昌河、饶河来到了鄱阳湖畔,在一个叫作瓦屑坝的地方聚集。

可以想象瓦屑坝给这些移民留下的深刻印象:孤立无援的移民们等候在鄱阳湖畔,从湖面刮来的风让他们感到清冷无比;潮水般的人群拥来拥去,每个人都像一片叶子一样在水面上漂浮;眼前的鄱阳湖泛着白光,透着苍茫,是未知,将要去的地方同样也泛着白光,透着苍茫,是未知。在瓦屑坝,移民们先是聚集,然后,在官府的临时机构里登记注册,接受派发的"川资";再往后,该是出发了,若干人若干家庭为一组,分乘上编排好的船只,驶出鄱阳湖到达湖口。接着,就是浩浩荡荡的移民船只进入长江——顺江而下,到达安徽各府县;逆长江而上,则去湖北各府县。在那些移民看来,瓦屑坝就是命运的关隘,自此之后,就算是真正地离开自己的家乡,离开了自己的故土了。

瓦屑坝就这样成了移民们的一个重要记忆。当人们历经艰辛定居他乡,惊魂未定之时,浮上他们心头的,就是有着一片茫茫水面的瓦屑坝了,蒹葭苍苍,白露为霜,人头攒动,月亮凄凉。这天苍苍、水茫茫的景象,不知不觉地化为一种集体无意识,成为了他们刻骨铭心的记忆——那种由船进入茫茫水面的孤凉印象,冲淡了人们对自己真正家乡的怀念,使得人们关于最初家乡的记忆变得淡薄,就像影子在水面,波光粼粼地化开了。

四

对于瓦屑坝,我一直有着深深的疑问。

19世纪末,美国学者埃内斯特·乔治·莱文斯坦在探究有关移民现象时指出:"举凡峻法酷律、苛捐杂税、恶劣的气候、糟糕的社会以及强制行为的存在(如奴隶的买卖和贩运)等,都曾造成而且仍在引发人们背井离乡。不过,这些移民在规模上远比不上富裕的本能所酿成的移民大潮。"1938年,学者赫伯尔指出,迁移是一系列力量引起的,这些力量包括促使一个人离开一个地方的"推力"和吸引他到另一个地方的"拉力"。于是学者们逐渐在莱文斯坦研究的基础上形成了著名的推拉理论,他们认为,"推"和"拉"的双重因素,决定了国际移民的存在和发展。

乔治·莱文斯坦定义的移民潮是指一种自然状态下的。而对于朱元璋导演的14世纪的大迁徙,由于掺杂着很多其他因素,所谓的"拉力"和"推力"已完全变形,需要从另一个角度加以辨析。

先说移民潮的"拉力"。所谓拉力,就是迁入地的吸引力,对于14世纪背井离乡的移民来说,最吸引他们迁徙的,就是官府许诺的迁入地的大片土地和良田,此外还有官府承诺的一定时间内提供的免费种子和其他便利。从这一点上来说,安庆乃至江北地区的那一片沃土,对于饶州和皖南地区的贫民,是有吸引力的,也是有拉力的。

再说"推力"。明初大移民的推力,莫过于官府的强力推动。明初大移民是强制性的,谁搬谁不搬,搬多远,搬到哪,都由官府一手划定强制执行,根本不容许被迁徙者的申辩和异议。从总体上来说,朱元璋都是将富庶地方的居民,尤其是豪门大户迁往贫瘠的地方,而不是将贫瘠地方的居民移往富裕地区。因此,在明初迁徙潮中,推力是左右移民的绝对力量。以山西为例,朱元璋时期大批山西人被强制南下,迁往山东和安徽地区。就当时而言,山西一直比较富裕,而且,从山西到山东或者安徽,多则四五千里,少则千余里,所到之地人烟稀少、荆棘丛生,"既无室庐可居,又无亲戚可依",其艰难困苦之状可想而知,所以,山西的百姓根本不愿意搬迁。明官府对此的手段就是强力推进,甚至采取一些欺骗手段。河南偃师县《滑氏溯源》一文就曝出了当时迁徙过程中的一些真相:"人们传说山西迁民,唯不迁洪洞,所以人们都纷纷逃聚洪洞。不料上面骤然行文,独迁洪洞……"

专制的高压政策下,通常是迁民令一下,官员带着兵勇纷纷下乡,强录名单,将百姓整编成一百一十家为一里的队伍,责令移民在规定时间内变卖财产打点行装,统一到某处集合,点名发给身份证明,然后由官兵亲自押解,奔向天南海北。洪洞大槐树、苏州阊门、南昌筷子巷、朱市巷以及鄱阳湖畔的瓦屑坝,都是大批移民出发前的集合地。每到聚集之时,这些地方到处都是黑压压的人群,随处可见的是惶恐的目光。人们惴惴不安地聆听官府的点名,想象着将要面对的陌生地域。然后,号令声中,移民们开始出发了,无论是寒风刺骨,还是盛夏酷暑,长长的队列在押解人员的叱骂声中,艰难地前行着。在他们的前后左右,是盈满泪光的眼神,以及因生病或饥寒交迫倒下的尸体。

虽然有关明初大迁徙的历史细节并不多见,但现在仍可从一些古书的字里行间,从一些民间流传的古文和族谱中,隐约看到有关这一事件的一些细节,由那些零星文字和俗语透出的微弱光亮,让我们意识到移民们的悲苦和辛酸:民间传说山西移民聚集时,为防止人们半路逃跑,每登记一人,便在那个人的脚小趾上划一小口,以便识别,所以凡是小趾有重甲的,肯定是山西移民。还有传说移民都是长绳捆绑,背着手走路,所以后来移民们也养成这种背手走路的习惯;因为中途小便,得要求押解人员解开绳索,所以很多地方的人把小便叫作"解手"……对于传说遮掩的事实,我们已很难辨别了,不过可以看出的是,虽然这一次举世无双的大迁徙,推进了明朝经济的发展,但伴随这一措施,无数家庭遭遇了悲剧,无数人身心遭受到了摧残,也由此产生了对于这个残暴统治的愤怒和怨恨。愤怒和怨恨积淤于胸,形成了一股潜流,一直在严酷的社会流淌。

凤阳花鼓的流行,就是社会积怨的产物——当二十万富庶的江南人被强行剥夺财产,迁徙至贫苦的凤阳府后,他们心中一直愤愤不平。一开始,由于不准随便回老家探亲,那些移民们只得在贫瘠的土地上忍饥挨饿,度日如年。慢慢地,严酷的政策松动

了,移民们利用冬天农闲季节,扶老携幼溜回江南老家。他们一路乞讨,一路唱着凤阳花鼓,把悲惨遭遇告知四方:

> 说凤阳,唱凤阳,
> 凤阳原是好地方。
> 自从出了朱皇帝,
> 十年倒有九年荒。
> 大户人家卖田地,
> 小户人家卖儿郎,
> 唯有我家没有卖,
> 肩背锣鼓走四方。
> ……

由于怀有怨气,移民们就用这种方式一泄仇恨。一开始,人们是流着眼泪唱的,是小声地唱,悲怨地唱。后来,时间荡涤了一切,愤懑变得平和,悲伤变得幽默,人们忘却了歌中的仇恨和痛楚,击鼓唱跳,尽显欢颜。于是,14世纪以后,在中国的城市乡村里,每到夏天洪水来临,或者秋天收割之后,随处都可见到来自凤阳的男男女女,他们汗巾缠头,腰背花鼓,占得场子后,又唱又跳,将手中的细棒玩得如杂耍一样……那一首原先富有攻击性的《凤阳歌》,慢慢地变成一支欢歌,在大江南北长城内外广为流传。

很少有人注意到这首歌与明初移民潮的关系。歌中反映的,是一种社会心态吧。其实,对于迁徙到安庆的饶州和徽州的移民们,又何尝不是如此呢!

五

另一种潜在因素,也应是瓦屑坝替代故乡成为符号留存的重要原因。

以中国传统文化的习惯和常理来推论,对于那些迁徙的移民们来说,是不应该忘却自己家乡的。不仅不会忘,还会世代相传,或作文,或留存家谱,或口口相传。如果那些迁徙至异乡的移民们,无论著作、家谱或者传说都没有提及自己真正家乡的话,那么,这当中一定掺杂了其他因素,多半是受到了蛮横力量的干扰。

专制和高压政策是主要的——明朝建立之后,朱元璋恩威并施,严酷杀戮的同时,道德教化和道德建设更史无前例地渗透到田间地头:孔子受到了前所未有的尊崇,读书人必须死记硬背四书五经,乡村定时有老人宣讲圣道。在朱元璋看来,政权巩固的根本,是强行实行全民教化,用大量的血淋淋的案例来警示官员和百姓。朱元璋亲自制作《大诰》和《皇明祖训》,印行数千万册,"一切官民诸色人等,户户有此一本",将道德教化和血淋淋的案例结合起来,向全民宣讲。比如在《大诰武臣》中,朱元璋讲了自己如何以奇特的方式处置一名违法的武官:

> 有一个受了冤屈的人,进京控告指挥李源。平阳的梅镇抚,受李源的委托,在半路上拦住这个人,不让他去告。事发,我判把这个梅镇抚阉割了,发与李源家为奴。

《大诰》里还夹杂大量的说教,比如《续编·申明五常第一》:

> 今再《诰》一出,臣民之家,务要父子有亲;率土之民,要知君臣之义,务要夫妇有别,邻里亲戚,必然长幼有序,朋友有信。……倘有不如朕言者,父子不亲,罔知君臣之义,夫妇无别,卑凌尊,朋友失信,乡里高年并年壮豪杰者,会议而戒训之。凡此三而至五,加至七次,不循教者,高年英豪壮者拿赴有司,如律治之。有司不受状者,具有律条。慎之哉,而已从之。

色厉内荏进行教化的同时,朱元璋还不忘树立正面典型,表彰先进,先后树立了王升、王兴宗、陶后仲、隋斌、王平等数十名廉政典型,对他们加官晋爵,大加封赏,并且编印了《彰善榜》《圣政记》等宣传材料,广为宣传他们的事迹,对社会风气加以引导。朱元璋强行推行教化的力度,可以说前无古人后无来者。这也是明朝树立牌坊比任何一个朝代都多得多的原因。

严酷和严密的控制体系,也是移民们噤若寒蝉的重要原因。道德教育的同时,朱元璋在全国推行一套极有创意的引凭制度,这套制度将身份证、通行证、许可证、各种执照之类熔于一炉又分别打造,对于各种职业、各种身份的活动方式和范围做了严格甚至是严厉的规定,比如,商人行商必须有"商引",也就是许可证,无"引"以奸盗论处;贩盐须有盐引,卖茶须有茶引,无引以走私论,处死刑;百姓外出需有路引,凡百里之外,无官府发放路引者都可擒拿送官,告发、擒拿者有奖,纵容者有罪;凡行医卖卜之人,只能在本乡活动,不得远游,否则治罪;人民出入作息,必须乡邻互知。有行踪诡秘、不务正业、游手好闲者,皆"迁之化外",也即流放到边远地区;藏匿者同罪;对于此类人士,允许四邻、里甲、亲戚诸人拘拿其到京重处,若坐视不问,一旦作奸犯科,上述人等全部连坐;百姓邻里必须互相"知丁就业",也就是说,凡成年男子,各人从事何种职业,每人现在何处高就、怎样谋生,必须彼此知晓,否则人们可以以奸人也就是坏分子论处报官;农民则被要求"不出一里之间,朝出暮入。作息之道,互相知晓",也就是说,农民只允许在一里地范围内活动,早出晚归,何时睡觉,何时起床,必须相互知道……至于帝国的那些刑罚,更是恐怖得让人谈之色变,除了笞(鞭打)、杖(棍打)、徒(监禁)、流(流放)、死(处死)之外,更为恐怖的是:刷洗,将不断沸腾的开水浇在人体上,然后用铁刷子刷,直到剩下一具骨骼;秤杆,用铁钩将人心窝钩住后吊起示众,直到风干;抽肠,于肛门处将人的肠子抽出,直到掏空内脏;锡蛇游,将熔化的锡水灌进人口,直到灌满胸腔……

完全可以想象明王朝乖戾严酷政策给社会带来的恐怖了:国

家演变成一个大型集中营;社会演变成没有弹性、高度刚硬的板状结构;告密者如蚂蚁一样遍布,他们是锦衣卫、东厂以及无所不在的"小脚侦缉队"。生活在其中的人们,被分割成无数个独立单元,相互间只剩下提防和警惕,沦为单纯的生产和生殖机器。朱元璋时期,这个国家已经和牧歌、田园诗之类不沾边了,以至于现在,我们几乎看不到这个时期稍有情趣的诗文,它们全被扼杀在子宫里。一片荒芜的大漠之中,是很难呈现出绿色的。

写到这里,应该说,瓦屑坝的真相意义,已变得很清楚了。对于那些移民来说,除了暴虐的政策制度,那种无处不在的严酷的宗法制度,以及令人窒息的社会环境,也是让他们感到胆战心惊的重要原因。虽然明王朝有关移民的一些具体规定,现在已不尽知晓,不过可以肯定的是,就明王朝这个极端暴政和严酷的朝代而言,对于那些新迁入的移民,肯定会有强大暴虐的规定相伴随。从一些文稿和家谱中,我们可以隐约看到某种真相的流露,比如曹县《魏刘氏合谱》就这样记载:"大明洪武二年,迁民诏下,条款具备,法律森严,凡同姓者不准居处一村。(魏氏、刘氏)始祖兄弟二人,不忍暂离手足之情,无奈改为两姓——魏姓和刘姓,铜佛为记。"以此管窥的是,当时的《移民条律》中,对于一些东西的规定,是很细致也很严酷的,如果连姓氏相同的移民,都不能居于一村的话,那么,不能提及自己的家乡和来源,就更不显奇怪了。也因此,你完全可以想象当时移民们面对的残暴。

如此天空之下,那些异地他乡的移民们,哪里敢提及自己的故乡呢？对于自己的来历，他们会噤若寒蝉，唯恐提及一字。只是当月明星稀之时，才敢根据星辰的位置，辨认一下自己的故乡；或者大胆地回忆那一片云彩下的人和事。他们从不敢公开提及自己是哪里人，来自哪个地方；或者，只是含含糊糊地提一下自己的大致来历，比如说从山西南迁的居民，只敢提及的，只是中转站那棵硕大的槐树——"问我祖先在何处，山西洪洞大槐树。祖先故里叫什么？大槐树下老鹳窝。"

故乡就这样成为一个遥不可及的梦，它离移民越来越远，也越来越模糊了，它就像天边的月亮一样，缥缈着，悬挂在半空中。

瓦屑坝也是如此。它是安庆和江北人心口上的朱砂痣，也是床前碎碎念的明月光。

诗山的寂寞

一

对于我来说,人生注定有这一段因缘的,在宣城这个皖东南小城,竟然一待就是八整年。在这八年中,我读书、写作、悟道、烧菜、聚会、喝酒,不急不躁,不紧不慢,躲进小楼成一统,不管春夏与秋冬。这一段时光现在回想起来,恍如隔世。那时我居住的地方叫西林小区,我住在四楼的一间屋子里,一个人读书写作的时候,抬眼就能看见不远处的敬亭山。我经常在书房里呆呆地凝视着敬亭山,心中一片空蒙。这个相对僻静的小城的好,就在于有一座如此诗性的山峦吧?

尽管那时候的敬亭山被整治得恶俗无比,但山峦从整体上来说是清静幽雅的,她的总体气质,尚未被侵犯到,就像一个天生丽质的女孩,虽然生在一个俗不可耐的家庭,但那种清新和美丽,却是改变不了的。那时我经常带着家人去敬亭山,徜徉在竹林密布的山间小径,在松树林里野餐;或者,在某一个山坡上采摘野菜。春天是敬亭山最好的季节,树木青翠,百鸟啁啾,山花烂漫,蘑菇遍地,随处可见的野竹笋和蕨菜更能给人带来惊喜。有时走得乏了,便栖息于某一个山坳,闲坐在草丛中,自观自得自在。这时便会发现,这座青翠色的山峦是那样幽远安详,她的宁静和惬意,在每一株花草树木上都有体现。也难怪古往今来无数文人墨客为她吟诗。不过敬亭山永远是淡定的,尽管吟诵她的诗词多如春天的繁花,但她从不为自己的容颜沾沾自喜,也不为世事的盛衰兴亡感伤啜泣。

二

如果把这座"诗山"看作一幅诗画长卷图的话,那么,在这幅长卷图上落下最初一笔的是南齐诗人谢朓。这个出身名门的风流才子,与敬亭山的相识,并不是由衷的。谢朓是贵族子弟,他的高祖谢据,是"淝水之战"的东晋统帅谢安的弟弟。作为南朝历经百年的"四大家族"——王、谢、袁、萧之一,谢氏不但在政治上颇有影响和势力,也颇多才子佳人,比如谢安、谢道韫(女)、谢灵运、谢庄、谢混、谢惠连等等。不过谢家的盛世正好在兵荒马乱的年代,社会杀戮成风,一个钟鸣鼎食的显宦之家,昨天还是车马塞道,今天就可以举家灭门。谢朓的伯父谢综、谢约,以及他的堂叔谢灵运都因为卷进政治案件,与谢朓舅公范晔等,先后被处死。谢朓的生母虽是金枝玉叶,但也躲不过这场灾祸,全家一度被迫迁离京邑。当然,这都是谢朓出生前的事情了。家族的恐怖阴影,从一开始起就笼罩在谢朓的头顶上。这个身体孱弱的贵族公子一生下来就敏感多思、软弱谨慎。他一点也不似叔叔谢灵运一样野心勃勃,只想着远离权力中心,远离暴力和恐惧,像鸟一样自由自在、无拘无束。谢朓曾作诗"常恐鹰隼击,时菊委严霜。寄言罻罗者,寥廓已高翔",正是这种孱弱内心的真实流露。

　　谢朓少年时才华横溢,风流倜傥,在京邑一带远近闻名。当时,齐武帝萧赜的次子、竟陵王萧子良酷爱佛经和文学,广招文士,年轻的谢朓和王融、任昉、沈约、陆倕、范云、萧琛、萧衍等人投入门下,被称为"竟陵八友"。永明九年也就是公元491年春,年轻的谢朓作为郡王萧子隆的文学(官名),随同萧子隆赴荆州。虽然荆州相对偏远,但谢朓远离了权力中心的纷争,心情很不错,写了不少诗。两年之后,谢朓回到了京师。不久,齐武帝萧赜病逝,残酷的宫廷政变发生。在这个过程当中,谢朓的好友王融被杀,欣赏自己的萧子良也忧惧而死。年纪轻轻的谢朓哪里经历过这样残酷的变故呢?虽然谢朓仕途没有受到影响,甚至当上了萧鸾的贴身秘书,但他内心一直忐忑,专制暴力的残酷,更让谢朓噤若寒蝉。他感觉自己就像一只秋虫一样,随时会在风吹雨打中毙命。

　　也就是在这种情况下,谢朓与陌生的宣城,与陌生的敬亭山结缘了。公元 495 年,也可能是朝廷看谢朓的状态一直不佳吧,将他调任宣城太守。这个时候的宣城,虽然相对偏僻,但离京邑并不算太远。谢朓离开京邑之时,心情是矛盾的:一方面,年轻的谢朓怀念都城的繁华和富庶,怀念自己的文朋诗友;另一方面,谢朓又觉得只有离开京邑这个危险之地,才会变得安全和自由。在从京邑(南京)到郡所(宣城)的赴任途中,谢朓写了一首《晚登三山还望京邑》,表达了自己矛盾的心情:

灞涘望长安,河阳视京县。白日丽飞甍,参差皆可见。余霞散成绮,澄江静如练。喧鸟覆春洲,杂英满芳甸。去矣方滞淫,怀哉罢欢宴。佳期怅何许,泪下如流霰。有情知望乡,谁能鬒不变?

在另一首《之宣城郡出新林浦向板桥》中,谢朓这样写道:

江路西南永,归流东北骛。天际识归舟,云中辨江树。旅思倦摇摇,孤游昔已屡。既欢怀禄情,复协沧州趣。嚣尘自兹隔,赏心于此遇。虽无玄豹姿,终隐南山雾。

到了宣城之后,谢朓感到欣慰的是,这个地方相当不错,堪称鱼米之乡。谢朓写了一首诗《始之宣城郡》,描述对宣城的初步印象:

风掠过淮河长江 | 305

下帷阙章句,高谈媿名理。疏散谢公卿,萧条依掾吏。簪发逢嘉惠,教义承君子。心迹苦未并,忧欢将十祀。幸沾云雨庆,方缀参多士。振鹭徒追飞,群龙难隶齿。烹鲜止贪竞,共治属廉耻。伊余昧损益,何用祗千里。解剑北宫期,息驾南川涘。宁希广平咏,聊慕华阴市。弃置宛洛游,多谢金门里。招招漾轻楫,行行趋岩趾。江海虽未从,山林于此始。

很快,谢朓由衷地喜欢上宣城了。谢朓住在城中心的高地,这里树荫茂盛,一望无际,是最佳的观景台——向北,可以看到不远处葱茏的敬亭山;向东,可以看到灿如金链的宛溪、句溪、宛溪三条河;向西南,可以看到连绵的群山。驻足高台之上,举目眺望,谢朓心旷神怡,文思泉涌。尤其附近的敬亭山,巍峨幽静,散发着清新自然的气息,更让谢朓怦然心动。在那首《游敬亭山》诗当中,谢朓写道:

兹山亘百里,合沓与云齐。隐沦既已托,灵异居然栖。上干蔽百日,下属带回溪。交藤荒且蔓,樛枝耸复低。独鹤方朝唳,饥鼯此夜啼。渫云已漫漫,夕雨亦凄凄。

这时候的敬亭山已成为谢朓心灵最好的抚慰了。在敬亭山,谢朓找到了属于自己的生命节拍,他将自己隐藏在这一片山水中,与山水相融,与山水同呼吸。一幅山水长卷真正地拉开了,有意无意之中,谢朓以自己的经历和情绪确立了敬亭山最初的主题,那就是逃避和自得。在此之后,无数文人传承这样的情绪,在小小的敬亭山上随意地散落自己的叹息,也散落着自己的忧思,让渌云夕雨、独鹤孤藤,给自己灰色的生命以绿色的滋养。中国文化就是这样的,得意之时"王天下";失意之时,便有意无意地自我欺骗,寄情山水,寄情诗画,寄情佛老。在远离风暴眼的逍遥中,寻找着自我,体味着个体的尊严。明白了这一点,也就明白了为什么在最黑暗最充斥杀戮的南北朝时期,山水诗会如此兴盛流行。都城和闹市都成了杀人的场所,那些手无缚鸡之力的文人,只有躲在山水之间,像一只小鸟栖于巢中,躲避着暴风雨的肆虐和蹂躏。

其实,谢朓在宣城待的时间并不长,只有两年。不过,与敬亭山结缘的这两年,可以说,是谢朓人生最美好的一段时间。或许是上天的冥冥之意吧,敬亭山庇护了这位才子,有意让他留下了很多千古绝句。因为写了很多歌咏宣城的诗,流传甚广,谢朓自然而然地被称为"谢宣城"。而当谢朓一离开敬亭山,灾难就开始降临了——从宣城调往徐州任上后不久,因为卷入岳父的"谋反事件",谢朓陷入了"不仁不义"的窘态:传言是谢朓告发了他的岳父,他的妻子恨透了谢朓,时常揣着一把刀,想手刃谢朓。这当中的前因后果,众多史书说法不一,具体隐秘,只有天知地知谢朓知了。宫廷政治永远是一个巨大的陷阱,置身其中的人根本无法自拔。自那一场事件之后,年纪轻轻的谢朓陷入了巨大的道德和政治压力之中,落落寡合。他先后三次上书辞官,但皇帝坚持不准。后来,政治变得更加扑朔晦暗,这当中的具体情景,我都懒得叙述了。最后的结果就是,谢朓被打入大牢,受诬而死。那一年,谢朓只有36岁。

一代才子谢朓就这样不明不白地逝去了。现在想想,谢朓真是不该离开宣城啊,在最后的日子里,只有回忆中的敬亭山,以及那些关于宣城的诗,才能给落魄的他以一丝安慰吧?

三

谢朓随风逝去,敬亭山依旧寂寞。让敬亭山闻名遐迩,并且使敬亭山定格为一种具有文化象征意义的,是唐代的诗仙李白。

李白一生共七次来到宣城。每一次来,李白都会在敬亭山中盘桓,安心地享受着这里的一花一树,一鸟一石。李白共为宣城写下81首诗,其中吟诵敬亭山的有21首。很难想象,见惯了名山大川的李白会对一座不算太起眼的山峦如此钟情,毕竟,敬亭山不算太高,风景也不算奇绝,名气更不能与五岳相比。这当中的缘由,曾有人臆度为李白与玉真公主的爱情,说李白之所以屡次来敬亭山,是因为他以前爱的玉真公主在敬亭山隐居。对于这一类民间故事,我从来就是固执地不认同。绝大多数才子佳人的悲情故事,只是民间百姓对政治的浅显解读,至于事实本身,哪有那么简单呢?我宁愿相信李白是真的喜欢敬亭山;或者,是因为喜欢谢朓而爱屋及乌。敬亭山之所以打动李白,就在于她的平凡,她的体贴,她的可心,以及她的真实吧?毕竟,李白和敬亭山结缘之时,已经53岁。这个年纪,已然看尽风华归于平淡。喜欢上敬亭山,正好符合李白当时的心态。

天宝十二载(公元753年),李白第一次邂逅敬亭山。幽州之行以后,已年过半百的李白明白自己的政治抱负已成明日黄花,他这一辈子,跟历史上无数文人墨客一样,虽然壮怀激越,但最后的结局,也是空悲切。"大道如青天,我独不得出",李白决定离开长安,远走高飞,找一个避乱安身的"桃花源"。

这个时候,李白恰巧接到一位在宣城郡任长史的从弟李昭的信,李昭盛邀李白来宣城:"宣州自古为名邑上郡,星分牛斗,地控荆吴,为天下之心腹,实江南之奥壤。既有山川之胜,又兼海陆之丰。"在信中,李昭尤其强调敬亭山的风光之美,"北望敬亭崛起于川原之中……高人逸士所必仰止而快登也。"李白读完此信,想起自己一生中最为崇敬的谢朓曾经在宣城当过官,顿时心旌荡漾,决定立即赶往宣城。在途中,李白写了一首《寄从弟昭》,表达他来宣城迫不及待的心情:"相思不可见,太息损朱颜。"

马不停歇地赶到宣城之后,李白迫不及待赶往敬亭山。到了山下,李白见敬亭山峰峦俊秀、古木参天、石径环绕、云泉相伴,顿时诗兴大发,"合沓牵数峰,奔来镇平楚。中间最高顶,仿佛接天语",毫不掩饰自己对敬亭山的喜爱。又赋诗一首《自梁园至敬亭山见会公谈陵阳山水兼期同游因有此赠》:"我随秋风来,瑶草恐衰歇。中途寡名山,安得弄云月?渡江如昨日,黄叶向人飞。敬亭惬素尚,弭棹流清辉。冰谷明且秀,陵峦抱江城。"在他眼中,敬亭山虽然不是奇山,但这里种灵毓秀,妙趣天成,是别有风味的娟秀之地。

沐浴在江南清新的山林之气中,李白忘却了在长安时的烦恼,也消散了心中的功名愿望。敬亭山清新的气息,像早晨的雾霭一样弥漫于李白的思绪之中,他的诗如泉水一样汩汩流出:

高阁横秀气,清幽并在君。檐飞宛溪水,窗落敬亭云。猿啸风中断,渔歌月里闻。闲随白鸥去,沙上自为群。(《过崔八丈水亭》)

每到一处,李白总是情不自禁地想到谢朓,高蹈的"谢宣城"如灵魂附体,自己的身里身外,似乎随处可见这位前辈的影子:

江城如画里,山晚望晴空。两水夹明镜,双桥落彩虹。人烟寒橘柚,秋色老梧桐。谁念北楼上,临风怀谢公。

李白真是喜欢上敬亭山一带的好风光了。在敬亭山脚下,李白干脆盖了一幢茅舍,住了下来。他在诗中写道:"我家敬亭山,辄继谢公作。相去数百年,风期宛如昨。"在敬亭山,李白不仅欣赏着秀丽的景色,而且还有一位好邻居,那就是灵源寺的住持仲睿公。仲睿公同样也是四川人,与李白一样身材高大举止洒脱,并且弹得一手好琴。仲睿公喜欢听李白吟诵,而李白则喜欢听仲睿公抚琴:"竹僧抱缘绮,西下峨眉峰。为我一挥手,如听万壑松。"

在敬亭山,李白与人友,与山友,与松鹤竹梅友。这段日子对于李白来说,真是神仙般的生活。宣城一带的很多人听说大诗人李白住在敬亭山中,都慕名来访。宣州太守侍御崔甫成也是李白家的常客,每次一到,李白便与他携游山中,"闲听松风眠"。有一天,李白刚刚送走客人,崔侍御又来了,李白便与他登上敬亭山北面的山,"屈盘戏白马,大笑上青山。回鞭指长安,西日落秦关。帝乡三千里,杳在碧云间"。

居于敬亭山,又不限于敬亭山,李白也时常外出,漫游周边地区。他盘桓于金陵、当涂、南陵、泾县、青阳、秋浦之间。如果把李白游历江南山水比作一个圆的话,那么,这轴心便是敬亭山。也就是说,李白每每在皖南一带转上一圈后,又会回到敬亭山中的小屋,住上一段时间。在敬亭山下,李白就像一只飞来飞去的候鸟一样,盘整自己的思绪,叨凿自己的伤口。虽然他的心绪得到了某种程度的抚慰,但在根本上,李白还是经常性地陷入悲伤和困惑之中,那是一种壮志不能凌云的痛楚,也是人生苦短的长恨。在那首《宣州谢朓楼饯别校书叔云》中,李白这样宣泄到:

弃我去者,

昨日之日不可留；

乱我心者，

今日之日多烦忧。

长风万里送秋雁，

对此可以酣高楼。

蓬莱文章建安骨，

中间小谢又清发。

俱怀逸兴壮思飞，

欲上青天览明月。

抽刀断水水更流，

举杯销愁愁更愁。

人生在世不称意，

明朝散发弄扁舟。

待了一段时间之后，李白还是耐不住寂寞，离开了宣城，北上中原。在此之后，就是安史之乱了，李白颠沛流离，从北方南下，带着妻子又回到宣城，在宣城住了一段时间，然后又去庐山隐居，后又架不住永王李璘的盛邀，一时糊涂，担任了他的幕僚。后来永王反唐失败，李白入狱。在家人和朋友的救助下，李白得以出狱。一切都平静下来时，已是上元二年，也就是公元761年，这时候的李白，已经61岁了，鬓须双白，病魔缠身。在经历了"安史之乱"的跌宕起伏，目睹更多的人生如草芥虫子之后，这时候的李白,对于人生和世界,已然彻底了悟,相视之间,已是漠然、无奈,以及会心一笑了。李白再次沿长江东下,选择了长江中游的当涂度过自己的余生。这一年,李白在送宗夫人去了庐山之后,中途不由自主转道宣城。李白还是想看看敬亭山,敬亭山就像他的老友一样,亲切、随意、安全、自然。

这一次,李白没有惊动任何人,他独自来到了宣城,也独自去了敬亭山。老了,体力明显不如以前了,登山的时候,李白竟觉得步履蹒跚、气喘吁吁。这是以前从未有过的现象。他好不容易爬上了半山腰,寻觅到一个佳处独坐下来。那些花草树木,也因为老朋友的到来,变得更加葳蕤,她们无法开口说话,但绿的更绿,红的更红——这就是她们的表达方式吧。这应该是暮春少有的晴朗的天,天际寥廓,无边无垠;万籁俱寂,连鸟杂乱的歌唱也停止了;天空碧蓝如洗,更显空旷寂寥。李白就那样呆呆地坐在那儿,想到时间的空旷和无情,想到人生的风吹草动,内心如浮云一样怅然和落寞。李白凝神端详着敬亭山,敬亭山似乎也在静静地凝视着李白。对视中,一种禅意慢慢滋生,一种"顾山自怜"的苍凉夹杂着温暖,如雾霭一样,在山峦之中弥漫开来:

众鸟高飞尽,
孤云独去闲,
相看两不厌,
唯有敬亭山。

这一首著名的《独坐敬亭山》,写作时间有争议,有人认为写于天宝十二年,也就是李白第一次来宣城时所作;也有人认为写于李白晚年,也就是李白到当涂定居之后。我更倾向于后一种说法。这一首诗,更像是公元761年,也就是李白61岁左右的作品。诗中散发的,不似李白中年的狂放和洒脱,完全是一种秋凉的心境,孤独、寂寞、内省、悟彻、亲切、苍茫……带有幽寂的禅意,仿佛秋天的树叶,在黄昏的阳光里闪烁着光芒。从诗本身来说,它散发出的三昧真火,是人生的临终之眼,也是空前绝后的千古奇唱。

敬亭山就这样成了李白大悟后的慰藉。一个人,在所有的通道都被封住之后,往后退一步,反而会海阔天空。让人豁然开朗的是,这个世界的真谛并不是直线前行的,它呈螺旋式上升,眼看着山穷水复,又会突然柳暗花明;或者,一种相倚相悖的并行与平衡,更符合世界的本原精神。正因为李白在诗中透露出的化繁为简,以及带有某种禅定的诗意,暗合了人生的大境界和精神,使得这首浑然天成的五绝诗一下子流传开来。

四

李白的这一首诗,为敬亭山找到了最恰当的定位,也留下了最贴切的精神注脚。无数文人墨客因为这一首诗,来到宣城,来到敬亭山下,去体味和寻觅那种空灵忘我的感觉。毕竟,人生三昧,是需要很多情景辅以感悟的。在李白之后,来敬亭山的,有唐代的白居易、杜牧、韩愈、刘禹锡、王维、孟浩然、李商隐、颜真卿、韦应物、陆龟蒙;宋代的苏东坡、梅尧臣、欧阳修、范仲淹、晏殊、黄庭坚、文天祥、吴潜;元代贡奎、贡师泰;明代的李东阳、汤显祖、袁中道、文徵明;清代的施闰章、石涛、梅清、梅庚、姚鼐等。至于没有列入长长名单的,更是数不胜数。这些人当中,有的在宣城为官,有的客居宣城,有的则是专程来宣城游历。当他们在敬亭山下驻足流连时,心怀明媚与忧伤。文人都是善于排遣的,也善于借物咏叹,面对敬亭山,面对小谢和李白的诗,他们会不由自主地受到感染,也会不吝笔墨,将自己心中的万千感触对敬亭山倾诉——他们的诗,有的快乐,有的悲伤,有的避世,有的孤傲,有的无助,有的洒脱,有的逍遥,有的自在……可以这样说,旧时代文人进退维谷的所有情绪,都在敬亭山得到了宣泄,也得到了印证。落寞的敬亭山就像一幅摊开的宣纸长卷,一方面任诗人画家们笔墨宣泄,另一方面,又以自己的平静和温和抚平那些旧式文人心中的创伤,使无数传统文人免除了内心的崩溃。

且列举几首诗来吟诵一番吧——这一首,是白居易的:

谢玄晖殁吟声寝,
郡阁寥寥笔砚闲。
无复新诗题壁上,
虚教远岫列窗间。

忽惊歌雪今朝至,
必恐文星昨夜还。
再喜宣城章句动,
飞觞遥贺敬亭山。

这一首,是杜牧的:

敬亭山下百顷竹,
中有诗人小谢城。
城高跨楼满金碧,
下听一溪寒水声。
梅花落径香缭绕,
雪白玉珰花下行。
紫风酒斾挂朱阁,
半醉游人闻弄笙。
我初到此未三十,
头脑钐利筋骨轻。
画堂檀板秋拍碎,
一引有时联十觥。
老闲腰下丈二组,
尘土高悬千载名。
重游鬓白事皆改,

唯见东流春水平。

对酒不敢起,

逢君还眼明。

云罍看人捧,

波脸任他横。

一醉六十日,

古来闻阮生。

是非离别际,

始见醉中情。

今日送君话前事,

高歌引剑还一倾。

江湖酒伴如相问,

终老烟波不计程。

  杜牧这一首诗很有意思,洋溢着一股轻快的情绪,就像吟唱的歌曲一般。唐诗在很多情况下,都是可以配乐歌唱的。写这首诗的时候,杜牧在宣城做官期满,回归途中,半路上正好遇到去宣城的裴坦判官。于是,两人在一个小酒馆坐下,把酒话别。杜牧的心情不错,话别的同时,也安慰着同僚。毕竟,长久待在宣城这个偏僻之地,知音甚少,寂寞难耐,即使是敬亭山美景再多,在很多时候,哪里比得上京城的车水马龙呢!

  杜牧之后,值得一提的,是明代的汤显祖。汤显祖少时的蒙师罗汝芳是宣城人。罗汝芳回到宣城后,汤显祖曾来宣城看望,并在敬亭山脚下的开元寺继续跟老师学习了一段时间。后来,汤显祖离开老家江西,前往南京求学,途中又来宣城看望了他的朋友宣城知县姜奇方。也就是这一次,汤显祖结交了宣城籍的学者、诗人、戏曲作家梅鼎祚。梅鼎祚也是罗汝芳的弟子。汤显祖和梅鼎祚都极爱话本戏曲,也喜欢创作。两人一谈起戏剧,仿佛有说不完的话题。因此,汤显祖到南京做官之后,一有闲暇,就来到敬亭山下,与梅鼎祚切磋技艺、吟诗谈心。汤显祖也为敬亭山写下了不少首诗,在传下的四部诗集《红泉逸草》《雍藻集》《问棘邮草》《玉茗堂集》中,就有好几首写到了敬亭山,其中有一首描写开元塔的诗很有意蕴:

对坐芙蓉塔,延观柏枧云。青霞城北涌,翠潋水西分。岭树疑岚湿,岩花入暝熏。风铃流梵响,玉漏自闻声。

从诗中看,这位江南才子既有遍解人生三昧的洞察,也有无名的幽怨和酸楚。三分自得,三分智慧,三分无奈,至于剩下的,还是"人生可忆长相思"吧?

汤显祖还有一首题咏敬亭山的诗,写得更好:

敬亭有佳意,
合沓幽人栖。

紫阁上苍层,

阡风缅迢滞。

悦耳韵风篁,

在眼纷云荔。

　　汤显祖可谓一语道破了敬亭山的禅机——"敬亭有佳意,合沓幽人栖"。的确是这样。位居江南的这座小山,宁静安谧,最具中国文人退避归隐气质,也极易引起怀揣失落和冷遇文人的共鸣。在中国文化的"阴阳之道"中,儒是"阳",是进取的主旋律,是洪钟大吕;而道呢,是"阴",只是一个人鸷居的古琴或者二胡声,从来都是不得已而为之。进则跻身朝政、激情满怀;退则归隐山水、牢骚哀怨。那些信奉"齐家修身治国平天下"的传统士子,总是习惯在功名、仕途、人情以及自然山水中转圈圈,一段时间的进取和歌颂之后,往往是愤懑和尖锐,在此之后又往往是自我逃避的酸楚、幽默和自嘲,或者是更高层次上的豁达和超脱。而敬亭山不高高在上,也不盛气凌人,她家常而秀丽,平静而谦和,一看,就让人感到亲近。正因为这样的气质,所以敬亭山更适合中国传统文人的进退游戏。当这些失意之人来到这座诗山之后,他们会小憩一下,发几句牢骚,说几句不咸不淡的酸话牢骚,让失落飘逝在风中。只要稍有转机,便欣欣然地置敬亭山于不顾了,高歌猛进地离开,又继续他的搏命生涯。

　　——也许,敬亭山的真谛就在于此。

从大青山到采石矶

一

一直诧异的,是李白为什么如此受中国人的欢迎。

起先,似乎并不是这样的。李白在世的时候,虽然名气很大,但并不是誉满神州。这一点,可以从李白孤寂地死在当涂,并没有引起社会普遍关注就可以看出来。盛、中唐之时,如日中天的诗人,是身居高位的张九龄、王维,还有孟浩然等等。与李白的"大器晚成"相比,同龄的王维可谓是"少年得志"——20岁那一年,王维就凭着琵琶演奏、诗歌才华和英俊的外表引起了皇族的赏识,从而登第入官。相比之下,李白直到30岁,还在终南山的客舍里苦苦等待皇族的召见。与李白相比,王维是一个大智者,在他的诗中,有一种佛学的三昧,隐隐约约,意境像明月青山一样安静幽远。也难怪王维被称为"诗佛"。不过,佛毕竟太高深太玄妙了,普通的民众,哪里能领略得了如此高妙的境界呢?因此,当李白横空出世之后,李诗中呈现的大气磅礴,其极度的天才和豪放气质,以及他诗中抑制不住的元气四溢,仿佛大漠之风扑面而来,让诗坛刮目相看。不过从总体上来说,李白当时在诗坛的地位,一开始是落后于张、王的。直至李白逝世,人们这才意识到,一个伟大的诗人离去了,李白洋溢在诗歌中的书生气十足的叛逆,情感的自由宣泄和逍遥自在的精神,那种大而化之的乐观情绪,弥足珍贵,也更为普通民众以及落魄的知识分子偏爱。吟诵着李白的诗,人们可以感受到一个诗人心灵的真实和赤诚,感受到文字和音韵形成的强大的气流,仿佛横生翅膀,排达穿行于大漠孤城、黄河白云,又掠过空山新雨、浔阳秋瑟,以致眼前一片空谷跫音、彩霞满天。慢慢地,晚唐之后,李白自然而然地超越王维、高适等,成为当时中国人最偏爱的精神偶像。

诗人不朽。即使是在现在,也还有很多纪念李白的活动。在马鞍山,年年都要办"吟诗节"纪念在这里死去的李白。趁着参加"吟诗节"的机会,我又来到了马鞍山采石矶。在采石矶茂密的树林里踱步,我又情不自禁地想到一些事情:在采石矶,是有李白衣冠冢的;而离采石矶数十公里处,在当涂的大青山,李白的墓地掩映在一片葱茏之中。一个人,在相隔如此之近的范围内,既有真实的墓穴,又有名义上的衣冠冢,似乎较为少见。这样的情况,又说明什么呢?

风掠过淮河长江 | 321

二

还是去找一找感觉吧——虽然明知道现在已看不到什么,仍决定去大青山走一走。

开车从采石矶出来,驶上马鞍山到芜湖的公路,不一会儿,就到大青山了。大青山看起来并不十分巍峨,只是一座连绵的山峦。不过叫作青山却是很形象的,因为这座濒临长江南岸的山峦看起来特别苍翠,满山都是郁郁葱葱的树木。李白的墓地就坐落在大青山的西侧,掩映在一片松柏苍翠之中,古朴而肃穆。屹立于墓前的石碑,刻有"唐名贤李太白之墓"的字样,据说是出自杜甫之笔。虽然是"吟诗节"期间,但墓园里游人仍不多,山风轻轻吹拂,带着丝丝凉意,远近之处,有鸟鸣传来,一片安谧宁静。在李白墓地,可以看到山下婉约流淌的青山河,而河的对岸,则是李白最初的墓葬地龙山。

上元元年(公元760年),李白从江夏到豫章(今江西南昌)与夫人宗氏重聚。此前,李白因加盟永王李璘叛乱部队一事,被流放到夜郎,行进到半途的夔州时,因关中大旱,唐肃宗发布大赦令,李白大喜过望,立即转身搭船,东下江陵,欣喜地吟诵了一首后来脍炙人口的七绝:

朝辞白帝彩云间,

千里江陵一日还。

两岸猿声啼不住。

轻舟已过万重山。

经过这一次磨难,李白的身体已彻底垮了,精神也变得恍恍惚惚。第二年,也就是公元761年,史朝义叛乱,朝廷派李光弼出镇临淮(现泗县),追讨"安史之乱"的残余势力。已经61岁的李白,还想着要去报效朝廷,准备赶往临淮参加李光弼的军队。宗夫人一气之下,跟李白分手。李白独自一人到了金陵附近后,因饥寒交迫而病倒。无可奈何之下,李白只好投奔时为当涂县令的族叔李阳冰。李阳冰名为族叔,却比李白小11岁,擅长书法,其篆书在当时很有名气。李白到了当涂之后,李阳冰一开始并不知道李白窘迫得走投无路,直到看到李白所作的《献从叔当涂宰阳冰》诗后,才恍然大悟,主动挽留李白,把李白安排在县城边龙山脚下的一间屋子里。

李白来过当涂,并且,不止一次。对于位居长江边上的这一块地方,留有美好的印象。李白第一次来当涂是在唐开元十三年(公元725年),时年25岁。当时李白从四川出发,顺江东下去金陵扬州,在当涂一带,下船游览了天门山、牛渚矶、白壁山、望夫山等地,写下著名的七绝《望天门山》:

天门中断楚江开,

碧水东流至此回。

两岸青山相对出，

孤帆一片日边来。

那时的李白新出巴蜀，元气四溢，对世界充满着好奇心。笔下超逸不羁，仿佛鬼斧神工。这一首写天门山的诗，就像是潇洒挥就的泼墨山水图，不仅浩大深邃，层次分明，而且动静相宜、色彩缤纷——江水澄碧，山色青青，帆影如羽，日色金黄。场景绚烂，仿佛西方的油画。

在此之后，李白曾长时间地盘桓在江南，好几次来到当涂。每一次来，酒酣耳热之时，都要为当涂的名胜留下一些诗，加起来，竟有数十首。李白的眼神真是神奇，他看什么，都是新鲜的。以这样的眼神看当涂，自然可知他笔下当涂的美了。

在当涂居住了一段时间之后，李白虚弱的身体渐渐有了一些活力，他开始尝试着到附近走走。当涂一带，李白最喜欢的是天门山和采石矶。但因为路途相对较远，李白已显得力不从心了，他只能蹒跚着步子在附近的龙山和大青山一带转转。大青山一带，是李白特别喜欢去的，那里，还有谢朓的一些遗迹。对于谢朓，李白是永世追随的。当然，对于李白来说，酒是要喝的，诗也是要写的，只要有酒有诗，李白的内心深处，就洋溢着春天的气息：

沦老卧江海,再欢天地清。病闲久寂寞,岁物徒芬荣。借君西池游,聊以散我情。扫雪松下去,扪萝石道行。谢公池塘上,春草飒已生。花枝拂人来,山鸟向我鸣。田家有美酒,落日与之倾。醉罢弄归月,遥欣稚子迎。

这一首诗,写于宝应元年,也就是公元762年的春天。写这首诗的时候,远在长安的大诗人王维已经去世,不过对于寓居当涂的李白来说,或许根本就不知晓这个消息。这一年春天,李白的身体略见好转,儿子李伯禽也赶到了当涂,来到他的身边照料他。天气渐渐地暖和了,李白看到万物复苏、生机盎然,心思也变得萌动,坚持要打点行装、出门游历。儿子知道父亲的心思,便带父亲去了附近的宣城和南陵。李白还是想追随当年谢朓的踪迹,与谢朓最大程度地重合。恍恍惚惚中,李白觉得自己就是谢朓,一个人,一生之中,如此地热爱和追随另一个人,这该是怎样的一种情缘呢?那是一种前世今生,冥冥之中,无法说清道明的渊薮。在宣州,李白独自一人登上了敬亭山,写下了那首著名的《独坐敬亭山》。从诗中看,这时候的李白,除了遍得生命的真味之外,生命的烛火已慢慢湮灭,隐隐漫漶的,是无处不在的空旷和寂寥。

这一次李白游历宣州和南陵,花了数月时间。一直到李阳冰托人带信给李白,告知自己即将卸任的消息时,李白才回到当涂。李阳冰的离去,让李白变得更加伤感,也变得更无所依靠了。李白的心情重新变得沉郁,外部世界的一切,在李白眼中,已变得越来越影影绰绰,让人无法触摸了。这是李白从未有过的感觉。当年"散金三十万"、一向豪放潇洒的李白此时只能徒叹无奈,发出"英雄气短"的哀叹:

赠微所费广,斗水浇长鲸。弹剑歌苦寒,严风起前楹。

重阳节到了,李白拖着病恹恹的身体,在家人的搀扶下,颤颤巍巍地登上了龙山。这一首《九日龙山饮》,应该是李白痛饮一番之后写就的。此时的李白已病入膏肓,酒于诗人,无异于饮鸩止渴,不过在李白看来,人生如酒,也到了一饮而尽的时候了:

九日龙山饮,黄花笑逐臣。醉看风落帽,舞爱月留人。

尔后,李白又写了一首《悲歌行》。这个时候的李白,已清楚地知道大限将要到来。对于毕生壮志未酬的李白来说,人生就是一个不可避免的悲剧啊!临终前的李白心中五味杂陈,欲说还休:

悲来乎,悲来乎!主人有酒且莫斟,听我一曲悲来吟。悲来不吟还不笑,天下无人知我心。君有数斗酒,我有三尺琴。琴鸣酒乐两相得,一杯不啻千钧金。
悲来乎,悲来乎!天虽长,地虽久,金玉满堂应不守。富贵百年能几何？死生一度人皆有。孤猿坐啼坟上月,且须一尽杯中酒。

悲来乎,悲来乎！凤鸟不至河无图,微子去之箕子奴。汉帝不忆李将军,楚王放却屈大夫。

悲来乎,悲来乎！秦家李斯早追悔,虚名拨向身之外。范子何曾爱五湖,功成名遂身自退。剑是一夫用,书能知姓名。惠施不肯千万乘,卜式未必穷一经。还须黑头取方伯,莫谩白首为儒生。

重阳节过后,天气变得越来越寒冷,长江边下起了大雪。住在龙山下的屋子里,李白感到自己的身体也如破旧的屋子一样四面窜风,一点温暖的气息都没有了。李白提笔写下了最后一首诗《临路歌》,这是李白生命中最后的绝唱。李白一直幻想自己是一只"大鹏",飞越天际,悠游九州,而如今,这只"大鹏"累了病了,体力不济了,就要在这个异地他乡永远安息了：

大鹏飞兮振八裔,中天摧兮力不济。余风激兮万世,游扶桑兮挂石袂。后人得之传此,仲尼亡兮谁为出涕。

李白死了,一个如"谪仙"一样的大鹏,孤独地陨落在长江边一个不知名的小地方。尽管他一直以为自己可以养好病,还如大鹏一样直冲云霄。据史料称,李白死时十分凄惨,宝应元年,即李白病逝那一年,"江淮大饥,人相食",田园荒芜,十室九空。李白死后,子女竟然无力安葬,只能"葬不择地",将他的尸骨草草地安葬在龙山下。在此之后,李白的儿子李伯禽一直生活在当涂,李白逝世30年后,也就是贞元八年(公元792年),李伯禽同样在当涂默默无闻地死去。李伯禽育有一子二女,儿子少年之时,离家出走,不知所踪;两个女儿为了生计,嫁给当地农民,"一为陈云之室,一为刘劝之妻"。

三

也许是李白的死太凄清了,也太寂寥了。等到人们恍然大悟,想起一个如此卓越的诗人竟以这种无声无息的方式离去,怎么也觉得心有不甘:"诗仙"应该是要升天的呀,怎么能如此落寞地消失呢!很快,有传说李白不是病死的,而是精神迷乱,失足跌入长江淹死的。在临江的采石一带,也出现了李白的衣冠冢。最初,应该就是这样的说法了,李白之后的大诗人白居易,显然听到了这种说法——贞元十五年(公元799年),距李白逝世仅36年,白居易在宣州参加"乡试"获得了去京城长安参加会试的资格,其后,白居易专程来采石矶参拜了李白的"衣冠冢",并提笔写下:

采石江边李白坟,
绕田无限草连云。

可怜荒垄穷泉骨，

曾有惊天动地文。

但是诗人多薄命，

就中沦落不过君。

从诗中看，白居易相信李白淹死的说法，对李白的悲惨结局，表示了深切的同情。不过李白归于水中的说法，在当时并不是主流——唐宪宗元和十二年(公元817年)，也就是李白死后54年，当时的宣歙观察使范传正从父亲的诗文中发现父亲与李白曾有交往，便从宣州赶往当涂，查找李白当年的行踪。范传正很快找到龙山东麓杂草丛生的李白墓穴，也找到了李白隐没在民间的两个孙女。在范传正看来，李白的两个孙女"衣服村落，形容朴野"，不过却依旧举止娴雅、"儒风宛然"。言谈之际，范传正觉得大诗人的孙女嫁给农民有些辱没，便试探着劝两女改嫁给士族，两女的回答是："夫妻之道，命也，亦分也，在孤穷，即失身于下俚，仗威力乃求援于他们，生纵偷安，死何面目见大父于地下，欲败其类，所不忍闻。"李白骨子里的高贵与骄傲仍在后代身上坚定不移，这让范传正听了大为感动："余亦嘉之，不夺其志。"免除了两女的赋税和徭役，以表对她们的敬意。

范传正在当涂所做的另一件事就是，根据李白的生前愿望，将其在龙山东麓的墓穴，迁至大青山的南麓。在大青山南麓，有当年谢朓的踪迹，李白生前，极喜欢这个地方，并且多次来此游玩。李白一直固执地认为谢朓是自己的前生,生之追随,死则相守。范传正很理解李白的心思,在碑文中,范传正把李白比作一只在中天折翅的大鹏鸟,"天风不来,海波不起,塌翅别岛,空留大名",说他白白有展翅高飞的天才,白白有建功立业的愿望,可生不逢时,虚度了一生。范传正的碑文,明显有扼腕长叹的意思,他还是站在功名的立场上,来评价这一位前贤。不过这一番举动,实际上也传达了官方对这位民间诗人的认可。也因此,李白的名气变得更大了。

不过仍有很多人固守着对李白的印象,坚守着李白坠江的说法。慢慢地,另一种诗意的说法像江面上的岚气一样氤氲而生了:李白居住在当涂期间,去了采石矶附近,一个秋月高悬的夜晚,李白乘船去了茫茫的江面,月色银白,风寒水冷,人声鸟鸣俱绝,李白一边赏月,一边兀自喝酒,喝得酩酊大醉时,"捞月坠江,骑鲸而去"。与那个失足坠江的故事相比,这一个传说更浪漫啊!这才是"谪仙"应该得到的结局,不是小团圆,而是大团圆呢!于是,越来越多的人相信了这个故事,也乐意口口相传,更喜欢来到江边的采石矶旁,以一种临江面水、仰对明月的方式凭吊和缅怀。从南宋末年文天祥来采石所写的一首诗就可以看出,那时候李白"捞月骑鲸"的故事,已经流传甚广了。写这首诗的时候,被捕的文天祥被元兵由江南押往大都经过采石。这首题为《采石》的诗全文如下:

不上峨眉二十岁，
重来为堕山河泪。
今人不见虞允文，
古人曾有樊若水。
长江阔处平如驿，
况此介然衣带窄。
欲从谪仙捉月去，
安得然犀照神物。

看得出来，文天祥是抱着誓死的慷慨去北方的，在采石矶，面对着江天明月，苇风碎影，文天祥感慨万分。李白的浪漫故事，让磐碎帛裂的文天祥，对于生与死，又有了一些诗意的释怀。

在此之后，有关李白的死一直有着双重故事，仿佛音乐的二重奏，一实一虚，一起一伏，一阴一阳，也使得诗人李白的故事，多了些繁华和云霓。有很多人，在当涂大青山李白墓前凭吊一番之后，又会来到采石矶，在李白衣冠冢面前，再次焚香凭吊。单单来采石矶的人就更多了，来的人，似乎没有人愿意将悲伤、死亡与李白联系在一起，他们更愿意在采石矶去温故李白的"捞月"故事，眉飞色舞地描述这位大诗人的风流倜傥、真实率性，从而沉湎于烟波浩渺的诗情画意中，让湿润的江风穿肺而过，透彻清爽，靓丽浩荡。

四

一个晚年如屈原般"被发行吟泽畔,颜色憔悴,形容枯槁"(司马迁语)的落魄诗人,就这样变成一个潇洒无比的"诗仙",这当中的过程,不仅仅因为诗人的价值慢慢被认可,更重要的,还有社会大众心理的嬗变。细细地品味李白的横空出世,也品味李白传说由来的内在原因,我们可以一管而窥中国文化的特点,也能看出世俗人心的微妙之处。

实事求是地说,李白一跃成为晚唐之后的第一大众偶像,除了极具才气,写得一手大气磅礴的诗歌之外,其张扬而独特的个性,也是很重要的因素。

现在公认的说法是,李白的祖辈曾生活在西域,李白5岁的时候,父亲李客带全家迁徙入蜀,安家于绵州彰明县的青莲乡。据说李白父辈们在西域时,本不姓李,是来四川后改的。根据李白扑朔迷离的身世,有人曾大胆推测,李白并不是汉人,而是西域胡人;也有人认为李白家是漂泊在西域的汉人,在西域生活了很长一段时间。至于李白,他对自己的身世一直存有某种程度的"炒作",李白自述是汉将李广的后代,跟大唐皇室同宗。跟李白身世同样莫衷一是的,还有李白的性格。李白的身上似乎具有一般汉人少有的个性特征:他是天真烂漫的,是自由奔放的,也是落拓无羁的;李白总有一股超乎寻常人的"仙气",无论是人还是文——李白第一次到长安,碰到一个人叫贺知章,此人很有名,官居太子宾客。贺知章在读到李白的诗文之后,连声赞叹说:"子谪仙人也!"意思是说,这个人真是从天上被贬降到人间的一个仙人。贺知章是从李白诗文的精气神上,看到了神仙才有的洒脱和无羁。的确是这样,李白的身上,似乎有一种"胡风",集游侠、剑客、隐士、道士、策士的复杂气质,有点剽悍,有点凄冷,有点粗粝,有点混沌,却一直开阔和自由,魅力十足,风驰电掣,仿佛天外来客。

如果论及李白的潇洒、自由和大气,在中国历史上,似乎只有一个人能跟李白相比,那就是苏东坡。当然,李白和苏东坡是不一样的,李白是"仙而人者",苏东坡是"人而仙者"。李白的洒脱仿佛是前世带来的,是天性;是"仙"落到了人间,他的一生,他的诗,都是对人间之"网"的挣脱和蔑视。而苏东坡呢,本是一个人,只是历经沧桑大彻大悟后,有一种自内向外的洒脱和无畏,有一种圆觉后的大自由境界。李白的"仙"气是先天的,是生而知之的;而苏东坡的"仙"气却是后来的,带有三分"久炼成钢"的佛意。

正因为李白内心的坦荡,性灵上的自在和自由,所以李白拥有着一颗透明的赤子之心,他敢爱敢恨,毫无心机,对这个世界一派率性、好奇、惊讶和天真。他一生都睁着一双惊奇的眼睛,惊讶山水,惊讶人性,惊讶真情,惊讶自己。他的诗,与其说传达的是一种诗意,不如说,是一种全新的目光。这种天真、透明、赞叹的目光,可以说,一直是"老于世故"的中华文化所少有的。也因此,李白的诗歌单纯、透明、浩渺、宏大。这样的魅力,当然会引起人们的注意和羡慕。我们甚至可以这样说,在受国人的尊敬和喜爱程度上,李白完全可以比肩孔子,人们对孔子更多的是崇敬,而对于李白,更多的则是热爱。崇敬孔子,喜爱李白,这同样是中国文化"明儒暗道"的典型表现。

歌德说过一句话:一个民族所崇尚的人物,在他身上,一定有着这个民族所缺少的因素。这话说得真好。在我看来,李白之所以引起了中华文化的一片赞叹,正是在于他给中华文化带来了一股生猛的豪气,在李白的万丈豪气面前,中国文化一以贯之的憋屈和沉闷,以及故作高深的世故圆滑都显得相形见绌,如一具薄、小、脆的器皿一样,一下子就风化掉了。

当然,李白的强大,还在于他的诗,能代表那个粗犷十足也阳刚十足的时代。那个时代,就是如李白的诗一样,充满混元之气。尽管这样的混元之气粗粝苍白恍如隔世,但它仍能让国人如打鸡血一样兴奋。因为它是前无古人后无来者的大唐啊!

五

仍在思考李白和李白现象。

如果要细细地深究,除了以上言之凿凿的原因之外,还有一种潜在的民间情绪所聚集的集体无意识,也应该是李白最终成为

"大众第一偶像"的重要原因。

"诗圣"杜甫曾写过一首《赠李白》的诗,杜甫一直算是李白的知音和粉丝,这一首诗,把握住了李白的特点,为这位不羁的天才勾画了一幅传神的小像:

秋天相顾尚飘蓬,
未就丹砂愧葛洪。
痛饮狂歌空度日,
飞扬跋扈为谁雄。

这一首诗写于公元744年,杜甫第一次见到李白,当时李白43岁,杜甫32岁,地点是开封附近。这时候的李白,因为理想太纯洁想法太幼稚,无法在现实中实现,遭遇到唐玄宗的疏离,李白一气之下离开了长安。杜甫写给李白这首诗,一方面表示自己的崇敬,同时,也想安慰官场失意的李白。诗的第一句,写李白追求落空飘零落拓的悲哀;第二句,是写李白求隐的失败。既然"儒"也不成,"道"也不成,那么,就只剩下举杯邀明月的洒脱与茫然了。看得出来,杜甫这一首诗,明显地是在替李白叹惋,也在暗地里排遣自己的郁闷。

不光是杜甫,实际上每一个有着志向的读书人,都能从李白的失落中,引起广泛的共鸣。心比天高,命比纸薄,才高八斗,兀自零落,这与其说是李白的遭遇,又何尝不是绝大多数读书人的命运呢？"修身、齐家、治国、平天下"，这是每一个传统中国人的梦想，为了这个梦想，无数士子披星戴月摩肩接踵，但这样的梦想，又有几人能实现呢？悲剧总能引起人们的共鸣，因而比喜剧更能打动人。尤其是李白，他的性格、理想、才华与他的命运反差太大，这样的人，当然会引起人们的广泛同情。在同情中，有自我的慰藉，更有一种对不公的嘲讽。从这一点出发，布衣李白赢得了越来越多的读者喜欢，就不是一件奇怪的事。至于做了高官，堪称"成功者"的张九龄和王维，该得到的，都已经得到了，羡慕是属于当代人的，至于后世，才不管你如何高高在上呢！甚至还会衍生一些嫉妒和恨意。他们更愿意以一种平视的方式，寻找内心的激荡和共鸣。在此基础上，加上李白诗歌朗朗上口，通俗易懂，大气磅礴，所以，慢慢地，一生没有当过官的李白成为中国民众文学的第一偶像，也就在情理之中了。

"床前明月光，疑是地上霜，举头望明月，低头思故乡。"其他的不说，李白只这一首诗，就能激起所有民众普遍的情感。就冲着这一首诗，李白也能让所有的中国人，成为自己的"粉丝"。

当然，还是要说到国民性——从某种程度上说，中华民族一直是一个具有简单"喜感"的民族，这个民族知天安命、乐观豁达、思维简约、黑白分明。在艺术形式上，正好对应澎湃激昂、大而化之的诗歌。人们更愿意以一种铿锵有力，字正腔圆的方式，来一抒胸臆，歌咏山川河流，表达内心或明或灭的志向和情感。也因此，诗歌成为中国文化的第一艺术形式，成为一抒胸臆的第一选择。对于中国文化而言,诗歌甚至代替了音乐的作用。对于普通民众来说,李白诗歌整体上所呈现出的大气磅礴、通俗易懂、铿锵乐观,正好对应了中国人的浪漫情怀。李白的诗,以及唐诗所呈现出的整体气象,恰到好处地表现了中国人骨子里的浪漫和冥想。唐诗,以及中国的诗歌的标杆李白,让每一个中国人生出了飞翔的翅膀。

尽管翅膀是那样羸弱,但因为有飞翔的愿望,也已足够了。